우리 한시 삼백수

5언절구 편

우리 한시 삼백수_5언절구 편

1판 1쇄 발행 2014. 12. 15.
1판 7쇄 발행 2023. 2. 1.

지은이 정민

발행인 고세규
편집 김상영 디자인 이경희

발행처 김영사
등록 1979년 5월 17일 (제406-2003-036호)
주소 경기도 파주시 문발로 197(문발동) 우편번호 10881
전화 마케팅부 031)955-3100, 편집부 031)955-3200 | 팩스 031)955-3111

값은 뒤표지에 있습니다.
ISBN 978-89-349-6952-5 03810

홈페이지 www.gimmyoung.com 블로그 blog.naver.com/gybook
인스타그램 instagram.com/gimmyoung 이메일 bestbook@gimmyoung.com

좋은 독자가 좋은 책을 만듭니다.
김영사는 독자 여러분의 의견에 항상 귀 기울이고 있습니다.

우리 한시 漢詩 삼백수

5언절구 편

정민 평역

김영사

일러두기

- 5언절구를 작가 연대순으로 정리했다.
- 생몰이 분명치 않을 경우, 역대 시선집의 연대순 배열을 참고하여 배치했다.
- 시어 중 풀이가 필요한 표현은 따로 어휘를 풀어 설명했다.
- 한시의 원문 아래 한글 독음을 달았다.
- 평설을 작품의 행간 이해를 돕는 수준으로 그치고, 형식적 요소나 고사 설명은 할애(割愛)했다.
- 제목은 작가 이름 아래 원제와 풀이 제목을 달고, 표제는 내용에 맞춰 따로 달았다.

우리 한시漢詩 삼백수

5언절구 편

머리말

7언절구 편에 이어 5언절구 편 3백수를 다시 펴낸다. 공자는 《시경(詩經)》을 묶으면서 "《시경》의 삼백 편을 한마디로 말하면 사무사(思無邪)다"라고 했다. 사무사는 생각에 삿됨이 없다는 뜻이다. 시를 쓴 사람의 생각에 삿됨이 없으니 읽는 사람의 마음이 정화가 된다. 이것이 내가 3백수의 상징성을 굳이 내세운 다른 이유다.

앞서 7언시에 비해 글자 수는 줄었는데 평설은 대체로 더 길어졌다. 시인이 말을 아꼈기 때문에 감상자가 채워야 할 빈 여백이 그만큼 넓어진 탓이다. 고구려 을지문덕부터 구한말 이건창(李建昌)의 시까지 3백수를 작가의 생몰연대순으로 묶었다. 번번이 느끼는 일이지만 시 속에 그 시대의 표정이 숨김없이 묻어나는 것은 신기할 정도다. 을지문덕의 시는 절구 아닌 고시이나 5언 4구의 형식으로 함께 묶었다.

예전 체코의 한국문학 연구자가 한국 한시를 체코어로 번역하면서 한국 사람들이 계절과 꽃 소식에 왜 그렇게 관심이 많은지 몰라 궁금하더니, 한국에 와서 지내자 금세 이해가 되더란 말을 인상 깊게 들었다. 시는 문화의 풍토성을 간직한다는 말씀. 이번 시집을 통독하자 그녀의 말이 새삼 실감난다. 한시의 기본 미감 발생 원리가 그럴 것이고, 여기에 우리 민족의 정서 교감 장치의 특성도 반영되었으리라.

자연이 등장하고 그 속에 사람이 깃든다. 사물은 끊임없이 교감의 언어를 발신한다. 새가 울고 꽃이 피고 바람이 부는 것도 내게 보내는 자연의 메시지 아닌 것이 없다. 사물 속으로 내가 들어가 그들을 통해 내 이야기를 하는 사이에 스스로 치유되는 한시의 정서 표달 방식은 세상을 제멋대로 주무르려고만 드는 현대인의 욕망을 향한 일종의 경고 같다.

7언시는 2.2.1.2 또는 2.2.2.1의 구문으로 끊어져서 우리말 호흡으로는 4음보가 맞다. 7언시의 번역을 3.4.3.4의 가락으로 고집하게 되는 이유가 여기 있다. 이에 반해 5언시는 2.2.1 또는 2.1.2의 3어절 구문이라 3.4조의 4음보보다 7.5조의 3음보 가락이 맛이 난다. 늘 그렇게 해왔다. 하지만 이번 책에서는 기존의 7.5조 외에 4.4나 5.5 또는 3.3.3의 실험적 번역을 다양하게 시도해보았다. 특별히 4.4의 가락에 집착했다. 한자 다섯 자를 우리말 여덟 자로 옮긴 셈이다. 뼈만 남기고 살은 다 발라냈다. 글자 수가 줄면 꾸밈말을 빼야 한다. 군더더기를 덜어내니 뜻이 더 깊어진다. 대신 어구 풀이에서 원래 의미를 가늠하도록 최소한의 설명을 달았다.

여기 묶은 작품들은 7언절구 편과 마찬가지로 근 10년 묵혀

둔 것들이다. 이참에 전체적으로 한 차례 새로 다듬었다. 소리 중에 정채(精彩)로운 것이 말이고, 말의 정화가 글이다. 그 글 중에 가장 농축된 언어가 시다. 시는 인간의 언어 중 가장 고농도다. 이해가 잘 안 되고 어려워지는 것은 압축 파일 푸는 법을 몰라 그렇다.

시는 함축과 감성의 언어다. 삐끗하면 자칫 딴소리가 되기 싶다. 이 책에도 그런 실수가 적지 않을 것이다. 읽기에 따라 생각은 저마다 다를 수 있다. 다양한 독법의 하나로 견줘 봐 주시기를 부탁드린다.

2014년 세밑 행당서실에서

정민

차례

지족(知足)

을지문덕 乙支文德, 고구려 영양왕 때
〈수나라 장수 우중문에게 주다與隋將于仲文〉

기찬 책략은 천문을 뚫고
묘한 계산은 지리 다했네.
싸움에 이겨 공이 높으니
족함을 알아 그만두게나.

神策究天文　妙算窮地理
신 책 구 천 문　묘 산 궁 지 리
戰勝功旣高　知足願云止
전 승 공 기 고　지 족 원 운 지

우중문于仲文 고구려 정벌에 앞장섰던 수나라의 장수. 신책神策 귀신같은 계책. 묘산妙算 절묘한 계산. 원운지願云止 그만두겠다고 말하기를 원한다.

살수대첩 당시 고구려 을지문덕이 수나라 장수 우중문에게 보낸 시다. 그냥 읽으면 밋밋하다. 행간을 알면 그렇지도 않다. 끝 구절은 《도덕경(道德經)》 44장에 나온다. "족함 알면 욕되잖고, 그침 알면 위태롭지 않아, 오래갈 수가 있다(知足不辱, 知止不殆, 可以長久)." 또 32장에는 "처음 만들어지면 이름이 있다. 이름이 있고 나면 그칠 줄 알아야 한다. 그침을 알면 위태롭지 않다(始制有名, 名亦既有, 夫亦將知止. 知止所以不殆)"라고 했다. 그러니까 4구는 "이길 만큼 이겼으니 이제 그만하시지! 까불지 말고, 좋게 말할 때 돌아가라"는 말이다. 상대의 부아를 돋우었다. 전쟁에 이길 만큼이란 말이 어디에 있나? 서로 간에 《도덕경》을 읽었다는 전제가 있다. 시를 받은 우중문은 분기가 탱천했겠지. 이 자식이 도대체 뭘 믿고 이렇게 까부는 건가? 지형지물이 익숙지 않고, 도로 사정은 여의치 않았다. 그런데도 분기를 못 이겨 행군을 서둘렀다. 보급로를 확보 못해 살수에서 길이 끊겼다. 손도 못 써보고 유린당해 목숨 겨우 부지해 달아났다.

등불 앞

최치원 崔致遠, 857-?
〈가을밤 빗속에秋夜雨中〉

가을바람 괴론 노래
세상 날 몰라주네.
창밖엔 삼경의 비
등불 앞 만 리 마음.

秋風唯苦吟　世路少知音
추 풍 유 고 음　세 로 소 지 음
窓外三更雨　燈前萬里心
창 외 삼 경 우　등 전 만 리 심

고음苦吟 괴로이 읊조리다. 지음知音 지기(知己). 나를 알아주는 사람.
삼경三更 밤 11시에서 새벽 1시 사이.

홀로 깨어 듣는 밤 빗소리는 존재의 근원을 돌아보게 한다. 저 비 맞고 낙엽이 지리라. 빈털터리의 겨울은 더 슬플 것이다. 재주와 역량이 있으되 알아주는 사람 하나 만나지 못했다. 열두 살에 당나라로 유학한 천재가 만 리 이역 하숙방에서 처정처정 가을 빗소리 들으며 쓴 시다. 제 살을 태우며 등불이 가물댄다. 못 가누는 마음이 만 리 길을 헤맨다. 창밖에는 빗소리 하염없고, 흔들리는 불꽃을 바라보자니 꼬물꼬물 제 속이 탄다. 고향이 그립지만 갈 수가 없다.

갈매기

장연우 張延祐, ?-1015
〈한송정의 노래寒松亭曲〉

달 밝은 한송정 밤
물결 잔 경포의 가을.
슬피 울며 오가느니
유신할손 갈매기.

月白寒松夜　波安鏡浦秋
월 백 한 송 야　파 안 경 포 추
哀鳴來又去　有信一沙鷗
애 명 래 우 거　유 신 일 사 구

한송정寒松亭 강릉 바닷가에 있던 정자. 파안波安 물결이 잔잔함. 사구沙鷗 백사장을 나는 갈매기.

그대는 가고 나만 남았다. 한송정! 달빛은 그때처럼 환하다. 호수도 잔잔하다. 가을밤은 깊어간다. 함께했던 시간은 찾을 길 없다. 그때를 우는가. 끼룩끼룩 갈매기 울며 난다. 잔물결에 부서지는 꾸다 만 꿈이 슬프다. 못 믿을 사람아!

밤비

고조기 高兆基, ?-1157
〈산장의 밤비 山莊夜雨〉

간밤 송당 내린 비에
베갯머리 냇물 소리.
새벽 뜨락 나무 보니
자던 새도 둥지 속에.

昨夜松堂雨　溪聲一枕西
작 야 송 당 우　계 성 일 침 서
平明看庭樹　宿鳥未離棲
평 명 간 정 수　숙 조 미 리 서

평명平明 동틀 무렵. 미리未離 떠나지 않다. 서棲 보금자리. 둥지.

✤

오늘따라 밖이 고요하다. 날 새기도 전에 부산 떨던 녀석들 어째 이리 잠잠한가? 희부윰 먼동이 튼다. 자꾸 궁금하다. 들창을 밀어 연다. 눈길이 먼저 나무로 간다. 새는 둥지 안에 여태 머리를 처박고 있다. 그제사 알겠다. 간밤 잠결에 낫물 소리를 들은 기억. 그래! 밤새 비가 왔구나. 숲이 젖어 둥지 밖으로 나서고 싶지가 않았던 게지. 나도 따뜻한 아랫목이 좋다. 오늘은 이렇게 놀자. 나는 들창으로 널 보고 너는 둥지에서 날 보며 유한(幽閑)한 하루해를 건너가보자. 산속 집엔 여러 날째 찾는 이 없고.

거문고

이자현 李資玄, 1061-1125
〈도를 즐기는 노래樂道吟〉

푸른 산에 머물러 사니
전해오던 거문고 있네.
한 곡 연주 문제없지만
알아들을 사람이 없네.

家住碧山岑 從來有寶琴
가 주 벽 산 잠 종 래 유 보 금
不妨彈一曲 祗是少知音
불 방 탄 일 곡 지 시 소 지 음

낙도樂道 도를 즐거워함. 음吟 읊조리다. 시체(詩體). 벽산잠碧山岑 푸른 산 뭇부리. 종래從來 이전부터. 지금까지. 불방不妨 방해되지 않음. 상관없음. 지祗 다만. 지음知音 나를 알아주는 사람.

푸른 산에 집 짓고 산다. 하는 일 없이 도(道)를 즐긴다. 마음 가는 대로 살아도 걸림이 없다. 하늘에 구름 지나듯 생각이 이따금 스쳐간다. 거문고 가락에 실어 띄우지만 알아듣는 사람은 만나지 못했다. 세상 사람이 몰라도 도는 도다. 말해 모를 소리 하기보다 그저 저 푸른 산의 함묵(緘默)을 안으로만 머금고 싶다. 사람들아! 가락 없이 울리는 내 거문고 연주를 들어보아라. 그 가락에 산이 춤추고 시내가 노래한다. 새가 날고 꽃이 핀다. 우주에 편만(遍滿)한 어느 것 하나도 깨달음 아닌 것이 없다. 나는 자유다.

봄바람

김부식 金富軾, 1075-1151
〈동궁의 춘첩東宮春帖〉

새벽빛에 집 모서리 환하고
봄바람 버들가지 끝에 분다.
야경꾼 새벽 왔다 알리는데
벌써 침문 향해 조회한다.

曙色明樓角 春風着柳梢
서 색 명 루 각 춘 풍 착 류 초
鷄人初報曉 已向寢門朝
계 인 초 보 효 이 향 침 문 조

춘첩春帖 입춘에 문에 상서로운 뜻을 담아 써 붙이는 글귀. 서색曙色 새벽빛. 누각樓角 누각의 모퉁이. 유초柳梢 버들가지 끝. 계인鷄人 시각을 알리는 야경꾼. 초初 처음으로. 침문寢門 임금이 주무시는 침전(寢殿)의 문.

❖

어둔 밤이 가고 여명이 밝는다. 누각 동편 모서리부터 밝은 빛이 짙어온다. 창 열면 불어오는 바람 끝에도 따뜻함이 스미었다. 야경꾼〔鷄人〕은 날이 샜다고, 어서들 일어나라고 징을 친다. 하지만 그는 벌써 일어났다. 다 씻고 옷 갈아입고 동궁전에 나아가 아침 문안을 여쭈러 문을 나선다. 밝아오는 새날이 설레 늦잠을 잘 수가 없었던 것이다. 젊은 벼슬아치의 양양한 포부가 한껏 느껴진다. 동궁에 입직하던 시절 입춘 날 써 붙인 시다. 그가 본 신새벽의 광명 속에는 벅찬 새 시대를 향한 설렘이 넘쳐난다. 새 시대가 활짝 열리고 있다.

고향에서

신숙 申淑, ?-1160
〈벼슬을 버리고 고향을 돌아가며 棄官歸鄕〉

밭 갈다 흰 날 보내고
약 캐며 청춘 지났네.
산 있고 물 있는 곳
영예도 오욕도 없는 몸.

耕田消白日　採藥過靑春
경 전 소 백 일　채 약 과 청 춘
有山有水處　無榮無辱身
유 산 유 수 처　무 영 무 욕 신

기관棄官 벼슬을 버리다. 경전耕田 밭을 갈다. 소백일消白日 밝은 날을 보내다. 영욕榮辱 영예와 오욕.

밭에서 땀 흘리다 보면 하루가 또 간다. 틈틈이 산에 올라가 약초를 캔다. 불끈불끈 솟곤 하던 청춘의 꿈도 산 위에서 내려다보면 떠가는 구름일 뿐이다. 산은 변함이 없고, 물은 그칠 뉘 없다. 항상(恒常)된 것들 속에 영욕빈천을 다 떠내려 보내고, 내가 산이 되고 내가 물이 되어 산다. 젊은 날엔 늘 산 너머로 날려가던 흰 구름 보며 떠나고픈 생각뿐이었다. 뒤늦게 벼슬 놓고 돌아온 고향이 참 따뜻하다. 안온하다.

검은 밤

임규 任奎, 고려 인종조
〈강 마을 밤중의 흥취江村夜興〉

검은 밤 새는 물가를 날고
안개 잠긴 강에는 물결이 인다.
고깃배 어디서 묵어갈거나
막막한 한 소리 노랫가락만.

月黑鳥飛渚　烟沈江自波
월 흑 조 비 저　연 침 강 자 파
漁舟何處宿　漠漠一聲歌
어 주 하 처 숙　막 막 일 성 가

저渚 물가. 자파自波 절로 파도가 인다. 막막漠漠 어둡고 아득한 모양.

✤

달도 칠흑 속에 묻힌 밤. 새 한 마리 무엇에 놀랐는지 푸드득 물가를 날아 암흑 속으로 사라진다. 짙은 안개에 잠겨 강은 아무것도 보여주지 않는다. 까딱이는 배에서 높아지는 물결을 느낀다. 정처 없이 떠도는 것이 인생길이라고는 하지만, 오늘밤은 또 어디서 묵어갈까? 안개는 자꾸만 풍경을 지우고 지나온 길을 지우고 추억을 묻고 상처를 덮는다. 혼자 흥얼거리는 뱃노래 가락만 캄캄한 밤하늘로 막막하게 퍼진다. 텅 빈 강 위엔 안개만 자욱하다.

옛 생각

최홍빈 崔鴻賓, 생몰 미상
〈황룡사 우화문에 쓰다書皇龍寺雨花門〉

고목을 울리며 삭풍이 울고
잔물결에 석양빛이 일렁이누나.
서성이며 옛날을 생각하자니
나도 몰래 눈물로 옷깃 적시네.

古樹鳴朔吹　微波漾殘暉
고 수 명 삭 취　미 파 양 잔 휘
徘徊想前事　不覺淚霑衣
배 회 상 전 사　불 각 루 점 의

황룡사皇龍寺 신라 때 경주에 있던 절. 9층 목탑이 유명하다. 우화문雨花門 황룡사 입구에 있던 문. 우담바라 꽃비가 내리는 문. 삭취朔吹 삭풍이 불다. 미파微波 잔물결. 양漾 일렁이다. 잔휘殘暉 남은 햇볕. 석양빛. 불각不覺 깨닫지 못하다. 저도 몰래. 누점의淚霑衣 눈물에 옷깃을 적시다.

✤

황룡사 우화문(雨花門) 앞에 섰다. 우화문! 우담바라 꽃잎이 비처럼 내리는 문. 지금도 마당을 돌다 눈을 감으면 난데없이 하늘에서 꽃비가 내리고, 불타버린 구층 목탑 땅에서 불쑥 솟아, 스님네의 독경 소리 낭랑하게 울려 퍼질 것만 같다. 감았던 눈을 뜨면, 옛 나무 등걸 사이로 울며 가는 칼바람 소리. 연못 위 잔물결에 기울던 석양빛이 파르르 떤다. 말씀이 꽃비가 되어 내리던 그날은 어디로 갔나. 황룡이 금빛 갈기를 세우며 무궁세에 지켜주마 다짐하던 언약의 시간들은 모두 어디로 숨어버렸나. 지난날의 영화를 뒤로 묻고 퇴락한 옛 절을 서성이던 나그네의 옷깃이 젖는다.

좋은 시절

김신윤 金莘尹, 고려 후기
〈경인년 중양절에庚寅重九〉

서울 땅에 전쟁 나서
난마같이 죽은 목숨.
좋은 때를 못 저버려
막걸리에 띄운 국화.

輦下干戈起 殺人如亂麻
연 하 간 과 기 살 인 여 란 마
良辰不可負 白酒泛黃花
양 신 불 가 부 백 주 범 황 화

중구重九 음력 9월 9일. 중양절(重陽節). 연하輦下 연(輦)은 임금이 타는 수레. 임금이 타는 수레의 밑이란 뜻으로 서울을 가리킴. 간과干戈 창과 방패. 전쟁. 난마亂麻 가닥이 뒤엉킨 삼실. 혼란한 세상. 양신良辰 좋은 날. 좋은 시절. 부負 등지다. 저버리다. 백주白酒 막걸리. 범泛 띄우다.

9월 9일 중양절을 맞았다. 전쟁으로 생때같은 목숨들 헤일 수 없이 스러지고, 서울은 온통 쑥대밭이 되었다. 빈 폐허에도 절기는 돌아온다. 국화꽃은 핀다. 산다는 것은 도대체 무엇이냐? 그래도 좋은 날이라고 액을 막아 건강하자고 어렵사리 빚은 술에 노오란 들국화 몇 송이 띄워본다. 곁에 있어야 할 몇 사람이 차마 보이지 않는다.

산집

이인로 李仁老, 1152-1220
〈산속의 거처山居〉

봄 가고도 꽃 남았고
날 맑은데 그늘진 골.
소쩍새 낮에 울어
집 깊은 줄 깨닫네.

春去花猶在　天晴谷自陰
춘 거 화 유 재　천 청 곡 자 음
杜鵑啼白晝　始覺卜居深
두 견 제 백 주　시 각 복 거 심

유猶 오히려. 도리어. 천청天晴 날씨가 개다. 자음自陰 저절로 그늘이 짐. 두견杜鵑 뻐꾸기과에 속한 새 이름. 소쩍새와는 다르나, 옛 사람들은 두 새를 흔히 혼동했다. 백주白晝 환한 대낮. 복거卜居 사는 거처.

❖

산 높은 집. 봄은 다 갔는데 꽃은 시절 모르고 피어난다. 날이 참 맑다. 골짜기는 골이 깊어 낮인데도 침침하다. 소쩍새가 여태 밤인 줄 알고 운다. 보자는 이 없는데도 꽃은 피고 진다. 낮인지 밤인지, 봄인지 여름인지 소쩍새 울음 속에 한 시절이 지난다. 시절 피해 들어온 산속에서 나는 사람이 그립다. 원문에서는 두견이라 했지만 사실은 소쩍새다. 선인들은 두 새를 맨날 혼동했다. 두견이는 낮에도 울고 밤에도 운다. 소쩍새는 밤에만 운다. 소쩍새는 소쩍소쩍 울고 '솥 적다 솥 적다' 하고 운다. 두견이는 불여귀거(不如歸去) 하며 운다. 소쩍새는 부엉이 닮았다. 두견이는 뻐꾸기 비슷하다. 외양도 다르고 소리도 같지 않다. 그런데 착각했다. 밤새 피 토하며 운다는 두견새는 알고 보면 모두 소쩍새다.

기다림

이인로 李仁老, 1152-1220
〈천심원 벽에 쓰다 題天尋院壁〉

손님을 기다려도 오지를 않고
스님을 찾았지만 있지를 않네.
숲 밖의 새들만 남아 있어서
다정하게 한잔하라 권하는구나.

待客客未到 尋僧僧亦無
대 객 객 미 도 　심 승 승 역 무
惟餘林外鳥 款款勸提壺
유 여 림 외 조 　관 관 권 제 호

천심원天尋院 고려 때 개성을 나가는 길목에 있던 원(院). 먼길 떠나온 사람을 이곳에 와서 마중했다. 대객待客 손님을 기다리다. 심尋 찾다. 관관款款 정성스런 모양. 쉼 없이 우는 새 울음소리. 제호提壺 술병을 당기다. 제호는 중국 음 '티후'로 직박구리의 울음소리를 음차(音借)한 것이다.

✤

천심원(天尋院)으로 친구 만나러 나왔다. 따뜻한 봄날, 햇살이 가뭇없이 쏟아져도 오기로 한 사람은 소식이 없다. 천심원 다락에 올라앉아 신록 보랴 행인 찾으랴 눈길이 바쁘다. 아까부터 목이 컬컬한 것이 시원한 막걸리 생각이 간절하다. 스님이라도 불러 술 한잔 내오라 할까 싶은데 어찌 된 셈인지 스님들은 그림자도 찾을 수가 없다. 어디 울력이라도 나간 걸까? 술 생각이 난 것은 까닭이 있다. 아까부터 인적 없는 천심원 주변 숲에서 제호조(提壺鳥) 즉 직박구리가 술 한잔 드시라고 '제호로(提壺蘆) 제호로!' 하며 울고 있었던 것이다. 기다림은 지루하다.

조각달

이규보 李奎報, 1168-1241
〈저물녘에 바라보다晩望〉

이백 두보 노래한 뒤
건곤은 적막해라.
강산도 심심해서
조각달을 걸었구나.

李杜啁啾後　乾坤寂寞中
이 두 조 추 후　건 곤 적 막 중
江山自閑暇　片月掛長空
강 산 자 한 가　편 월 괘 장 공

조추啁啾 벌레의 울음소리. 여기서는 시를 읊조리는 소리. 건곤乾坤 하늘과 땅. 괘掛 걸리다.

❖

이백 두보가 아름다운 노래를 그친 뒤 천지는 적막 속에 빠졌다. 강산은 무료함을 못 견딘 나머지 저 하늘 곳집에서 먼지 앉은 조각달을 꺼내 와 허공 위에 걸어놓기에 이르렀다. 시인은 심심하게 하루해를 보내고 저물녘 문득 마루를 내려섰겠지. 땅거미 내려앉는 먼 들판 위로 손톱달이 파르라니 떠 있었겠다. 저것마저 없었으면 저 넓은 하늘이 참 싱거웠겠구나 싶어 실없이 해본 소리다. 노래 없는 세상은 적막한 벌판이다. 시는 그 적막한 벌판 위로 떠오른 초승달이다.

등산

이규보 李奎報, 1168-1241
〈북산의 이런저런 생각北山雜題〉 2

높은 뫼에 오르지 않음은
올라가기 꺼림 아닐세.
산속의 안목 가지고
세상 볼까 걱정돼서지.

高巓不敢上　不是憚躋攀
고 전 불 감 상　불 시 탄 제 반
恐將山中眼　乍復望塵寰
공 장 산 중 안　사 부 망 진 환

고전高巓 높은 산의 꼭대기. 탄憚 꺼리다. 제반躋攀 더위잡아 오르다. 사乍 잠깐. 갑자기. 진환塵寰 티끌세상.

산속에 드니 모처럼 참 편안하다. 숨도 잘 쉬어지고, 머리도 한결 맑다. "답답하게 방에만 처박혀 계시지 말고, 오늘은 저 꼭대기로 바람이나 쐬시지요?" "싫습니다. 스님! 그냥 여기가 참 좋아요. 산 오르기 귀찮아서가 아닙니다. 공연히 산꼭대기에 올라갔다가 티끌세상이 다시 눈에 들어오면 영영 내려가고 싶지 않게 될 텐데, 그리되면 어찌합니까? 이제 막 씻기려던 속된 기운이 도로 달라붙을까 염려도 되구요. 그냥 혼자 뒹굴뒹굴 산방(山房)에서 원기나 돋우며 지낼랍니다."

옛길

이규보 李奎報, 1168-1241
〈북산의 이런저런 생각北山雜題〉 3

산 스님 함부로 나오질 않아
옛길은 푸른 이끼 덮여 있네.
티끌세상 사람 올까 염려해서니
여라 넝쿨 달빛이 나를 속였네.

山人不浪出 古逕蒼苔沒
산 인 불 랑 출 고 경 창 태 몰
應恐紅塵人 欺我綠蘿月
응 공 홍 진 인 기 아 록 라 월

낭출浪出 함부로 제멋대로 나오다. 고경古逕 해묵은 오솔길. 창태蒼苔 푸른 이끼. 홍진인紅塵人 티끌세상의 사람. 기아欺我 나를 속이다. 녹라월綠蘿月 초록색 여라 넝쿨 사이를 비치는 달빛.

✤

절집 찾아 올라가는 옛길이 푸른 이끼에 덮여 있다. 이대로 가면 절집은커녕 태고의 숲 속으로 걸어 들어갈 것만 같다. 들어가는 이 없고, 나오는 이도 없다. 이따금 세상에서 마음 다친 나그네만 길을 몰라 서성일 뿐이다. 혹 스님은 나 같은 속물들이 시도 때도 없이 찾아와 제 손으로 더럽힌 마음 엉뚱한 데서 씻고 가겠다고 떼쓰는 것이 성가셔서 절로 드는 길에 푸른 이끼를 덮어둔 것은 아닐까? 푸르스름한 달빛이 여라(女蘿) 덩굴에 걸린 것을 보고서, 나는 하마터면 길을 잘못 든 줄 알고 되돌아갈 뻔했다.

패랭이꽃

이규보 李奎報, 1168-1241
〈패랭이꽃石竹花〉

절개는 대나무인 양 드높고
꽃 피면 어여쁜 아녀자인 듯.
흩날려 가을은 못 견딘대도
대나무 되기엔 모자람 없네.

節肖此君高　花開兒女艶
절 초 차 군 고　화 개 아 녀 염
飄零不耐秋　爲竹能無濫
표 령 불 내 추　위 죽 능 무 람

석죽화石竹花 패랭이꽃. 초肖 닮다. 비슷하다. 차군此君 대나무의 이칭. 염艶 곱다. 아리땁다. 표령飄零 바람에 나부껴 땅에 떨어짐. 불내不耐 못 견디다. 무람無濫 외람됨이 없다. 부족하지 않다.

산길에 패랭이꽃이 피었다. 패랭이꽃의 이름은 석죽화다. 1구의 차군(此君)은 대나무의 별칭. 왕휘지(王徽之)가 집 둘레에 대나무를 심어놓고 "어찌 하룬들 차군(此君)이 없을 수 있으랴!" 했대서 나왔다. 왜 이 가녀린 꽃에 석죽(石竹)이란 굳센 이름을 붙였을까? 대나무처럼 마디가 있대서 석죽이라 했다. 아무도 오지 않는 시골 산길에 저 혼자 핀다. 짙은 향기, 짙은 빛깔로 유혹하지 않는다. 여린 듯 곱게, 있는 듯 없는 듯 가만히 흔들린다. 가을의 차가움은 견디지 못한다. 하지만 맑고 담담한 자태를 보니, 꽃말 속에 대나무란 글자가 들어간 까닭을 짐작할 수 있겠다.

눈 위에 쓴 편지

이규보 李奎報, 1168-1241
〈눈 속에 벗을 찾아갔다가 만나지 못하고雪中訪友人不遇〉

눈빛이 종이보다 더욱 희길래
채찍 들어 내 이름을 그 위에 썼지.
바람아 불어서 땅 쓸지 마라
주인이 올 때까지 기다려주렴.

雪色白於紙　擧鞭書姓字
설 색 백 어 지　거 편 서 성 자
莫教風掃地　好待主人至
막 교 풍 소 지　호 대 주 인 지

백어지白於紙 종이보다 희다. 편鞭 채찍. 막교莫教 ~로 하여금 ~하지 않도록 하게 해다오. 소지掃地 땅을 쓸다.

눈길 어렵사리 친구 찾아왔더니 마실 가고 없다. 멍하니 섰는데 발길 한 번 닿지 않은 눈 자리가 흰 종이인 양 깨끗하다. "나 왔다 가네. 오늘 같은 날은 집에 좀 있질 않구서. 쯧쯧쯧." 채찍을 들어 눈밭 위에 이렇게 써놓고 발길을 돌린다. 올려다보면 푸르게 시린 겨울 하늘, 이따금 눈보라는 말발굽을 휘감고 지나간다. 바람아 조금만 잠잠해다오. 주인이 돌아와 내가 남긴 편지를 읽을 수 있도록.

맨드라미

이규보 李奎報, 1168-1241
〈변소 곁의 맨드라미를 읊다詠厠中鷄冠花〉

닭이 이미 꽃이 되어 곱고 예쁜데
어이해 더러운 뒷간에 있나.
여태도 전날의 습관이 남아
구더기 쪼아 먹을 생각인 게지.

鷄已化花艶　云何在溷中
계 이 화 화 염　운 하 재 혼 중
尙餘前習在　有意啄蛆蟲
상 여 전 습 재　유 의 탁 저 충

측중厠中 뒷간 속. 계관화鷄冠花 맨드라미. 꽃 모양이 닭 벼슬 같다 하여 이렇게 부른다. 화化 변화하다. 혼중溷中 더러운 가운데. 여기서는 변소를 가리킴. 상여尙餘 아직도 남았다. 전습前習 전생의 습관. 저충蛆蟲 구더기.

맨드라미는 계관화(鷄冠花)다. 우리말로는 닭벼슬꽃이다. 생긴 것이 닮았다. 화장실을 가다가 곁에 핀 맨드라미 꽃을 보았던 모양이다. 전생의 닭이 변화해서 저리 곱고 어여쁜 꽃으로 피어났다. 그런데 왜 하필 더러운 뒷간 옆에 피어났는가? 화장실 근처를 기웃거리며 구더기 쪼아 먹던 전생의 못된 습관이 여태도 남았던 게지. 제 버릇 개 못 준다더니, 맨드라미야. 네가 꼭 그 짝이로구나.

못가에서

혜심 慧諶, 1178–1234
〈그림자와 마주하여 對影〉

연못가 홀로 앉아
연못 속 중 만났지.
묵묵히 보며 웃네
말해야 대답 않을 테니.

池邊獨自坐　池底偶逢僧
지 변 독 자 좌　지 저 우 봉 승
默默笑相視　知君語不應
묵 묵 소 상 시　지 군 어 불 응

지저池底 연못 바닥. 우봉偶逢 우연히 만나다. 불응不應 응답하지 않다.

혼자 못가에 앉았다. 물속에서 웬 중 하나가 나를 본다. 무표정하다. 싱거워 씩 웃는다. 그가 따라 웃는다. 누구신가? 물으려다 입을 다문다. 내가 나를 모르는데, 그인들 그를 알랴? 그저 이렇게 보기만 하세. 묻지 말고, 알려고도 말고. 내가 그를 본다. 그도 나를 본다. 내가 나를 본다. 그가 그를 본다. 제 그림자 보며 장난친 시다.

꾀꼬리 소리

김양경 金良鏡, ?-1235
〈수놓은 자리 뒤 가리개 위에 쓰다書黻座後障上〉

동산 꽃 붉은 비단 수놓았는데
대궐 버들 실실이 파아랗구나.
재잘재잘 천만 가지 교묘한 소리
봄 꾀꼬리 사람보다 훨씬 낫다네.

園花紅錦繡 宮柳碧絲綸
원 화 홍 금 수 궁 류 벽 사 륜
喉舌千般巧 春鶯却勝人
후 설 천 반 교 춘 앵 각 승 인

불좌黻座 수를 놓아 장식한 자리. 옥좌. 장障 가리개. 금수錦繡 수놓은 비단. 사륜絲綸 실. 후설喉舌 목구멍과 혀. 천반千般 여러 가지. 각양각색. 승인勝人 사람보다 낫다.

임금 앉아 계신 옥좌 뒤에 놓은 가리개 그림에 얹은 제화시(題畵詩)다. 봄 동산은 붉은 꽃에 뒤덮였다. 버들가지에도 물이 파랗게 올라, 붉은 꽃 푸른 실이 울긋불긋 어우러졌다. 삼원색 한데 모아보자고 이번엔 노오란 꾀꼬리가 버들가지 사이로 고개를 빼끔 내민다. 조잘조잘조잘 쉴 새 없이 떠들어댄다. 붉은 꽃, 푸른 실, 노란 꾀꼬리, 봄기운은 임금 계신 옥좌로부터 쏟아져 나와 꾀꼴꾀꼴꾀꼴꾀꼴 폭포수처럼 퍼져나간다. 온 천하가 태평춘(太平春)이다.

천봉 속

충지 冲止, 1226-1292
〈한가한 중에 우연히 쓰다閑中偶書〉

천봉 가운데 잠겨 있는 절
깊고 그윽함 말할 수 없네.
창문을 열면 산빛이 들고
문을 닫아도 시냇물 소리.

寺在千峯裏 幽深未易名
사 재 천 봉 리 유 심 미 이 명
開窓便山色 閉戶亦溪聲
개 창 편 산 색 폐 호 역 계 성

유심幽深 그윽히 깊음. 미이명未易名 쉽게 이름 붙이지 못한다. 편便 문득.

✥

충지 스님, 그의 속명은 위원개(魏元凱)다. 19세에 과거에 급제하여, 승승장구 앞길이 환히 열린 젊은이였다. 그러다 작심한 바 있어 머리 깎고 승려가 되었다. 속세를 훌훌 떠나 깊은 산속 절집에 산다. 그 깊고 그윽한 맛은 언어로는 무어라 설명할 길이 없다. 찾는 이 없어 쓸쓸할 것 같지만, 천만의 말씀이다. 들창을 열면 사시 푸른 산빛이 슬며시 고개를 디밀고, 문을 닫아걸어도 시냇물 소리는 빗장을 타넘고 들어온다. 꼭 짜면 푸른 물이 뚝뚝 흐를 것만 같다.

아침 내내

충지 沖止, 1226–1292
〈떠오르는 대로雜詠〉

발 걷어 산빛 들이고
대통 이어 냇물 소리.
아침 내 오는 이 없고
두견이 제 이름 부른다.

捲箔引山色　連筒分澗聲
권 박 인 산 색　연 통 분 간 성
終朝少人到　杜宇自呼名
종 조 소 인 도　두 우 자 호 명

권박捲箔 발을 걷다. 연통連筒 대통을 이어 물을 끌어옴. 소인도少人到 아무도 오지 않음. 두우杜宇 두견이의 다른 이름.

새벽에 발 걷으면 산빛이 방 안에 든다. 대나무 통으로 이어진 냇물 소리가 마당에 가득하다. 산빛에 냇물 소리. 내가 산속 시냇가에 앉은 폭이다. 뜨락엔 인기척 하나 없다. 두견이가 마음 놓고 자꾸 제 이름을 부른다. 불여귀거(不如歸去)! 돌아감만 못하리! 돌아감만 못하리! 아서라. 새야. 돌아가서 뭘 하려구? 그냥 여기서 나하고 놀자. 너나 나나 피차에 심심하잖니.

보덕굴

이제현 李齊賢, 1287-1367
〈보덕굴에서 普德窟〉

음산한 바람 골을 나오고
시냇물 깊어 더욱 푸르다.
지팡이 짚고 층층 뫼 보니
날 듯한 처마 구름을 탔네.

陰風生岩谷　溪水深更綠
음 풍 생 암 곡　계 수 심 갱 록
倚杖望層巓　飛簷駕雲來
의 장 망 층 전　비 첨 가 운 래

음풍陰風 음산한 바람. 심갱록深更綠 수심이 깊어 더더욱 푸르게 보임. 층전層巓 층층의 산꼭대기. 비첨飛簷 하늘로 날아올라갈 듯한 날렵한 처마. 가운駕雲 구름 위로 올라타다.

금강산 보덕굴은 깎아지른 벼랑 끝에 구리 기둥으로 받쳐, 굴 입구에서 허공으로 내걸린 암자다. 보덕굴 입구 난간에 서니 굴 안쪽에선 한여름인데도 음산한 찬바람이 몰려나온다. 위태롭게 내려보니 계곡물은 초록을 못 이겨 검은 기운이 감돈다. 다시 고개를 들어 산꼭대기 쪽을 올려다본다. 까마득한 저 높이에 층층의 묏부리들이 아스라이 떠 있다. 시야를 가리는 것은 날렵하게 허공으로 손 내민 처마의 끝자락이다. 산꼭대기 더 보려고 고개를 비트는데, 웬걸, 한 떼의 구름을 올라타고서 처마가 가마가 되어 둥둥 떠가는 것이 아닌가? 순간 엇찔 하여 눈을 감는다.

당부

조인규 趙仁規, 1237-1308
〈아들들에게 보여주다示諸子〉

임금을 섬김에 충성 다하고
사물과 마주해선 지성 다하라.
원컨대 밤낮으로 부지런하여
부모 이름 더럽힘 없도록 하라.

事君當盡忠 遇物當至誠
사 군 당 진 충 우 물 당 지 성
願言勤夙夜 無忝爾所生
원 언 근 숙 야 무 첨 이 소 생

우물遇物 어떤 일을 처리함. 숙야夙夜 밤낮. 무첨無忝 욕되게 하지 말라. 이소생爾所生 너를 낳아준 사람.

❖

아버지가 여러 자식들을 앞에 앉혀놓고 당부하는 말이다. 사실 이런 것이야 시라 하기가 좀 민망하다. 하지만 그 마음이 참 당당하다. 진충지성(盡忠至誠)이야 사람의 바탕에 지녀야 할 마음가짐이 아닌가? 나라 위해 힘 쏟고, 맡겨진 일에 최선을 다하는 삶. 거기에 성실성의 바탕을 지녀 있다면 더 바랄 것이 없겠다. 4구의 '소생(所生)'은 '낳은 바'이니 부모를 말한다. 나는 너희들이 주어진 자리에서 최선을 다해, 누구의 자식은 과연 다르다는 그런 말을 듣고 싶다. 행여나 '애비가 누구야?' 하는 손가락질은 받지 않았으면 한다. 불의한 방법으로 출세하고, 사람들 위에 군림하며 거들먹거리는 것은 정말이지 바라지 않는다.

연꽃

최해 崔瀣, 1287-1340
〈바람 맞은 연꽃風荷〉

새벽 목욕 막 끝내고
거울 앞에 맥 빠져서.
천연스런 아름다움
화장 않아 더 예뻐.

淸晨纔罷浴 臨鏡力不持
청 신 재 파 욕 임 경 력 불 지
天然無限美 摠在未粧時
천 연 무 한 미 총 재 미 장 시

청신淸晨 해맑은 새벽. 재纔 이제 막 겨우. 임경臨鏡 거울 앞에 앉다. 불지不持 견디지 못하다. 총摠 온통. 미장시未粧時 아직 단장하지 않았을 때.

잔잔한 수면 위, 연꽃 한 송이가 이제 막 솟았다. 막 목욕을 마친 어여쁜 아가씨의 청초한 맵시다. 힘이 쪽 빠져서 고개 갸웃 숙이고 거울 같은 수면에 제 얼굴 비춰본다. 어여쁜 분단장은 하지 않았다. 이따금 이슬 떨궈 거울에 파문 인다. 그녀의 아름다움, 내 가슴이 뛴다. 두근거린다.

변화

최해 崔瀣, 1287-1340
〈직책에서 물러난 뒤遞職後〉

새옹은 비록 말 잃었지만
장자야 어찌 고기 맘 알리.
화복(禍福)을 누가 내게 물으면
자허(子虛) 선생께 질문하리라.

塞翁雖失馬 莊叟詎知魚
새 옹 수 실 마 장 수 거 지 어
倚伏人如問 當須質子虛
의 복 인 여 문 당 수 질 자 허

장수莊叟 장자 늙은이. 새옹(塞翁)에 대구를 맞추려고 쓴 표현. 거詎 어찌. 의복倚伏 기대고 엎드림. 화복(禍福)이 서로 원인이 되어 순환함. 여문如問 만약 묻는다면. 질質 질문함. 자허子虛 세상 어디에도 없는 허깨비 선생. 《장자(莊子)》에 나온다.

벼슬에서 밀려난 뒤 씁쓸한 심회를 얹었다. 새옹지마(塞翁之馬)는 화도 되었다가 복도 되고 해서 손익득실의 계산이 잘 안 된다. 장자가 연못 속 물고기의 마음을 아는 척했지만, 고기와 나는 다른데 알긴 뭘 안단 말인가? 세상일은 도무지 가늠할 길이 없다. 누가 알겠는가? 오늘 내가 벼슬에서 쫓겨난 것이 이 어지러운 세상에서 잠시 빗겨나 있으라는 조물주의 깊은 뜻인 줄을. 누가 내게 화와 복의 근원에 대해 묻는다면 나는 세상 어디에도 없는 자허(子虛) 즉 허깨비 선생께 물어보라고 대답하겠다. 세상은 살아볼수록 알 수 없는 일뿐이다. 작은 일에 일희일비(一喜一悲)하지 않겠다.

마음가짐

이곡 李穀, 1298-1351
<느낌이 있어有感>

구슬을 감춘다며 몸을 가르고
이사를 한다면서 아내를 잊네.
마음가짐 담박하게 지닌다면은
일에 닥쳐 허둥지둥 당황하리오.

身爲藏珠剖　妻因徙室忘
신 위 장 주 부　처 인 사 실 망
處心如淡泊　遇事豈蒼黃
처 심 여 담 박　우 사 기 창 황

신위장주부身爲藏珠剖 몸을 구슬을 감추기 위해 가른다. 처인사실망妻因徙室忘 아내는 집을 이사함으로 인하여 잊어버린다. 우사遇事 일에 닥치다. 일을 만나다. 창황蒼黃 파래졌다 노래졌다 하는 모양. 당황하여 허둥지둥하는 모습.

페르시아의 장사치들은 좋은 구슬을 얻으면 제 몸을 갈라 구슬을 숨긴다는 말이 있다. 구슬은 아끼면서 제 몸은 아낄 줄 모른다. 예전 노나라에 어떤 사내는 건망증이 하도 심해, 이사에만 몰두한 나머지 제 아내를 데려오는 것은 잊어버렸다. 그러니까 1, 2구는 고사가 있는 말이다. 배를 갈라 그 속에 구슬을 감춰두고는 참 흐뭇하고 든든했겠지. 으리으리한 새 집 생각만 해도 덩실 춤을 추고 싶었겠지. 하지만 아내 없이는 새집이 쓸모없고, 건강을 잃으면 구슬도 쓸데없는 줄은 생각지 못했다. 막상 일이 닥치면 그제야 난리라도 날 듯이 온통 법석을 떤다. 마음속에 가득 찬 탐욕 때문이다.

지친 새

전원발 全元發, ?-1421
〈용궁에서 한가롭게 지내며. 난계 김득배의 운에 차운하여
龍宮閑居. 次金蘭溪得培韻〉

강 넓어 큰 고기 마음껏 놀고
숲 깊어 지친 새 돌아오누나.
전원으로 돌아옴은 내 뜻이지만
진즉에 기미(機微) 앎은 아니었다네.

江闊脩鱗縱　林深倦鳥歸
강 활 수 린 종　임 심 권 조 귀
歸田是吾志　非是早知機
귀 전 시 오 지　비 시 조 지 기

수린脩鱗 큰 고기. 수(脩)는 길다는 의미. 권조倦鳥 지친 새. 지기知機 기미(機微)를 알다.

✤

넓은 강물엔 큰 고기가 물 만나 논다. 제멋대로 거칠 게 없다. 깊은 숲에는 날다 지친 새들이 둥지에 깃든다. 따뜻하고 안온하다. 전원으로 돌아오니 마음이 기쁘다. 왜 진작 내려오지 못했나 싶다. 나는 세상일에 지친 새, 좁은 보에 갇혀 그물에 비늘을 다치기도 했던 큰 물고기다. 진작에 벼슬길이 재앙의 길임을 알았더라면 그 길에서 그토록 아등바등하지는 않았을 터. 이제 자의 반 타의 반으로 자연에 묻히고 보니, 지난날의 망설임이 마음에 부끄럽다. 아직 늦지 않았다. 멋대로 헤엄치다 수면 위로 튕겨 오르기도 하고, 마음껏 날다 저물녘엔 둥지에 깃들리라.

안분(安分)

정포 鄭誧, 1309–1345
〈자식에게 보여주다示兒〉

먹을 게 없으면 콩잎도 맛이 달고
입을 옷 없으니 칡베 옷도 좋다네.
따습고 배부른 즐거움만 구하면
얻지도 못한 채 해가 먼저 따르리.

乏食甘藜藿 無衣愛葛絺
핍 식 감 려 곽 무 의 애 갈 치
若求溫飽樂 不得害先隨
약 구 온 포 락 불 득 해 선 수

핍식乏食 먹을 것이 결핍됨. 여곽藜藿 콩잎. 거친 음식을 가리킴. 갈치葛絺 칡베. 올이 거친 옷감. 약구若求 만약 구한다면.

제목으로 보아 아들에게 주는 아버지의 당부다. 먹을 게 없고 보면 명아주나 콩잎도 입에 달기만 하다. 입을 옷이 없고 보니 올 굵은 칡베 옷도 고맙기 그지없다. 따뜻한 거처에서 주린 것 모르는 삶이 과연 기쁘기만 할까? 육신의 욕망은 끝간 데를 모르는 법이어서 무절제의 나락에 빠져 몸을 망치고 만다. 아들아! 내가 네게 바라는 것은, 좋은 집에 좋은 옷 입고 기름진 음식을 먹는 즐거움이 아니다. 입는 것 먹는 것이야 다소 부족하더라도 나눌 줄 알고 베풀 줄 아는 마음, 주어진 삶에 늘 감사하고, 부족한 대로 만족할 줄 아는 그런 삶을 네가 살아주었으면 싶다.

강어귀에서

정포 鄭誧, 1309–1345
〈강어귀江口〉

배 타고 가다 소나기 만나
뱃전에 기대 구름 보았지.
드넓은 바다 육지 없더니
산 밝아오자 마을 반갑다.

移舟逢急雨 倚檻望歸雲
이 주 봉 급 우　의 함 망 귀 운
海濶疑無地 山明喜有村
해 활 의 무 지　산 명 희 유 촌

의함依檻 난간에 기대다. 의무지疑無地 육지가 없는 줄 의심하다.

바다와 만나는 강어귀로 배를 타고 나갔다. 갑작스레 소나기가 온다. 운무에 뒤덮여 방향조차 가늠할 수 없다. 뱃전에 기대 저편으로 몰려가는 먹장구름을 바라본다. 옷이 비에 젖고, 파도도 조금씩 높아진다. 불안하다. 이대로 방향을 잃고 검은 바다 속으로 끝없이 빨려들 것만 같다. 사방을 둘러봐도 육지는 보이지 않는다. 어찌하나. 그러고 있는데 구름이 몰려간 반대편 하늘이 뻥 뚫리면서 묏부리 끝이 환히 드러난다. 소나기는 순식간에 그쳐버리고, 안개도 걷혔다. 안개가 걷히면서 묏부리 위에서부터 커튼을 젖히듯이 산 아래 마을까지가 차차로 본모습을 드러낸다. 잠깐 사이에 모든 것은 제자리로 돌아왔다. 놀란 가슴 쓸어내리며 휴 하며 안도의 숨을 내쉰다.

비 온 아침

설손 偰遜, ?-1360
〈산속의 비山中雨〉

밤새 내린 산속 비
지붕 띠는 날리고.
냇물 분 건 몰라도
낚싯배 높아졌네.

一夜山中雨 風吹屋上茅
일야산중우 풍취옥상모
不知溪水長 只覺釣船高
불지계수장 지각조선고

옥상모屋上茅 지붕 위에 얹은 띠. 조선釣船 낚싯배.

✤

밤새 비가 오고 바람이 불었다. 가뜩이나 볼품없는 초가지붕 마저 불어가버릴 기세다. 세상이 발칵 뒤집힌 것 같다. 불안하게 지샌 밤이 밝았다. 어떻게 되었을까? 잔뜩 긴장한 채 방문을 연다. 숲에선 여태도 빗방울이 듣고 있다. 시내도 달라진 것이 없다. 혹 내가 꿈을 꾼 걸까? 가만 보니 그렇지는 않다. 시냇가에 매어둔 고깃배의 위치가 어제보다 한결 높아졌다. 그러면 그렇지. 밤새 내린 비로 시냇물이 불었다. 짐짓 아무 일 없었던 체 시치미를 뚝 떼고 있지만, 내 눈을 속일 수는 없다. 주인의 눈길이 이제 제 집 지붕 위로 향할 차례다. 설손, 그는 위구르 사람이다. 난리를 피해 우리나라로 귀화했다. 말도 잘 통하지 않는 외국인이 산속에 집 짓고 살았다. 퍽이나 외로웠을 것이다.

갈매기

유숙 柳淑, 1324-1368
〈벽란나루에서碧瀾渡〉

강호의 약속 오래 등지고
티끌세상서 스무 해 됐네.
하얀 갈매기 날 비웃는 듯
자꾸 일부러 누각 가까이.

久負江湖約 紅塵二十年
구 부 강 호 약 홍 진 이 십 년
白鷗如欲笑 故故近樓前
백 구 여 욕 소 고 고 근 루 전

벽란도碧瀾渡 개성 서쪽 예성강 위쪽에 있던 나루. 고고故故 일부러. 고의로.

가야지 하며 못 간 것이 이십 년이다. 귀거래의 꿈은 빛바랜 사진이다. 이 일만 마치면 하다가, 자식 혼사만 끝나면 하다가 한 세월 다 갔다. 입으로만 강호를 노래했지 나는 현실의 명예와 부귀를 탐했다. 전원을 선망했지만 술과 고기와 여색과 잔치 자리의 떠들썩함을 더 즐겼다. 강호의 문은 늘 활짝 열려 있었는데, 갈 수 없게 날 붙드는 현실의 질곡만 원망했다. 벽란나루에서 배를 기다리는데 흰 갈매기 몇 마리가 자꾸 나를 놀린다. 바보 같은 자식! 온다고나 하지 말지. 오지도 못할 걸 왜 자꾸 온다고 하니? 올 테면 한번 와봐라. 나하고 놀 테면 놀아보자구! 나 서 있는 코앞까지 교대로 날아와 메롱메롱메롱 한다. 벽란도 푸른 물결 흰 포말로 부서지고, 갈매기의 손가락질 앞에 나는 지나온 세월이 자꾸만 덧없고 부끄럽다.

새벽 풍경

함승경 咸承慶, 고려 공민왕 때
〈들길野行〉

맑은 새벽 해 뜨려니
구름 놀 빛 눈부시다.
강산 풍경 더 기막혀
늙은이는 시 못 짓네.

晴曉日將出　雲霞光陸離
청 효 일 장 출　운 하 광 륙 리
江山更奇絶　老子不能詩
강 산 갱 기 절　노 자 불 능 시

청효晴曉 맑게 갠 새벽. 육리陸離 빛이나 광채가 눈부신 모양. 갱更 더욱. 노자老子 늙은이. 자기 자신을 이름. 불능시不能詩 시로는 표현할 수가 없다는 뜻.

동트기 전에 길을 떠난다. 눈이 어둠에 익어갈 무렵 해서 하늘 끝이 불그스레해진다. 구름 높은 신비한 빛을 띠며 먼동을 틔운다. 이윽고 먼 산 너머로 해가 고개를 빼끔 내민다. 그 빛을 받은 강과 산들이 차례로 켜켜이 모습을 드러낸다. 그는 아마도 제법 높은 비탈길에서 아래쪽을 내려다보고 있었을 게다. 차례로 달려오는 아침 햇살의 무리 속에서 그는 숨이 턱 막혀 할 말을 잊는다. 천지창조 때의 그 광경 그대로다.

세상만사

조인벽 趙仁璧, ?-1393
〈절구絕句〉

공훈 세워 이름남은 나비 날개요
부귀는 가벼웁기 용뇌향 같다.
세상만사 가을 꿈에 놀라 깨보니
동창엔 바다 달이 둥두렷하다.

蝶翅勳名薄 龍腦富貴輕
접 시 훈 명 박 용 뇌 부 귀 경
萬事驚秋夢 東窓海月明
만 사 경 추 몽 동 창 해 월 명

접시蝶翅 나비의 날개. 약하여 부서지기 쉬운 것의 비유. 박薄 얇다. 각박하다. 용뇌龍腦 인도의 용뇌수(龍腦樹)의 줄기에서 나와 응고된 투명한 결정체. 최고급 향의 재료로 쓴다.

이성계의 혁명이 끝난 뒤, 고려에 절개를 지켜 강원도 양양 땅에 해월정(海月亭)을 짓고 숨어 살았다. 바닷가 집에서 일장춘몽의 지난 세월을 돌아보았다. 공을 세워 그 이름이 기린각에 오른다 해도 허망하기가 손대면 바스라지는 나비 날개 같다. 달콤한 부귀는 용뇌향처럼 허공 연기로 사라진다. 한 움큼 모래를 쥔 주먹과 다름없다. 욕심 사납게 움켜쥘수록 펴보면 남은 게 없다. 속세에서의 시간은 추운 가을밤 초저녁에 잠깐 든 꿈이로구나. 동창이 훤해 창 열고 보니, 바다 위에 황금 수레가 덩실 솟았다. 지난 미망(迷妄)들이 이 한 방에 흔적 없이 스러진다.

달밤

이색 李穡, 1328-1396
〈한포에서 달빛을 희롱하며漢浦弄月〉

해 지자 모래톱 더 희고
구름이 옮겨가 물 더욱 맑다.
고인(高人)이 밝은 달 노는데
자줏빛 난새의 생황만 없네.

日落沙愈白　雲移水更淸
일 락 사 유 백　운 이 수 경 청
高人弄明月　只欠紫鸞笙
고 인 롱 명 월　지 결 자 란 생

유백愈白 더욱 희다. 유난히 희다.

강변의 백사장은 해 진 뒤가 더 밝다. 종일 받아둔 햇살이 여태 남아 흘러넘치는 걸까? 구름이 수면 위로 떠간다. 그 흰 빛깔로 인해 강물의 푸름이 더 도드라진다. 이윽고 동산에 달이 오르면 마음 맑은 선비는 달 보며 논다. 해 진 뒤 더 밝은 백사장처럼, 구름으로 더 맑아 보이는 저 강물같이 늙고 싶다. 시름은 누구나 있게 마련. 그 자잘한 근심들이 내 삶을 더 맑게 헹궈내고, 어둠 속에 더 잔잔히 빛나게 해줄 것을 믿는다. 그러다 동산에 떠오른 달빛을 부끄럼 없이 우러를 수 있었으면 좋겠다. 이렇게 해맑은 밤에는 자줏빛 난새의 등을 타고 생황을 불며 하늘나라 신선이 이곳으로 훨훨 날아올 것만 같다.

봄비

정몽주 鄭夢周, 1337-1392
〈봄비 春雨〉

방울 짓지 못하던 가녀린 봄비
밤중에 가느다란 소리가 있네.
눈 녹아 남쪽 시내 물 불어나서
새싹들 많이도 돋아나겠네.

春雨細不滴　夜中微有聲
춘 우 세 불 적　야 중 미 유 성
雪盡南溪漲　草芽多少生
설 진 남 계 창　초 아 다 소 생

불적不滴 적(滴)은 물방울. 물방울을 이루지 못함. 창漲 물이 불어 범람함. 초아草芽 풀의 새싹. 다소多少 꽤나. 적지 않게 많이.

스프레이를 뿌린 듯 봄비가 사각사각 내렸다. 물방울도 못 맺고, 속옷 젖는 줄 모르게 내린 비. 밤중에 누웠자니 낮에 못 듣던 소리가 들린다. 사각사각 대체 무슨 소릴까? 밤들어 빗발이 제법 굵어졌나? 아니면 겨우내 흐름을 멈춘 남쪽 시내에 눈 녹은 물이 흘러가는 소리? 굳이 따질 것 없다. 그것은 겨우내 꽁꽁 얼어붙었던 만물들이 꿈틀 소생하는 소리, 사분사분 봄비에 땅이 녹아 기지개 켜는 소리, 아! 잘 잤다 이제 슬슬 땅 위로 올라가볼까 하는 소리다. 내 몸에도 더운 피가 돌고, 얼음장 밑으론 시냇물이 돌고, 굳은 땅 비집고 새싹이 올라온다. 깊은 밤 홀로 깨어 듣는 이 소리가 이리 고맙다.

일출

성석린 成石璘, 1338-1423
〈금강산楓嶽〉

일만 이천 봉

높고 낮음 같지 않네.

그대 보았나 해 뜨면

높은 곳 가장 먼저 붉어지는 걸.

一萬二千峰 高低自不同
일 만 이 천 봉 고 저 자 불 동

君看日輪上 高處最先紅
군 간 일 륜 상 고 처 최 선 홍

일륜日輪 해 바퀴. 태양을 말함. 최선最先 가장 먼저.

장엄한 첫 해가 떠올랐다. 일만 이천 봉우리들이 하늘 향해 두 팔 들고 예배 드린다. 지상에서 해를 가장 먼저 맞는 것은 금강산 최고봉이다. 꼭대기부터 물든다. 뒤이어 키 순서대로 진면목을 차례로 드러낸다. 등불이 켜지듯 만 이천 봉의 빛나는 이마들이 떠오르는 태양을 향해 예불을 올린다. 스케일이 웅장하고 호방하다. 김종직은 이 시가 "도를 깨닫는 데 선후와 심천(深淺)이 있는 것은 인성의 높고 낮음이 있는 데 말미암는 것임을 비유한 것(喩得道之有先後深淺, 由人性之有高下)"으로 읽었다. 홍만종도 "사람 품성의 높고 낮음을 비유한 것(譬人之品性高下)"이라고 했다. 햇살 받아 차례로 모습을 드러내는 묏부리를 깨달음 얻어 드러나는 본체 성령(性靈)의 환한 모습으로 보았다. 새 누리의 첫 빛 받는 최고봉은 정신이 도달한 가장 높은 지점이다. 범접할 수 없는 우뚝한 높이, 암흑을 가르고 드러나는 첫 모습, 거울처럼 투명하고 투철한 정신.

목숨을 끊으며

김자수 金自粹, 고려 말
〈목숨을 끊으며絶命詞〉

한평생 충효의 뜻
오늘에 뉘라 알리.
한 번 죽어 한 그치면
구원(九原)에선 알아주리.

平生忠孝意　今日有誰知
평 생 충 효 의　금 일 유 수 지
一死吾休恨　九原應有知
일 사 오 휴 한　구 원 응 유 지

수지誰知 누가 알랴? 휴한休恨 한스러움을 그치다. 멈추다. 구원九原 저승. 응應 응당. 마땅히.

고려가 망해 조선이 들어섰다. 태종이 형조판서로 그를 쓰겠다며 불렀다. 광주(廣州) 땅 추령(秋嶺)에서 그는 이 시를 짓고 목숨을 끊었다. 시적인 표현이라곤 찾아볼 수 없다. 하기사 삶을 마감하는 자리에서 무슨 꾸밈이 필요할까? 비장감만 흐른다. 망한 나라의 신하로 제 임금 죽이고 새로 선 나라에 고개 숙일 수는 없다. 단지 그것뿐이다. 출세를 보장한다는 손짓은 수치스럽다. 평생 나라 위한 붉은 마음 지녀왔지만 이제 모두 기억 속 저편의 일이다. 내 탓도 있으니 누굴 허물하겠는가? 욕된 삶을 마쳐 가슴속 한도 함께 지우리라. 알아주지 않아도 좋다. 저승에 가서 옛 임금 앞에 무릎 꿇고 부끄럽지 않은 낯으로 인사드릴 수 있다면 그것으로 만족하겠다.

버들

설장수 偰長壽, 1341~1399
〈버들가지 노래柳枝詞〉

드리운 가지 꾀꼬리가 와서 흔들고
날리는 솜 나비가 따라가누나.
애초에 눌러앉을 뜻이 없거늘
어이해 이별 마음 붙잡아 매리.

垂綠鶯來擺　飄綿蝶去隨
수 록 앵 래 파　표 면 접 거 수
本無安穩計　爭得繫離思
본 무 안 온 계　쟁 득 계 리 사

수록垂綠 아래로 드리워진 초록색 가지. 버들가지를 말함. 파擺 벌이다. 흔들다. 표면飄綿 바람에 나부끼는 버들 솜. 면(綿)은 유면(柳綿)이니 버들가지에서 솜처럼 피어 날리는 버들 솜이다. 안온계安穩計 편안하게 눌러앉아 지낼 계획. 쟁득爭得 어찌 얻으리. 될 수 없다는 말임.

휘늘어진 버들가지는 가만히 수면만 보고 싶은데, 꾀꼬리가 제멋대로 매달리는 통에 이리저리 능청댄다. 그 서슬에 버들솜이 사방으로 흩날린다. 왔다가 가는 것이 인생이다. 바람은 딴 데서 불어오고, 꾀꼬리는 날아와 가지를 부추기고, 나비는 버들 솜을 뒤쫓느라 바쁘다. 버들가지 꺾어주며 떠날 사람 붙들 생각 마라. 버들 실〔絲〕로 묶을 수 있는 그리움〔思〕이었다면, 버들〔柳〕로 머물릴 수〔留〕 있는 사랑이었다면 애초에 오지도 않았을 것이다. 바람 부는 대로 물결치는 대로 순리 따라 흔들리며 살아갈 일이다. 그는 고려 공민왕 때 과거에 급제해서 조선에서 벼슬을 살았다. 앞서 벼슬 권유에 목숨을 끊었던 김자수의 시와 비교해보라. 말 속에 그 사람이 있다. 무섭게 똑같다. 한 사람은 부끄럽다고 죽었고, 한 사람은 떠날 사람 떠나는 법이라고 했다.

시골집

이숭인 李崇仁, 1347-1392
〈시골집村居〉

붉은 잎 마을 길에 환하고
맑은 샘 돌 뿌리 양치한다.
땅이 외져 수레 말 안 오고
산 기운 저절로 황혼일세.

赤葉明村逕　清泉漱石根
적 엽 명 촌 경　청 천 수 석 근
地偏車馬少　山氣自黃昏
지 편 거 마 소　산 기 자 황 혼

명明 환하다. 밝다. 촌경村逕 마을 길. 수漱 양치질하다. 물이 바위 위로 부딪치는 모양. 석근石根 돌 뿌리. 지편地偏 땅이 외짐. 자自 절로. 어느새.

✤

붉은 잎이 마을 길을 덮었다. 햇볕 받은 마을이 온통 환하다. 여름내 태운 정열이 붉은 피로 떨어진다. 이제 잠착히 가라앉혀 흙으로 가겠지. 맑은 시내는 시냇가 바위의 밑뿌리를 헤집는다. '수(漱)'는 양치질한다는 말이다. 우걱우걱 물로 이빨을 양치하듯 바위 둘레를 감돌아나간다. 바위의 잇몸이 다 드러났다. 물이 줄어 보이지 않던 바위가 수면 위로 드러난 것을 두고 한 말이다. 외진 곳이라 귀한 분의 수레나 말이 찾을 일 없다. 검은 머리 백성들만 이따금 오간다. 산은 저 혼자 하도 심심해 해가 아직 닷발이나 남았는데 황혼의 그림자를 드리운다. 이렇게 하루가 한 해가 간다. 나는 바위처럼 서서 황혼을 바라보겠다. 시인은 고려 말을 살았다. 기울어가는 사직을 바라보는 쓸쓸함과 노경(老境)의 호젓함이 어우러진 쓸쓸한 풍경이다.

강남

정도전 鄭道傳, 1342-1398
〈버들을 노래하다 詠柳〉

안개 속에 멋대로 너울대더니
빗속에 더더욱 애틋도 하다.
하많은 강남땅 버드나무에
봄바람 유난히도 불어오누나.

含烟偏裊裊 帶雨更依依
함 연 편 뇨 뇨 대 우 경 의 의
無限江南樹 東風特地吹
무 한 강 남 수 동 풍 특 지 취

함연含烟 안개를 머금다. 편偏 한쪽으로 치우침. 뇨뇨裊裊 버들가지가 바람에 한들대는 모양. 의의依依 애틋하여 차마 떠나지 못하는 모양. 특지特地 특별히. 유난히. 지(地)는 어조사.

안개 속에 지워진 배경처럼 부옇게 버드나무가 서 있다. 바람에 버들가지 흔들릴 때마다 안개도 함께 일렁인다. 봄비에 젖더니만 연둣빛이 눈에 띄게 짙어졌다. 강남땅, 방죽 길 따라 끝도 없이 늘어선 버들가지들. 가지마다 헤집고 지나가며 실실이 풀쳐놓느라 봄바람도 일없이 바쁘다. 안개 한 번 지나가고 봄비 한 번 지날 때마다 강남땅의 푸른빛이 짙어진다.

소요

길재 吉再, 1353-1419
〈떠오르는 대로卽事〉

차가운 맑은 샘에 세수를 하고
무성한 숲 높은 곳에 몸을 두노라.
아이들 찾아와 글을 물으니
애오라지 더불어 소요하리라.

盥水清泉冷 臨身茂樹高
관 수 청 천 랭 임 신 무 수 고
冠童來問字 聊可與逍遙
관 동 래 문 자 요 가 여 소 요

관수盥水 세숫물. 관동冠童 관을 쓴 동자. 여기서는 머리에 두건을 쓴 학동. 문자問字 글자를 묻다. 공부를 청함. 요聊 애오라지.

아침에 일어나면 찬 샘물 앞에 가서 세수하고 양치한다. 뼛속까지 시리다. 산에 살아 늘 찬 정신으로 세상을 내려다본다. 인간의 영욕이란 얼마나 하잘것없는 것이냐. 마음속에 도를 기르니 평평탄탄하여 걸릴 것이 없다. 산 아래서 글 배우러 찾아오는 아이들 몇이 내 유일한 손님들이다. 먼 곳에 마음 두지 않고 내 남은 삶을 이들과 더불어 노닐리라.

법주사

함부림 咸傅霖, 1360–1410
〈법주사에서法住寺〉

계원(雞園)에 해와 달 한가롭고
안탑(雁塔)은 구름 연기 잠겼네.
어쩌다 삼청동에 들어와
이런저런 세상 일 죄 잊었네.

雞園閒日月　雁塔鎖雲烟
계 원 한 일 월　안 탑 쇄 운 연
偶入三淸洞　都忘世事牽
우 입 삼 청 동　도 망 세 사 견

계원鷄園 인도 마갈타국에 있던 절 이름. 불교의 유명한 성지다. 안탑雁塔 인도 마갈타국에 있던 탑 이름. 우입偶入 우연히 들어오다. 도都 모두. 온통. 견牽 끌려다니다.

속리산 법주사에서 지은 시다. 속리산(俗離山)은 속세를 벗어난 산이다. 법주사(法住寺)는 법이 머물고 있는 절이다. 1구의 계원(雞園)은 인도 마갈타국에 있던 절 이름이다. 《중아함경(中阿含經)》에 "부처님이 세상을 뜬 뒤 수많은 상존명(上尊名) 덕비구(德比丘)들이 모두 계원에 머물렀다"고 적고 있는 불교의 성지다. 2구의 안탑(雁塔) 또한 인도 마갈타국에 있던 탑 이름이다. 당나라 현장(玄奘) 스님의 《대당서역기(大唐西域記)》에 나온다. 어떤 비구가 수행을 하다가 갑자기 기러기 떼가 날아가는 것을 보았다. 장난삼아 "배고픈데 부처님께서 먹으라고 주신 건가?"라고 했다. 말이 끝나기도 전에 기러기 한 마리가 대오에서 이탈하여 스님 앞에 떨어져 죽었다. 비구가 이를 보고 대중에게 전후 이야기를 해주었다. 들은 이가 슬퍼하며 기러기를 묻어주고 그 위에 탑을 세웠다. 계원은 한가롭고 안탑이 안개에 잠겨 있다는 1, 2구는 불법이 이제 저 옛날 인도 마갈타국에 있지 않고, 속리산 법주사로 옮겨왔다는 뜻이다. 삼청(三淸)은 도교에서 쓰는 말이다. 청정(淸淨) 법지(法地)임을 이렇게 말했다. 세상일이 나를 잡아당김을 다 잊었다는 말로 이 산이 속리산(俗離山)임을 환기했다. 행간에 말을 씹는 맛이 있다.

봄날

이첨 李詹, 1345-1405
〈자적自適〉

집 뒤 뽕잎 여리고
밭가 염교 새잎 돋아.
방죽엔 봄물 가득
어린 아들 배 젓네.

舍後桑枝嫩　畦邊薤葉抽
사 후 상 지 눈　휴 변 해 엽 추
陂塘春水滿　稚子解撐舟
피 당 춘 수 만　치 자 해 탱 주

눈嫩 새싹이 곱고 어림. 휴변畦邊 밭두둑 가. 해엽薤葉 염교 잎. 염교는 백합과의 여러해살이풀. 피당陂塘 보를 막아 물을 가둔 연못. 해解 이해하다. 할 줄 알다. 탱주撐舟 배를 젓다.

뽕나무 가지에 물이 올랐다. 밭두둑의 염교 잎은 참기름을 바른 듯 이들이들하다. 물 불어난 방죽은 지나가는 바람에도 까르르 수면이 일렁인다. 생명력이 약동하는 계절. 어린 아들 녀석도 좀이 쑤셔 근질대는지 겨우내 물가에 묶여 있던 쪽배를 풀어 제법 노를 저으며 뱃놀이 시늉을 한다. 왕조가 교체되던 험한 세월, 진흙탕 수렁에서 겨우 벗어나 전원에서 맞은 새봄이었기에 더 달콤했겠지. 언 땅이 새싹을 깨우듯 움츠렸던 어린 꿈은 대지의 넉넉한 품 안이 포근하기만 할 터이다. 세상의 모든 미움과 독선도 이렇게 녹을 수는 없을까? 얹힌 듯 답답하던 명치끝이 풀린다.

산에 사는 맛

유방선 柳方善, 1388-1443
〈우연히 짓다偶題〉

띠 엮어 지붕 이고
대 심어 울 삼았네.
산에 사는 흐뭇한 맛
해마다 혼자 아네.

結茆仍補屋　種竹故爲籬
결 묘 잉 보 옥　종 죽 고 위 리
多少山中味　年年獨自知
다 소 산 중 미　연 년 독 자 지

결묘結茆 띠를 엮다. 보옥補屋 집의 새는 곳을 보충함. 고故 일부러. 대나무를 심은 것은 그것으로 울타리를 삼기 위해서였다는 뜻.

산중 생활이 여러 해째다. 새끼 꼬아 띠 풀 엮어 묵은 띠 걷고 새 띠를 얹는다. 집 인물이 훤해졌다. 대나무는 멋대로 뿌리를 뻗어 어느새 번듯한 울타리가 되었다. 대숲은 수런수런 궁리가 많다. 방 안에 앉았으면 온갖 소리가 다 들린다. 뙈기밭 일구며 떠가는 구름에 생각만 많다. 저녁엔 달게 먹고 곤히 잔다. 꿈도 꾸지 않는다. 티끌세상에서의 삶은 잘 기억이 나지 않는다. 아주 가끔씩 외로움을 느낀다. 나는 혼자다.

밤새도록

변계량 卞季良, 1369-1430
〈자강의 운을 빌어次子剛韻〉

대문 닫힌 방 한 칸 맑고 맑은데
책상에 정갈하게 놓인 경전.
초승달 그림자 숲에 들도록
외론 등 밤새도록 밝혀져 있네.

關門一室淸　烏几淨橫經
관 문 일 실 청　오 궤 정 횡 경
纖月入林影　孤燈終夜明
섬 월 입 림 영　고 등 종 야 명

관문關門 문을 닫아걸다. 오궤烏几 검은 옻칠을 한 책상. 횡경橫經 경전이 펼쳐진 채 가로놓이다. 섬월纖月 가는 달. 초승달. 종야終夜 밤새도록.

굳게 닫힌 대문 안쪽 사랑채엔 불이 환하다. 검은 칠을 한 책상 위엔 먼지 한 점 없고, 경서만 가로놓였다. 주인은 그 책을 읽고 있지 않다. 초승달이 동산 위로 떠올라 반대편 숲에 들도록 등불 밝혀 하얗게 날을 새운다. 누굴까? 허리를 곧추 세워 오랜 침묵 속에 잠겨 있는 사람은. 여보게, 자강(子剛)! 내 여기서도 자네 지내는 모습 눈에 선하이. 경서도 밀쳐두고 잠 못 이루는 그 마음 내 짐작하겠네. 하지만 새 세상이 오고 있질 않은가. 어째 모른 체하겠는가? 그는 고려의 조정에서 과거에 급제해 조선에서 벼슬했다. 자강이 누굴까? 궁금해 이렇게 읽어보았다.

산속 암자

이제 李禔, 1394-1462
〈스님의 두루마리에 쓰다題僧軸〉

산안개로 아침 짓고
여라(女蘿) 달은 등불 되네.
외론 암자 홀로 자니
탑만 한 층 남았구나.

山霞朝作飯　蘿月夜爲燈
산 하 조 작 반　나 월 야 위 등
獨宿孤庵下　惟存塔一層
독 숙 고 암 하　유 존 탑 일 층

산하山霞 산에서 피어나는 안개. 작반作飯 밥을 짓다. 나월蘿月 넝쿨식물인 여라(女蘿) 넝쿨에 비친 달빛.

양녕대군 이제(李禔)는 태종의 맏아들이다. 임금 자리를 마다하고 방랑으로 한 세월을 보내며 살았다. 떠돌다 어느 산속 자그마한 암자에 묵었다. 승축(僧軸)이란 스님이 가지고 있던 시 두루마리다. 말하자면 방명록 같은 것이다. 여보 스님! 아침 안개 일어 밥 짓고, 여라 넝쿨 사이 달빛을 등불 삼아 조촐히 사시는군요. 탑도 다 무너지고 한 층만 남았소그려. 혼자서 가는 것이 인생이라오. 부귀와 권세, 겪고 보니 그게 아무것도 아닙디다. 이리 혼자 떠도는 까닭이 궁금하신가? 궁금해할 것 없네. 저 한 층만 남은 탑에게 물어보시게. 저 달빛에게 물어보시게. 고맙네. 뜬 인생 하룻밤 잘 쉬다 가네. 공덕 부지런히 닦으시게.

학은 가고

이보 李補, 1396–1486
〈문수대에서文殊臺〉

신선 왕자진(王子晋)
어느 해에 예서 놀았나.
대는 비고 학도 떠나
조각달 지금껏 천년.

仙人王子晋　於此何年游
선 인 왕 자 진　어 차 하 년 유
臺空鶴已去　片月今千秋
대 공 학 이 거　편 월 금 천 추

왕자진王子晋 고대의 신선 이름. 어차於此 이곳에서. 편월片月 조각달.

효령대군 이보(李補)의 시다. 태종의 둘째 아들이다. 거짓으로 미친 체하여 동생 충녕대군에게 왕위를 또 물렸다. 왕자진(王子晋) 이야기는 왜 꺼냈을까? 왕자진은 주나라 영왕(靈王)의 태자였다. 바른말로 간했다가 폐하여 서인이 되었다. 그는 생황을 잘 불었다. 도사 부구생(浮丘生)이 그를 숭고산(嵩高山)으로 데려가 삼십여 년간 신선술을 가르쳤다. 후에 환량(桓良)을 만나 이렇게 말했다. "집에 돌아가 7월 7일 구지산(緱氏山) 꼭대기에서 날 맞이하라고 전해주오." 그날 갔더니 그는 백학을 타고서 산꼭대기에 떠 있었다. 바라볼 수는 있어도 가까이 갈 수가 없었다. 마침내 그는 사람들에게 손을 흔들며 생황을 불며 떠나갔다. 사람들이 그곳에 사당을 세웠다. 문수대(文殊臺)는 아마도 경상도 성주 땅에 있던 누대인 듯하다. 옛날 왕자진이 백학 타고 노닐었을 법한 문수대에 올라보니, 사람도 없고 학도 없다. 조각달만 떠 있다. 천추의 일을 물어 무엇하리. 동생 충녕에게 임금 자리를 내주고, 미친 짓하며 떠돌 때 마음속에 휘돌아나가던 상념인들 왜 없었을까? 그러니까 이 시는 바른말 하다 세자 자리에서 쫓겨나 신선술을 배워 하늘로 훨훨 날아 올라갔던 옛 신선 왕자진을 그리며 자신의 마음을 말 밖에 가탁한 시다. 행간이 깊다.

귀가

이용 李瑢, 1418-1453
〈각로의 그림에 쓰다題閣老畵幅〉

만첩청산 아득하고
초가삼간 가난하다.
대숲에는 까막까치
사람 보고 개 짖네.

萬疊青山遠　三間白屋貧
만 첩 청 산 원　삼 간 백 옥 빈
竹林烏鵲晚　一犬吠歸人
죽 림 오 작 만　일 견 폐 귀 인

만첩萬疊 만 겹. 겹겹. 삼간三間 세 칸. 백옥白屋 초가집. 오작烏鵲 까막까치. 폐귀인吠歸人 사람이 돌아오는 소리를 듣고 개가 짖다.

시인은 바로 안평대군이다. 세종의 셋째 아들이다. 세조에게 죽임을 당했다. 당대 예술계를 이끌던 한때의 풍류가 거나했다. 그림의 풍경을 노래한 작품이다. 첩첩산중 속에 덩그러니 초가삼간 한 채가 있다. 석양 무렵 집 뒤란 대숲에 갈까마귀 떼가 모여 앉아 까악까악 울어댄다. 갑자기 개 짖는 소리가 들리고 다리 건너 저편에서 지팡이 짚고 걸어오는 사람이 희미하게 보인다. 마실 갔던 주인이 돌아오는 길이다. 귀를 기울이면 스스스 제 몸 떠는 대숲의 대바람 소리, 까악까악 스산한 갈까마귀 울음소리, 컹컹컹 개 짖는 소리, 졸졸졸 시냇물 소리가 다 들린다. 외로이 밝혀진 등불, 하얗게 빛나는 초가지붕, 어둠이 짙어오는 산 그림자, 초롱초롱 돋아나는 별빛, 조금 있으면 동편 산마루로 덩실 올라올 달빛, 꼬리를 흔들며 내닫는 강아지까지 다 보인다.

물총새

이경동 李瓊仝, 세조조

〈사근역에서沙斤驛〉

지친 나그네 턱 괴고 누워
시 짓다 보니 해는 중천에.
물총새 울음 들리어오니
역창 동편에 그 소리 있네.

倦客支頤臥　探詩日向中
권 객 지 이 와　탐 시 일 향 중
一聲聞翡翠　啼在驛窓東
일 성 문 비 취　제 재 역 창 동

권객倦客 피곤에 지친 나그네. 지이支頤 턱을 괴다. 탐시探詩 시를 탐색하다. 일향중日向中 해가 중천을 향함. 비취翡翠 비취조의 줄임말. 비취조는 물총새를 말한다. 제啼 울다.

전날 강행군의 여독이 덜 풀렸다. 턱 괴고 누운 것은 지쳐 못 일어난 것이기보다 생각에 골똘한 모습이다. 창밖은 훤한 대낮이다. 그는 도무지 턱을 괸 손을 내려놓지 못한다. 그는 지금 간밤 꿈에 언뜻 붙든 시상(詩想)을 이어보려 새벽부터 안간힘을 쓰고 있는 중이다. 생각은 떠오를 듯 막힌다. 혼자 중얼거리다가는 고개를 또 갸웃한다. 그때 문득 창밖에서 물총새 울음소리를 들었다. 묵고 있는 역창(驛窓)의 동편에서 나풀나풀 울어대는 물총새의 울음소리. 그 소리에 막혔던 시상이 한꺼번에 툭 터져서, 생각지도 않던 엉뚱한 시 한 수가 그야말로 단숨에 이루어졌다.

댓잎 자리

김수온 金守溫, 1410–1481
〈악부의 가사를 옮김 述樂府辭〉

꽁꽁 언 시월 얼음 위
댓잎 자리 한기 엉겼네.
설령 님과 얼어 죽어도
새벽닭아 울지 말아라.

十月層氷上　寒凝竹葉棲
십 월 층 빙 상　한 응 죽 엽 서
與君寧凍死　遮莫五更雞
여 군 녕 동 사　차 막 오 경 계

층빙層氷 겹겹으로 언 얼음. 한응寒凝 추위가 서려 있다. 죽엽서竹葉棲 서(棲)는 거처의 뜻이지만, 여기서는 댓잎으로 짠 자리. 여름철에 까는 자리란 의미다. 영동사寧凍死 차라리 얼어 죽을망정. 차막遮莫 하지 말라는 금지의 표현. 오경계五更鷄 새벽 동틀 무렵 우는 닭.

고려가요 〈만전춘별사(滿殿春別詞)〉 첫 연을 번역한 것이다. 원래 노래는 이렇다. "얼음 위에 댓잎 자리 보아 님과 내가 얼어 죽을망정, 정 둔 오늘 밤 더디 새오시라. 더디 새오시라." 꽁꽁 언 얼음 위에 여름에나 까는 차가운 댓잎 자리, 차라리 얼어 죽어도 차마 떨어지고 싶지 않은 그런 화끈한 사랑은 어디에 있나.

매화

강희안 姜希顔, 1417–1464
〈매화를 읊어 서거정의 사가정에 쓰다詠梅題徐剛中四佳亭〉

한 해 저물 제 흰 꽃 피우고
보슬비 속에 노랗게 익네.
형의 일생 일 살펴보자니
너무 이르고 오래가누나.

白放天寒暮　黃肥雨細時
백 방 천 한 모　황 비 우 세 시
看兄一生事　太早亦遲遲
간 형 일 생 사　태 조 역 지 지

백방白放 흰 꽃이 피다. 황비黃肥 누런 매실이 익다. 태조太早 너무 이르다. 지지遲遲 더디다. 오래가다.

벗인 서거정(徐居正)의 사가정(四佳亭)에 지어 건 매화시다. 매화는 한 해가 저무는 세모(歲暮)의 눈 속에서 흰 꽃을 피운다. 그리고 황매우(黃梅雨)가 내릴 무렵 해서 노란 열매를 맺는다. 매운 추위 속에 이른 꽃을 피워 5월에야 열매가 익으니 그 꽃 피워 열매 맺는 기간이 참으로 길다. 3구의 형(兄)은 '매형(梅兄)'이면서 동시에 서거정을 가리킨다. 자네 젊은 나이에 꽃을 피워 그 문장이 나라에 빛나더니, 이토록 길게 국가를 위해 훌륭한 글 많이 지어 이제 주렁주렁 열매 맺은 것을 축하하네!

꾀꼬리

신숙주 申叔舟, 1417-1475
〈권정경에게 부침寄權正卿〉

오랜 병으로 한가함 얻어
초록 그늘 밑 공연한 탄식.
꾀꼬리 날더러 일어나라고
동산서 며칠째 울고 있다네.

得閑因病久　空歎綠陰低
득 한 인 병 구　공 탄 록 음 저
黃鳥催人起　東園數日啼
황 조 최 인 기　동 원 수 일 제

득한得閑 한가로움을 얻다. 병구病久 병을 오래 앓다. 공탄空歎 부질없이 탄식함. 황조黃鳥 꾀꼬리. 최催 재촉하다. 제啼 새가 울다.

✤

벗에게 보낸 편지다. 잘 지내시는가? 늘 바빠 정신없더니, 긴 병 때문에 겨우 물러나 한가로움을 얻었네. 오늘 아침 일어나 보니 어느새 초록 그늘이 저리 짙어졌구먼. 그래서 문득 여전히 눈코 뜰 새 없이 바쁠 자네 생각을 했지. 잠깐 살다 갈 인생인데, 쫓기듯 살아온 날들이 민망해서 마당에서 공연한 탄식을 삼켰다오. 속 모르는 꾀꼬리는 날더러 어서 털고 일어나라고 며칠째 뒤뜰에 와서 울어대고 있구려. 좋은 봄날이 앓는 중에 저 혼자 왔다가 덧없이 지나가고 말겠소. 부디 보중하시구료.

단비

신숙주 申叔舟, 1417-1475
〈반가운 비가 연일 오기에 일암 스님을 청하다喜雨連霄邀一菴〉

오랜 가뭄에 단비를 만나
외딴 집 홀로 시를 읊노라.
대문 앞에는 인적 끊기니
오는 빗줄기 함께 보세나.

久旱逢甘雨 孤齋獨咏詩
구 한 봉 감 우 고 재 독 영 시
門前車馬絕 可共看絲絲
문 전 거 마 절 가 공 간 사 사

구한久旱 오랜 가뭄. 감우甘雨 단비. 고재孤齋 외딴 집. 가공可共 함께 할 만하다. 사사絲絲 실실이. 실낱처럼 내리는 빗줄기.

가뭄 끝 단비가 기뻐 가까이 지내던 승려 일암(一菴)에게 놀러와 하루 함께 지내자며 보낸 시다. 팍팍한 먼지만 일던 마른 땅을 적시며 밤새 비가 내린다. 기갈 들린 맨흙에 물 고이는 소리가 흐뭇하다. 세상 일 잠시 접고 혼자 파묻혀 시나 지으며 날을 보낸다. 한때 부산하게 드나들던 수레와 말들도 발길을 돌린 지 오래되었다. 여보게, 일암! 자네 오늘 내 집을 한번 찾아주시게나. 둘이 말없이 마당으로 떨어지는 빗줄기 한 가닥 한 가닥을 찬찬히 세어보세나.

매화

성삼문 成三問, 1418-1456
〈매화 창가에 뜬 흰 달梅窓素月〉

사람은 따스하기 옥 같고
꽃잎은 아련하기 눈인 듯.
마주 보며 아무 말 않는데
달빛이 푸른 하늘 비춘다.

溫溫人似玉　藹藹花如雪
온 온 인 사 옥　애 애 화 여 설
相看兩不言　照以靑天月
상 간 량 불 언　조 이 청 천 월

온온溫溫 따스한 모양. 애애藹藹 꽃이 자옥하게 피어난 모양. 상간相看 서로를 마주 봄.

❖

안평대군의 집에 핀 매화를 노래한 시다. 옥처럼 고결하고 따스한 성품을 지닌 분, 눈처럼 피어난 매화를 마주 보고 앉아 있다. 꽃도 사람도 말이 없다. 침묵 속 대화를 푸른 하늘 흰 달빛이 넌지시 비춘다. 달빛 고인 사랑에 혼자 앉아 찬바람 흰 눈 속에 피어난 매화를 바라본다.

잠 깨어

서거정 徐居正, 1420-1488
〈잠깨어 일어나서睡起〉

발 그림자 깊이 돌고

연꽃 향기 솔솔.

베갯머리 꿈 깨니

오동잎에 빗소리.

簾影深深轉　荷香續續來
염 영 심 심 전　하 향 속 속 래
夢回孤枕上　桐葉雨聲催
몽 회 고 침 상　동 엽 우 성 최

염영簾影 주렴 그림자. 속속續續 끊이지 않고 이어지는 모양. 동엽桐葉 오동잎. 최催 재촉하다.

발을 치고 깊이 든 낮잠. 햇빛이 발 틈으로 들어와 긴 시간 혼자 방 구석구석을 더듬는다. 발 사이로 드는 것은 햇빛만이 아니다. 문득문득 밀려드는 연꽃 향기가 수면제 같다. 후두둑 비 듣는 소리 오동잎에 시끄럽다. 연꽃 내음에 취해 잠들었다가 오동잎 때리는 빗소리에 잠을 깨었다. 아! 개운하다.

가을밤

서거정 徐居正, 1420-1488
〈가을밤秋夜〉

산 달은 등불인 양 환하고
솔바람 냇물처럼 들렌다.
나는 잠이 안 와서 앉았고
놀란 새 둥지에 못 드네.

山月皎如燭　松風喧似溪
산 월 교 여 촉　송 풍 훤 사 계
幽人坐不寐　鳥驚猶未栖
유 인 좌 불 매　조 경 유 미 서

교皎 희고 밝은 모양. 훤喧 시끄럽다. 떠들썩하다. 유인幽人 숨어 사는 사람. 불매不寐 잠들지 못함. 유미서猶未栖 미처 둥지에 들지 못하다.

매단 등불처럼 산 달이 밝다. 숲 사이 갈피마다 훤히 비춘다. 소나무 가지 사이로 빠져나가는 바람 소리가 물 불어난 시냇물 소리 같다. 대낮같이 밝은데 잠이 오겠나. 귀가 시끄러운데 잠을 자겠나. 나는 그저 오두마니 앉아 눈 감고 솔바람 소리를 듣다가, 물이 너무 불어난다 싶으면 감았던 눈을 떠 마당에 가득 고인 달빛을 바라본다. 태풍을 몰아오는 바람 소린가? 새도 놀라 방황하며 불안하게 둥지 둘레를 퍼덕이며 난다.

촛불

김극검 金克儉, 1439-1499
〈규방의 정閨情〉

겨울옷 여태도 보내지 못해
한밤중 다듬이질 괜히 바쁘네.
은촉 불 흡사 내 마음 같아
눈물 다 지더니만 속까지 타네.

未授三冬服　空催半夜砧
미 수 삼 동 복　공 최 반 야 침
銀釭還似妾　淚盡却燒心
은 강 환 사 첩　누 진 각 소 심

미수未授 아직 주지 못했다. 공최空催 공연히 서두르다. 침砧 다듬이질 소리. 은강銀釭 은 등잔. 환還 도리어. 각却 문득. 누진淚盡 눈물이 다하다. 여기서는 은 등잔의 기름이 다 떨어졌다는 뜻. 소심燒心 심지를 태우다.

✤

규정(閨情)은 먼 데 수자리 떠난 낭군을 그리는 여인의 마음이다. 님 계신 변방엔 벌써 혹한이 닥쳐왔겠지. 홑옷 입고 벌벌 떨며 따뜻한 솜옷 생각이 얼마나 간절하실까? 여태도 겨울옷을 못 보낸 것은 보내려 해도 보낼 방법이 없는 까닭이다. 문풍지를 훑고 지나는 찬바람 소리에 그녀는 마음이 조급해져서 겨울옷 다듬이질을 서두른다. '공(空)'이라 한 것은 그래 봤자 못 보낼 것을 알기에 하는 말이다. 한 땀 한 땀 바느질을 서두르던 아낙네. 그만 애간장이 다 녹아내린다. 등잔불에 고였던 기름도 다 탔다. 타닥타닥! 더 태울 것 없는 불꽃은 심지까지 태운다. 그녀의 바느질은 아직 끝나지도 않았는데, 아침이 되기 전에 바느질을 마쳐야만 할 것 같은데. 아! 그녀의 가슴은 싸늘히 식은 재가 되고 만다.

기러기 떼

조위 曺偉, 1454-1503
〈서제 숙분 조신에게 부치다寄庶弟叔奮伸〉

날아가는 기러기 떼 줄 못 이루고
변방 소리 밤낮으로 일어나누나.
그리운 맘 머리만 하얗게 셌다
구슬피 바라보는 천 리 먼 사람.

旅雁不成行　邊聲日暮起
여 안 불 성 항　변 성 일 모 기
相思空白頭　悵望人千里
상 사 공 백 두　창 망 인 천 리

여안旅雁 먼 곳으로 이동 중인 기러기. 불성항不成行 줄을 못 이루다. 대오가 흐트러지다. 변성邊聲 변방에서 나는 기러기 울음소리. 창망悵望 구슬피 바라보다.

여보게! 아우님. 부모님 모두 편안하신가? 가을 서리 내리더니 자꾸 하늘이 소란스럽네그려. 고개 들어보면 겨울 나러 남녘으로 날아가는 기러기 떼가 보이는군. 저희들도 불안한 걸까? 대오도 흐트린 채 꺼이꺼이 울며 나네. 너희는 가는데 나는 왜 못 가나? 날마다 마음만 공연히 심란해지곤 하지. 나라 일에 매인 몸, 가고파도 못 가니 저 기러기 발에 묶어 편지 한 장 띄워 보내네. 머리는 수심에 희게 물들고 보고픈 아우님은 천 리 먼 곳에 있으니 그리움 좀체 가누지 못하겠네. 따뜻이 나누던 한잔 술 오늘따라 사무치네.

떠돌이

남효온 南孝溫, 1454-1492
〈우연히 읊다偶吟〉

구름 하늘 위 푸른 보라매
천 길 아래를 내려다보네.
떠돌이 신세 나그네 마음
옛날 그 마음 찾을 길 없다.

蒼鷹上雲霄　下視千丈臨
창 응 상 운 소　하 시 천 장 림
飄零遊子意　非復疇昔心
표 령 유 자 의　비 부 주 석 심

창응蒼鷹 푸른 매. 운소雲霄 구름 하늘. 하시下視 내려다보다. 표령飄零 흩날려 떨어지다. 영락(零落)하여 실의한 모양. 유자遊子 나그네. 떠돌이. 부復 다시. 주석疇昔 지난날. 옛날.

✤

보라매 한 마리가 바람 타고 빙빙 돈다. 빙빙 돈다. 갑자기 가슴이 울컥울컥 한다. 나도 한때는 푸른 꿈이 있었지. 창공을 박차고 올라 끝 간 데 없이 날았었지. 이제 꺾인 날개로는 날지 못하네. 무뎌진 발톱, 지친 몸으로 주린 배를 움켜쥐고 하늘가를 맴도는 떠돌이 신세. 눈앞에서 토끼가 깝죽대고 꿩이 꿩꿩대며 날아간다. 인생이 한바탕 꿈인 걸까? 그는 생육신의 한 사람이었다. 현실에 절망해서 유랑으로 떠돌다 병사했다.

등불 돋워

남효온 南孝溫, 1454-1492
〈오성지를 남겨두고 떠나며 留別吳誠之〉

강남땅 백마강
반월성서 만난 그대.
등불 돋워 사분한 말
새벽 창이 밝았네.

白馬江南地 逢君半月城
백 마 강 남 지 봉 군 반 월 성
挑燈聽軟語 虛白曉囱明
도 등 청 연 어 허 백 효 창 명

백마강白馬江 백제의 도읍 부여를 감아 흐르는 강. 반월성半月城 부소산을 감싸 안고 쌓은 백제의 도성. 성의 양 끝이 백마강에 닿아 성 모양이 반달처럼 생겨 붙은 이름이다. 도등挑燈 등불 심지를 돋우다. 연어軟語 부드러운 말. 허백虛白 헛되이 밝히다. 해가 뜬 줄도 모르고 등불을 밝히고 있었다는 뜻.

백제의 옛 땅 반월성에서 벗 오성지(吳誠之)와 만나 하룻밤을 지새우고, 이튿날 아침 그곳을 떠나며 지은 시다. 유별(留別)이란 벗을 남겨두고 자기만 떠난다는 뜻이다. 백마강 감아도는 반월성 터에서 만나 나눈 하룻밤 대화, 참 달고 고마웠네. 등불 심지 돋워가며 자네의 사분사분한 말씨〔軟語〕에 귀 기울이다 보니 어느새 동창이 훤히 밝은 줄도 몰랐네그려. 티끌세상 사는 일이 어디 뜻 같기만 하겠는가? 자네도 곧 서울로 올라가게 되겠지. 괜스레 마음 심란해할 것 없네. 천 년 역사도 지나고 나면 이리 폐허로 남는 것을. 불쑥 왔다 그저 가네. 그래도 자네 얼굴 보고 나니 발걸음이 한결 가벼우이. 또 만나잔 기약은 두지 않기로 하세.

혼자

이식 李湜, 1458-1488
〈절구絶句〉

땅이 외져서 행인 드물고
산은 텅 비어 낙엽만 깊다.
턱을 고이고 종일 앉아서
입을 다무니 맘 더욱 아파.

地僻行人少　山空落葉深
지 벽 행 인 소　산 공 락 엽 심
支頤終日坐　不語益傷心
지 이 종 일 좌　불 어 익 상 심

지벽地僻 땅이 외지다. 지이支頤 턱을 괴다. 상심傷心 마음을 상하다.

✤

외진 곳에 쓸쓸히 산다. 지나는 행인도 반갑다. 무성하던 숲은 빈손으로 남고, 낙엽이 무릎을 묻는다. 혼자 앉아 가을을 앓는다. 책상 위에 턱을 고여 야윈 가을 산을 마주 보고 있다. 하루 종일 한 마디도 하지 않았다. 어찌 된 일이냐. 침묵 속에 가슴이 자꾸만 아려오는 것은. 까닭 모를 그리움과 회한이 내 속에서 자꾸 낙엽처럼 버석댄다. 무슨 말인가 하고 싶은데 이야기 나눌 그 한 사람이 없다.

이별

이총 李摠, ?-1504
〈남추강과 작별하며 別南秋江〉

서로 안 지 여덟 해에
만남 적고 늘 헤어져.
천 리 길에 손 나누며
눈물 삼켜 노래 듣네.

相知八年內　會少別離多
상 지 팔 년 내　회 소 별 리 다
臨分千里手　掩淚聞淸歌
임 분 천 리 수　엄 루 문 청 가

상지相知 서로 알고 지내다. 회소會少 만난 일이 적다. 임분臨分 작별에 임하다. 엄루掩淚 눈물을 가리다.

추강 남효온(南孝溫)과 헤어지면서 쓴 시다. 자네 알게 된 것이 어느덧 8년 세월이로군. 따져보니 마주하고 있을 때보다 떨어져 서로를 그리워한 시간이 훨씬 많았네그려. 이제 또 천 리 길 떠나며 자네 얼굴 한번 보고 갈까 했지. 먼 길 노자 삼아 자네 맑은 노래 한 곡 듣고 싶네. 들려주시겠는가? 인생은 왜 이렇게 떠돌기만 하는 것일까? 마음 맞는 사람과 정 나누며 사는 일이 왜 이다지 어렵단 말인가? 이제 또 이렇게 헤어지면 또 언제나 만나게 될지 몰라 자꾸 눈물이 나는군. 또 보세. 나 가네.

매화

성윤해 成允諧, 명종조
〈매화를 읊음 詠梅〉

매화 작다 싫다 마라
꽃 작아도 멋 있나니.
대숲 밖에 어른터니
달빛 아래 향기 나네.

梅花莫嫌小 花小風味長
매 화 막 혐 소 화 소 풍 미 장
乍見竹外影 時聞月下香
사 견 죽 외 영 시 문 월 하 향

막혐莫嫌 싫다고 하지 마라. 풍미風味 풍류스런 맛. 사견乍見 잠깐 보이다. 언뜻 보이다. 시문時聞 때때로 향기가 풍겨온다.

✤

그는 상주 원통산(圓通山) 아래 숨어 살았다. 연못을 파고, 둘레에 매화와 대나무를 심어두고 소요했다. 매화꽃이 작다고 우습게 보지는 마라. 꽃은 비록 작지만 꽃에서 풍겨나는 향기만은 더없이 맵다. 대숲 밖으로 매화 그림자가 비치는가 싶더니 가만히 앉아 있는 서재로 꽃향기가 문득문득 끼쳐온다. 코를 바짝 들이대고 맡는 향기는 싫다. 보일 듯 보이지 않고 먼 데서 은은히 풍겨오는 그런 향기가 좋다. 가까이서 입 속의 혀 같은 사랑은 싫다. 있는 듯 없는 듯 문득 떠오르는 그런 마음이 고맙다. 달빛이 참 좋다.

조각배

이정 李婷, 1454-1488
〈그림 부채에 쓰다題畵扇〉

누런 잎 가을바람

푸른 산 해 질 때.

강남땅 어디멘가

느릿느릿 배 한 척.

黃葉秋風裏 青山落照時
황 엽 추 풍 리 청 산 락 조 시

江南杳何處 一棹去遲遲
강 남 묘 하 처 일 도 거 지 지

묘杳 아득히. 아스라하게. 지지遲遲 느릿느릿.

월산대군(月山大君)이 부채 그림을 보고 지은 시다. 가을바람이 숲을 쓸고 지나가자 푸른 잎이 누르 시든 빛으로 바랜다. 산등성이에 저녁 해가 걸렸다. 강 위 외론 배 한 척이 어둠 속으로 천천히 빨려든다. 세상길 어딜 가도 차고 쓰기만 하니, 나도 그저 풍경 속으로 지워지고 싶다.

그리움

이정 李婷, 1454-1488
〈군실에게 부치다寄君實〉

여관, 가물대는 등불, 새벽
외론 성, 보슬비, 가을.
한없는 그대 생각
천 리 흐르는 큰 강물.

旅館殘燈曉　孤城細雨秋
여 관 잔 등 효　고 성 세 우 추
思君意不盡　千里大江流
사 군 의 불 진　천 리 대 강 류

잔등殘燈 가물대는 등불. 세우細雨 보슬비. 불진不盡 하릴없다. 다함이 없다.

외론 성 낡은 객점에 묵었다. 보슬비 내리는 가을밤, 문풍지 스치는 바람 따라 호롱불만 흔들린다. 목에 걸린 가시처럼 그리움은 좀체 사위어지지 않는다. 여보게, 군실! 큰 강물이 넘실대며 천 리 길을 내달리듯이 자네 보고픈 마음 주체할 길 없네그려. 집안 두루 무고하고 자식들은 잘 크는가? 참 보고 싶네. 언제 한번 보세나.

지팡이

박수량 朴遂良, 1475-1546
〈김충암의 척촉장시에 화답하여和金冲庵躑躅杖詩〉

곧아 먼저 베일까 염려하여서
일부러 그 몸을 굽히려 했지.
곧은 성질 그래도 안에 있으니
어찌 능히 도끼날을 면해보리오.

似嫌直先伐　故欲曲其身
사 혐 직 선 벌　고 욕 곡 기 신
直性猶存內　那能免斧斤
직 성 유 존 내　나 능 면 부 근

사혐似嫌 싫어하는 것 같다. 직선벌直先伐 나무가 곧게 자라서 먼저 베어지다. 고故 일부러. 고의로. 곡기신曲其身 그 몸을 구부리다. 직성直性 곧은 성질. 존내存內 안에 지니다. 나능那能 어찌 능히. 부근斧斤 도끼.

울퉁불퉁 옹이 박힌 철쭉 지팡이. 재목으로야 아무짝에 쓸데가 없다. 제 몸을 비틀어 곱사등을 만들고, 고리 지어 휜 것은 나무꾼의 도끼날을 피해보려는 안간힘이었겠지. 쓸모없어야 살아남겠지 하는 마음에서였을 게다. 그래도 남은 곧은 성질 때문에 베어져 엉뚱하게 지팡이가 되었다. 여보게, 충암! 참 살기 어려운 세상일세. 위로는 어두운 임금, 아래로는 아첨하는 신하뿐일세. 나라의 앞날이 참으로 암담하이. 내 뭐라 했던가. 규각(圭角)을 죽이고 멍청한 듯 지내라 하지 않았던가? 자네 시를 읽어보니 아직도 불끈하는 곧은 성질이 남았네그려. 조심하시게. 동량재로 안 쓰이려 제 등을 굽히면, 지팡이로 쓰겠다며 끊어가는 세상일세. 아예 있는 듯 없는 듯 죽어지내시게. 말세를 살아가는 전전긍긍이야 슬프기 짝이 없지만 어찌하겠는가? 좋은 세상 만나 맘껏 뜻 펴볼 날이 한 번은 오지 않겠는가? 그때를 위해 재주를 아끼시게. 하지만 김정(金淨)은 기묘사화 때 바른말로 극간하다가 사약을 받고 죽었다.

벙어리

박수량 朴遂良, 1475-1546
〈멋대로 읊다浪吟〉

벙어리에 귀머거리 노릇 오래나
그래도 두 눈은 여태 남았네.
어지런 세상의 이런저런 일
보기만 할 뿐이지 말할 순 없네.

口耳聾啞久 猶餘兩眼存
구 이 농 아 구 유 여 량 안 존
紛紛世上事 能見不能言
분 분 세 상 사 능 견 불 능 언

농아聾啞 귀먹고 벙어리가 되다. 분분紛紛 어지러운 모양.

더러운 말 안 듣고 안 하자고 귀머거리 벙어리로 살아왔다. 하지만 두 눈이 멀쩡하니 세상 같잖은 꼴 눈에 다 들어온다. 벙어리라 말할 수가 없어 그나마 다행이다. 그러지 말고 아예 나를 장님으로 만들어다오. 귀머거리 벙어리에 눈까지 멀어, 듣지도 못하고 말하지도 못하고 보지도 못하게 해다오. 그렇지 않고는 부글부글 끓는 속을 어찌해볼 길이 없다. 가슴속 치미는 울분을 억누를 방법이 없다. 기묘사화로 사림(士林)이 온통 도륙되는 광기(狂氣) 속에 지은 시다.

거문고

신항 申沆, 1477-1507
〈백아伯牙〉

내가 혼자서 거문고 타니
들어줄 사람 필요치 않네.
종자기는 또 무엇이관대
줄 위의 마음 따져보았나?

我自彈吾琴　不須求賞音
아 자 탄 오 금　불 수 구 상 음
鍾期亦何物　强辨弦上心
종 기 역 하 물　강 변 현 상 심

탄彈 거문고를 연주하다. 상음賞音 나의 연주를 알아주는 사람. 지음(知音)과 같다. 종기鍾期 종자기(鍾子期)의 줄임말. 친구 백아의 거문과 연주를 듣고 그의 속마음을 알아맞혔다. 강변强辨 억지로 구분하다.

백아가 연주하면 종자기는 소리만 듣고도 그 마음을 알았다. 알아들을 이 없는 소리를 연주해 무엇하리. 종자기가 죽자 백아는 거문고 줄을 끊었다. 후세는 이 일을 지음(知音)의 고사로 기린다. 하지만 이제와 생각해보니 우습다. 혼자 문 닫아걸고 방 안에 앉아 거문고 줄을 고른다. 내 마음을 얹어 풀어보자는 것이다. 굳이 들어줄 사람이 필요치 않다. 허공에 대고 울린 소리는 되돌아와 내 마음의 파문을 차분히 가라앉힌다. 잡된 생각 씻어주고 헛된 집착 지워준다. 그러면 됐지, "아! 높은 산을 올라가는 것 같군. 맞아! 큰 강물이 넘실대는 느낌이야!" 뭐 이렇게 따지고 아는 척할 필요가 있겠는가 말이다. 내가 네 마음 안다고 말한 종자기도 내 보기에 그리 고상해 보이지 않는다. 남이 알아주고 알아주지 않고에 따라 내가 달라지지 않는다. 몰라준다고 속상해할 것도 없고, 알아준다고 으스대지도 않겠다. 나는 나다.

세월

박계강 朴繼姜, 조선 전기
〈남에게 주다贈人〉

꽃 지니 봄은 갔고
동이 비어 술도 없네.
세월은 백발 재촉
옷 맡겨 술 먹는 일 아까워 마세.

花落知春暮 樽空覺酒無
화 락 지 춘 모 준 공 각 주 무

光陰催白髮 莫惜典衣沽
광 음 최 백 발 막 석 전 의 고

준공樽空 술 단지가 비다. 광음光陰 세월. 최催 재촉하다. 막석莫惜 아끼지 말라. 전의典衣 옷을 전당 잡히다. 고沽 술을 사다.

저기 꽃이 지는군. 봄도 가는 모양이야. 술동이엔 술이 바닥이 났네. 봄 가면 청춘 가고, 세월은 흰머리만 심어놓고 숨겠지. 이봐! 가긴 어딜 가려는가? 바쁜 일 핑계 말고 한잔 더 하자구. 까짓 옷 전당 잡혀 흠뻑 취해보자구.

피리 소리

박계강 朴繼姜, 조선 전기
〈산길을 가다가 피리 소리를 듣고서山行聞笛〉

담담한 저녁노을 너머로
느릿느릿 먼 마을 지나는데
한 소리 쇠등의 피리 소리
온 산 구름 불어서 흩는다.

澹澹夕陽外　遲遲過遠村
담 담 석 양 외　지 지 과 원 촌
一聲牛背笛　吹罷萬山雲
일 성 우 배 적　취 파 만 산 운

담담澹澹 맑고 담백한 모양. 지지遲遲 느릿느릿한 모양. 우배적牛背笛 쇠등에 올라타 목동이 부는 피리 소리. 취파吹罷 불어 없애다.

저녁노을이 서녘에 깔렸다. 풍경이 고와 차마 걸음을 재촉하지 못한다. 저 멀리 보이는 마을을 들르지 않고 그냥 지나친다. 이 느낌을 놓아버리기가 아까웠기 때문이다. 가다 보면 또 다른 마을을 만나게 되겠지. 다가오는 어둠도 무섭지가 않다. 길은 산비알로 접어들고, 산에는 구름이 자옥하다. 목동 아이가 밥 짓는 연기 보고 소등에 올라탄 채 산길을 내려선다. 풀피리 소리 구성지게 골짝을 울려 퍼지자, 산 가득하던 구름들이 선율을 타고 허공으로 흩어진다. 날 위해 길을 쓸어주는 것만 같다. 금세 나올 것 같던 마을은 보이지 않고, 귓가엔 여전히 피리 소리가 들린다.

반죽(斑竹)

이행 李荇, 1478–1534
〈그림에 쓰다題畫〉

뚤룽뚤룽 상강의 비
어슴푸레 반죽(斑竹)의 숲.
그리기 어려운 건
그날의 이비(二妃) 마음.

淅瀝湘江雨　依俙斑竹林
석 력 상 강 우　의 희 반 죽 림
此間難寫得　當日二妃心
차 간 난 사 득　당 일 이 비 심

석력淅瀝 빗방울이 뚝뚝 방울져 떨어지는 모양. 상강湘江 소상강瀟湘江의 줄임말. 의희依俙 안개 같은 것에 잠겨 희미하고 어슴푸레한 모양. 반죽斑竹 소상강 가에서 나는 표면에 얼룩무늬가 있는 대나무. 이비二妃 순임금의 두 왕비.

✤

순임금이 남방을 순행하다가 창오(蒼梧)의 들판에서 돌아가셨다. 아황(娥皇)과 여영(女英) 두 왕비는 상강(湘江)에 투신하여 따라 죽었다. 그녀들의 원한 어린 눈물이 소상강변에 돋아난 대나무에 어룽져서 얼룩무늬 반점이 있는 반죽이 되었다. 제목으로 보아, 대나무 숲이 그려진 그림에 부친 시다. 빗방울 후득이는 소상강, 바람이 지나가면 몸을 털며 빗방울을 떨구는 대숲. 대나무를 그리는 것은 어렵지 않다. 하지만 하늘같이 믿고 따르던 낭군을 불시에 잃고서 둘이 손잡고 상강에 뛰어들던 그녀들의 그 막막하던 마음은 어찌 그려넣을까? 비에 젖는 대숲 보면 자꾸만 처연했을 그 표정이 떠오른다. 죽어서라도 따라갈 수밖에 없었던 안타까운 사랑이 떠오른다.

달빛

김정 金淨, 1486-1521
〈고운 달佳月〉

고운 달 먹구름 덮이니
아득히 어둔 빛 수심만.
맑은 빛 기다릴 수 없어
깊은 밤 누각에 기댄다.

佳月重雲掩　迢迢暝色愁
가 월 중 운 엄　초 초 명 색 수
清光不可待　深夜倚江樓
청 광 불 가 대　심 야 의 강 루

중운重雲 겹겹의 짙은 구름. 엄掩 덮다. 가리다. 초초迢迢 멀어 아득한 모양. 명색暝色 해가 져서 어두워오는 빛. 의倚 기대다. 의지하다.

첫 구의 두 글자를 따서 제목으로 삼았다. 넓은 의미에서 무제시(無題詩)다. 고운 달은 검은 구름에 가려져 보이지 않는다. 맑은 그 빛 보고 싶어 강가 누각에 나왔지만, 밤이 깊어도 완악한 구름은 빗장을 굳게 닫았다. 달이야 변함없이 환히 떴겠지. 구름이 가로막아 못 볼 뿐이다. 가야 할 길은 변함없지만, 때로 앞이 흐려 보이지 않을 때가 있다. 갈 길을 잃고 갈팡질팡 헤맬 때가 있다. 시인은 무언가 하고픈 말이 있는데 굳이 삼키며 말을 아낀다. '중운(重雲)'과 '명색(瞑色)'의 암담한 현실 앞에서 '청광(淸光)'을 기다리고 또 기다린다. 밤새도록 구름의 위세는 더해만 간다. 그는 지쳐서 누각 난간에 기댄다.

저물녘

김정 金淨, 1486-1521
〈감흥이 일어感興〉

지는 해 황야에 임했고
마을로 내려앉는 갈까마귀.
빈숲 밥 짓는 연기 찬데
초가집 사립문 닫혔네.

落日臨荒野 寒鴉下晚村
낙 일 림 황 야 한 아 하 만 촌
空林烟火冷 白屋掩荊門
공 림 연 화 랭 백 옥 엄 형 문

한아寒鴉 갈까마귀. 하下 내려오다. 연화烟火 밥 짓는 연기. 백옥白屋 초가집. 형문荊門 가시나무로 엮은 사립문.

✤

을씨년스런 풍경이다. 열린 사립 밖을 내다보고 있었겠지. 너른 들 저편으로 노을이 진다. 갈까마귀 떼는 해 질 녘 마을 어귀 나무 위로 몰려 앉는다. 빈숲이라 했으니 잎 다 진 가을이다. 가난한 집에선 저녁 밥 짓는 연기조차 나지 않는다. 사립문도 굳게 닫혔다. 스산하다. 배고파 깍깍대는 갈까마귀 울음소리. 사람 먹을 것도 없는데 네게 줄 게 무에 있겠니? 가을걷이를 끝내고 따뜻한 아랫목에 등을 지지며 고봉밥에 행복할 시간이다. 그런데 왜 밥조차 짓지 못했을까? 생각하면 마음 아프다. 애초엔 고운 노을을 보자고 준 눈길이었다. 잠시의 노을도 지워졌다. 저만치서 땅거미가 몰려온다. 어둠이 달려온다.

안개 속

김정 金淨, 1486-1521
〈도심 스님께 드리다 贈釋道心〉

비로봉 꼭대기 해 지니
동해는 먼 하늘 아득해.
바위 밑 불 지펴 잠자고
안개 속 나란히 왔노라.

落日毘盧頂　東溟杳遠天
낙 일 비 로 정　동 명 묘 원 천
碧巖敲火宿　聯袂下蒼烟
벽 암 고 화 숙　연 메 하 창 연

정頂 꼭대기. 묘杳 아득하다. 멀다. 고화敲火 부시를 쳐서 불을 붙이다. 연메聯袂 소매를 나란히 하다. 하창연下蒼烟 푸른 안개 속을 내려오다.

금강산 비로봉 정상에 올랐다. 동해 바다는 먼 하늘과 잇닿아 물과 하늘의 경계가 분간되지 않는다. 추운 밤, 푸른 바위 아래 모닥불을 피워놓고 뼈에 저미는 한기 속에 잠을 청했다. 새벽녘 잠을 깨어 자옥한 푸른 안개를 헤치며 산을 내려왔다. 도심(道心) 스님에게 준 시다. 4구의 '연메(聯袂)'는 '소매를 나란히 하고'란 말이다. 스님! 이번 금강산 등정은 마치 한바탕 꿈을 꾸고 온 것 같군요. 발아래 아득하던 동해 바다. 추위에 떨며 쬐던 모닥불의 온기. 골골을 덮은 푸른 안개를 헤치며 내려올 적에 한 모롱이 돌아설 적마다 일렁이던 운무. 다녀오고 나니 마치 신선 세상을 놀러 갔다온 기분입디다. 안에 쌓였던 찌든 때가 말끔히 흔적도 없어요.

벗 보내며

김정 金淨, 1486-1521
〈작별 인사로 주다贈別〉

고개 돌려 그대를 전송하는 곳
창망히 바다 해 어두워진다.
그대 내 고향집 지나가겠지
꽃은 지고 사립문은 닫혀 있으리.

回首送君處　蒼茫海日昏
회 수 송 군 처　창 망 해 일 혼
家山應見過　花落掩柴門
가 산 응 견 과　화 락 엄 시 문

회수回首 고개를 돌리다. 창망蒼茫 아스라이 아득한 모습. 응應 마땅히. 응당. 견과見過 들러보다. 시문柴門 사립문.

기묘사화로 진도로 귀양 간 그를 누가 찾아왔던 모양이다. 서해에 하루 해가 진다. 하필 해 질 녘에 그대를 떠나보내니 마음마저 암담하다. 조심해 가게. 멀리 찾아줘 고맙네. 손사래질이 석양 어스름에 어슴푸레해진다. 가는 길에 내 고향집을 지나갈 테지. 한번 들러나 주시게. 나 별 탈 없이 잘 있다고, 걱정하지 말라고. 죄입어 귀양 온 몸이지만 부끄럽지 않다고. 하지만 그의 눈에는 꽃 다 진 쓸쓸한 뜨락에 사립문도 굳게 닫힌 적막한 풍경만 떠오른다. 시야가 이리 흐려지는 것은 땅거미가 몰려와서인가? 눈물이 어룽져서인가?

샘물 소리

오경 吳慶, 1490-1558
〈산중에서 일을 적다山中書事〉

비 지난 뒤 구름 산은 담뿍 젖었고
샘물 소리 돌확은 차고 시리다.
가을바람 붉은 잎 아롱진 길에
스님은 석양 밟고 돌아오누나.

雨過雲山濕　泉鳴石竇寒
우 과 운 산 습　천 명 석 두 한
秋風紅葉路　僧踏夕陽還
추 풍 홍 엽 로　승 답 석 양 환

석두石竇 물을 받을 수 있도록 바위를 우멍하게 파낸 돌확. 답踏 밟다.

✤

절집에 묵어 지낼 때 쓴 시인가 싶다. 산에 안개 자욱하더니 비가 한차례 흩뿌리고 지나간다. 산은 구름 속으로 젖어 삼투되며 지워진다. 절 마당에 샘물 소리가 오늘따라 요란하다. 돌확을 가득 채워 넘치면서 차고 시린 소리를 낸다. 문득 고개 들어보면 하늘은 저만치 높고, 가을바람 을씨년스럽다. 저 붉은 잎들도 이제 이 비에 진창으로 떨어지겠지. 서편 하늘엔 다시 노을이 걸리고, 붉은 잎 떨어진 오솔길로 붉은 석양을 등에 지고 스님이 돌아온다. 나도 원래 자리로 돌아가야겠다.

만사(挽詞)

기준 奇遵, 1492–1521
〈스스로에 대한 만시 自挽〉

해 진 하늘 칠흑 같고

산 깊은 골 구름 같네.

임금 신하 천년의 뜻

구슬퍼라 한 무덤뿐.

日落天如墨　山深谷似雲
일 락 천 여 흑　산 심 곡 사 운

君臣千載意　惆悵一孤墳
군 신 천 재 의　추 창 일 고 분

천재千載 **천년.** 추창惆悵 **상심하여 슬퍼하는 모양.** 고분孤墳 **외로운 무덤.**

❖

기묘사화 때 온성에 유배 가 있던 기준이 사약이 내려올 것을 알고 스스로를 조만(弔挽)한 시다. 혹 김식(金湜)의 작품으로 보기도 한다. 해는 져서 사방은 칠흑 같은 어둠뿐이다. 산이 깊어 골짜기의 흐릿한 윤곽은 마치도 구름이 몰려드는 것만 같다. 어둠은 사방에서 나를 옥죄고, 구름은 적군처럼 나를 포위한다. 슬프다! 나라 위한 올곧은 맘, 외로운 무덤으로 남겠구나. 캄캄한 하늘엔 달빛도 없다.

풍랑

최수성 崔壽峸, 1487-1521
〈여강에서驪江〉

푸른 강 해 저물고

찬 날씨에 물결만.

외론 배 일찍 대리

밤중엔 풍랑 많네.

日暮滄江上 天寒水自波
일 모 창 강 상 천 한 수 자 파

孤舟宜早泊 風浪夜應多
고 주 의 조 박 풍 랑 야 응 다

의宜 의당. 마땅히. 조박早泊 일찌감치 배를 대다. 응다應多 응당 많을 것이다.

푸른 강에 해가 진다. 기온이 내려가고 물결은 높아간다. 그 속에서 불안하게 흔들리는 배 한 척. 빨리 물가로 배를 몰아가 정박하는 것이 좋겠다. 밤 되면 풍랑은 더 거세질 테니까. 그냥 여강의 풍경만 노래한 것이 아니다. 뭔가 행간이 있다. 한시에는 그냥 즉경으로 읽을 것이 있고 딴 이야기 하자고 짐짓 풍경을 빌려온 것이 있다. 《지봉유설(芝峯類說)》에 실린 이 시에 얽힌 이야기는 이렇다. 기묘사화 후에 최수성의 숙부 최세절(崔世節)이 승지로 있었다. 그는 숙부에게 이 시를 써서 멀리 떠나 있는 것이 좋겠다는 뜻을 부쳤다. 이렇게 보면 시의 의미는 시절이 하수상하니 지금은 배 몰고 풍랑 속으로 나설 때가 아니라 물가 안전한 곳에 배를 묶어둘 때란 뜻이 된다. 달리 말하면 풍파의 벼슬길에서 얼른 빠져나오는 것이 상책이란 말이다. 숙부는 이 시를 그 길로 임금에게 고해 바쳐 최수성은 마침내 신문을 받고 죽었다. 삼촌이 자신을 위해 충고를 해준 조카를 고발해 죽이던 세상이었다. 나식(羅湜)의 문집에는 나식의 작품으로 실려 있기도 하다. 그 또한 을사사화 때 화를 입어 유배 갔다.

그림 속 풍경

최수성 崔壽峸, 1487-1521
〈망천도 그림 輞川圖〉

가을 해 서산에 내리고
먼 나무엔 저물녘 어스름.
끊긴 다리 복건 쓴 두 사람
그 누가 망천의 주인일까?

秋日下西岑　暝烟生遠樹
추 일 하 서 잠　명 연 생 원 수
斷橋兩幅巾　誰是輞川主
단 교 량 복 건　수 시 망 천 주

서잠西岑 서편 묏부리. 명연暝烟 저물녘의 어스름 안개. 생生 생겨나다. 피어나다. 수시誰是 누가 ~일까? 망천輞川 당나라 때 시인 왕유의 거처가 있던 곳.

〈망천도(輞川圖)〉 여백에 쓴 시다. 망천은 당나라 왕유(王維)가 만년에 살던 집이다. 집 아래 시내가 감돌아 흘렀다. 벗 배적(裵迪)과 배 띄우며 시 짓고 놀았다. 망천도는 그곳의 승경 스무 곳을 한 폭에 담은 그림이다. 이 시에는 이야기가 있다. 기묘사화를 일으킨 장본인인 남곤(南袞)이 김정(金淨)에게 망천도 한 폭을 보내 시를 지어달라고 했다. 최수성이 마침 그 자리에 있다가 대신 이 시를 지어 보냈다. 남곤이 시를 보고 이를 악물었다. 그는 왜 이 시를 보고 분개했을까? 안 그래도 짧은 가을해가 서산을 넘어간다. 먼 숲에선 땅거미가 밀려든다. 다리도 끊겼다. 그 다리 위에서 서성이는 두 사람. 한 사람은 주인이고, 다른 한 사람은 손님이다. 화면에 대한 설명이었겠지. 하지만 남곤에겐 그렇게 읽히지 않았던 모양이다. 스산한 가을 어둠이 밀려드는 끊긴 다리는 그림 속 선비들이 처한 심리적 상황이다. 두 사람은 누군가? 한 사람은 김정이고, 다른 한 사람은 바로 시인 자신이다. 그러니 남곤에게는 이 시가, "너 때문에 우리가 이렇게 암담한 지경에 처했다. 하지만 우리는 끄떡없다. 이곳 망천에는 너 같은 속물이 낄 자리가 없다" 쯤으로 들렸을 법하다. 바르게 살기가 참 어렵다.

간서(看書)

고순 高淳, 성종조
〈신덕우의 잔치 자리에서 이를 써서 내 뜻을 보이다辛德優席上書此示意〉

작은 누각 봄바람 자차분하고
맑은 대화 모두 다 넉넉하구나.
귀머거린 하나도 흥미가 없어
고개 숙여 혼자서 책을 읽는다.

小閣春風靜　淸談總有餘
소 각 춘 풍 정　청 담 총 유 여
聾人無一味　垂首獨看書
농 인 무 일 미　수 수 독 간 서

총總 온통. 모두. 유여有餘 여유가 있다. 농인聾人 귀머거리. 수수垂首 고개를 숙이다.

행간이 있다. 그는 병을 앓아 귀머거리로 살았다. 세상에 나서지 않고 숨어 지냈다. 신덕우(辛德優)란 이의 잔치 자리에 초대를 받아 가서 지은 시다. 봄바람은 살랑살랑 불어오고, 이따금씩 터지는 웃음소리. 하지만 그 즐거운 대화가 내 먹은 귀엔 하나도 들리지 않는다. 사람 많은 곳에서도 나는 혼자다. 아무리 시끄러워도 내겐 태고의 침묵뿐이다. 어지러운 세상, 뜻 높은 선비들은 죄 없이 죽고 귀양 가는데 무엇이 그리 즐거워 웃고 떠드시는가? 고개 숙여 책 읽으니 내 서재에 혼자 앉아 있는 것이나 진배없다.

《소문쇄록(謏聞瑣錄)》에 전하는 이야기 한 토막. 하루는 그가 시를 짓고 잠자리에 들었다. 돌아가신 아버지가 꿈에 나타나 시 한 수를 주었다.

흰머리 푸르름은 전날보다 덜해도 華髮蒼蒼減昔年
외론 몸 쓸쓸히 산 앞을 지키도다. 孤身寂寂守山前
백골은 지감(知感) 없다 말하지 말아다오 莫言白骨無知感
네 읊는 시를 듣고 내 잠 못 이루나니. 聞汝吟詩我不眠

그는 슬픈 생각을 많이 했던 사람인가 보다.

옥 세계

서경덕 徐敬德, 1489–1546
〈대흥동에서大興洞〉

붉은 나무 산 병풍을 비추고
푸른 시내 못 거울로 쏟아지네.
옥 세계 속 읊조리며 거니니
마음이 청정해짐 느낀다.

紅樹映山屛　碧溪瀉潭鏡
홍 수 영 산 병　벽 계 사 담 경
行吟玉界中　陡覺心淸淨
행 음 옥 계 중　두 각 심 청 정

산병山屛 산 병풍. 산이 병풍처럼 둘러선 것을 말한다. 담경潭鏡 못의 수면이 거울처럼 매끄러운 것을 가리킴. 행음行吟 길을 가며 시를 읊조리다. 두陡 갑자기. 문득.

대홍동 골짜기에 난리가 났다. 곱게 든 단풍은 기슭의 바위 병풍에 점점이 붉은 점을 찍어 좋고, 그 곁의 푸른 시내는 거울 같은 못 위로 거침없이 쏟아진다. 붉고 푸르고 흰 빛깔이 어우러져 옥같이 아름다운 세상을 열었다. 물결은 바위를 씻으며 폭포를 이루고 여울을 만들며 흘러간다. 그래. 다 씻어가거라. 세상 살다 보면 어쩔 수 없이 묻는 이런저런 찌꺼기들 말끔히 벗겨가거라. 대홍동 골짜기를 뒷짐 지고 산보하는데 발걸음이 갈수록 가벼워진다. 내 마음이 갈수록 깨끗해진다. 훨훨 날아 신선 되어 날아오를 것만 같다.

원숭이

나식 羅湜, 1498-1546
〈원숭이 그림에 쓰다題畫猿〉

늙은 원숭이가 무리 잃고서
지는 해에 외론 등걸 위에 앉았네.
오두마니 고개도 돌리지 않고
천봉의 소리를 듣고 있는 듯.

老猿失其群　落日孤査上
노 원 실 기 군　낙 일 고 사 상
兀坐首不回　想聽千峰響
올 좌 수 불 회　상 청 천 봉 향

고사孤査 외론 등걸. 사(査)는 고목의 둥치. 올좌兀坐 꼼짝도 않고 앉아 있다. 상청想聽 듣고 있는 듯하다. 향響 울림. 메아리.

원숭이 그림을 보고 쓴 시다. 옛 시인들에게 원숭이는 어떤 느낌을 주는 동물이었을까? 중국 시인들에게 광막한 평원 위로 저녁 해가 지고 가을바람 맵게 불 때, 끽끽대며 울어대는 원숭이의 울음소리는 인생의 비애란 비애, 적막이란 적막을 다 한데 모아놓은 듯 슬프게 들렸던 듯하다. "바람 맵고 하늘 높고 잔나비 울음 슬퍼(風急天高猿嘯哀)"는 두보의 구절이다. 나무 가지에 걸터앉은 늙은 원숭이 한 마리가 턱 괴고 앉아 생각에 잠긴 모습을 그린 그림이었던 모양이다. 석고상처럼 오두마니 앉아 무슨 생각에 잠긴 걸까? 산골짝을 울려 돌아 나오는 온갖 소리 속에 묻어 있을지도 모를 옛 벗들의 소리를 듣자는 걸까? 지는 해와 늙은 원숭이가 묘한 느낌을 상승시킨다. 인생은 결국 혼자만 남는다. 사랑하는 사람들, 가까웠던 벗들 하나둘 떠난 빈자리로 황혼이 진다. 고개 돌려 뒤돌아보지 마라. 지나간 날에 연연치 마라. 그리운 목소리는 생각 속에서만 귓가에 맴돈다. 시인이 본 것은 원숭이였을까? 아니면 자기 자신이었을까?

절집

나식 羅湜, 1498-1546
〈도봉사에서道峰寺〉

굽이굽이 감돈 시내
허위허위 길은 굽고.
황혼에야 절집 오니
풍경 소리 구름 끝에.

曲曲溪回復　登登路屈盤
곡 곡 계 회 부　등 등 로 굴 반
黃昏方到寺　淸磬落雲端
황 혼 방 도 사　청 경 락 운 단

곡곡曲曲 굽이굽이. 등등登登 허위허위 올라가는 모양. 굴반屈盤 굽어 서리다. 방方 바야흐로. 겨우. 막. 청경淸磬 맑은 풍경 소리. 운단雲端 구름 끝. 구름 저편.

골을 따라 시내는 굽이굽이 휘돌아나간다. 허위허위 오르는 비탈길은 가도 가도 끝이 없다. 뉘엿해지는 해를 보며 마음이 자꾸 불안하다. 먼동 보며 출발한 길을 황혼 녘에 가까스로 닿았다. 도봉사! 저 멀리 단청 빛이 얼비치길래 긴가민가 했는데 바람에 까르르 풍경이 운다. 맞게 왔구나. 해 지고도 못 닿을까 조바심치던 마음이 그제야 놓인다. 쟁그랑 쟁그랑 쟁그랑! 구름 끝으로 부서져 내리는 풍경 소리. 달려만 가던 시냇물 보며 공연히 바쁘던 마음도 그 소리에 다 떨려가거라. 나 여기서 며칠 푹 쉬다 갈란다.

망향

임억령 林億齡, 1496-1568
〈고향 가는 백창경을 전송하며送白彰卿還鄕〉

강 달 찼다 기울고
매화 졌다 또 피네.
봄 와도 고향 못 가
망향대에 오른다.

江月圓還缺　梅花落又開
강 월 원 환 결　매 화 락 우 개
逢春歸未得　獨上望鄕臺
봉 춘 귀 미 득　독 상 망 향 대

원환결圓還缺 둥글었다가는 어느새 이지러지다. 귀미득歸未得 돌아가고 싶은데 여태 돌아가지 못하다.

고향으로 돌아가는 백광훈을 전송하며 써준 시다. 강 달은 둥글었다가 어느새 이지러졌다. 그 사이에 매화는 피고 지고를 되풀이한다. 꽃 소식이 여기까지 올라왔으니, 남녘 고향 땅에는 집집 울타리마다 꽃 잔치가 한창이겠구나. 이 봄도 돌아가지 못하고 타관 땅에 머문다. 봄이 오고부터 왠지 마음이 싱숭생숭해 날마다 안절부절 하며 망향대에 올랐다. 보름달이 그믐달이 되도록, 꽃망울이 낙화가 될 때까지 내 마음을 다잡지 못했다. 안 그래도 허전하던 마음이 고향 간다며 길 떠나는 그댈 보니 걷잡을 수 없이 허물어진다. 잘 가게! 내 소식도 함께 전해주게나. 자네에겐 쓸쓸한 낙향이겠지만, 난 자네가 외려 부럽네.

해오라기

임억령 林億齡, 1496-1568
〈해오라기鷺〉

물가 난간에 내 기대서니
모래톱 위엔 해오라기가.
흰머리 난 건 비슷하지만
나는 한가코 너는 바쁘다.

人方憑水檻 鷺亦立沙灘
인 방 빙 수 함 노 역 립 사 탄
白髮雖相似 吾閒鷺未閒
백 발 수 상 사 오 한 로 미 한

방方 바야흐로. 빙憑 기대다. 수함水檻 물가 정자의 난간. 사탄沙灘 백사장이 있는 물가.

✤

모처럼 나들이 한번 했다. 물가 정자에 올라 난간에 기대서니, 눈부신 햇살에 신록들이 자지러진다. 여기저기서 터지는 꽃들의 웃음판. 이 강산 좋을시고, 유정하구나! 절로 마음이 느긋해져서 따스한 봄볕에 해바라기를 하고 있는데, 아까부터 모래톱 위에서 저 혼자 바쁜 녀석이 있다. 관우(冠羽), 즉 흰머리 깃을 바짝 세우고 이리저리 두리번거린다. 여기저기 발걸음을 떼면서 잔뜩 노려본다. 하지만 고기가 저 먼저 알고 달아나는 눈치다. 배가 고픈 거겠지. 너나 나나 백발이긴 한가지로구나. 하지만 이 한가로움을 너는 누리지 못하니 내가 참 안쓰럽다. 강호도 먹고살기가 여간 팍팍하지가 않다.

칭찬

조식 曺植, 1501-1572
〈우연히 읊다偶吟〉

사람들 바른 선비 아끼는 것이
범 가죽 좋아함과 비슷하구나.
살았을 젠 못 죽여 안달하더니
죽은 뒤에 비로소 칭찬을 하네.

人之愛正士　好虎皮相似
인 지 애 정 사　호 호 피 상 사
生前欲殺之　死後方稱美
생 전 욕 살 지　사 후 방 칭 미

정사正士 뜻이 바른 선비. 방칭미方稱美 그제야 아름답다고 일컫다.

올곧은 선비 하나 기르기가 참 힘들다. 선비가 바른말 하거나 옳은 일을 하면 사방에서 죽일 듯이 물어뜯는다. 행여 그 말 때문에 제 밥그릇을 빼앗길까 봐 걱정이 되어서다. 세상 사람들이 선비를 사랑하고 아끼는 것이 꼭 호랑이 가죽을 좋아하는 것과 다를 게 없다. 살아 있을 적에는 이를 갈며 못 죽여 안달하다가, 막상 호랑이가 함정에 빠져 죽어 자빠지면 가죽을 벗겨 바닥에 깔고 어루만지며 애석해한다. 뼈는 갈아서 마시고, 발톱은 부적으로 차고, 고기는 고기대로 먹고, 가죽 위에 턱 걸터앉아서, 범은 죽어서 가죽을 남기고 사람은 죽어서 이름을 남긴다고 한다. 죽은 뒤에 이름 남기면 뭐하나. 죽은 뒤에 가죽 남기면 누구에게 좋나. 무슨 일을 보고 속상해서 지은 시다.

천왕봉

조식 曺植, 1501-1572
〈천왕봉天王峯〉

천석들이 큰 종을 살펴보게나
작은 공이 두드려도 소리 안 나네.
만고에 변함없는 저 천왕봉은
하늘이 울리어도 울지 않으리.

請看千石鐘　非大扣無聲
청 간 천 석 종　비 대 구 무 성
萬古天王峯　天鳴猶不鳴
만 고 천 왕 봉　천 명 유 불 명

청간請看 보기를 청한다. 천석千石 천 섬들이의 크기. 비대非大 큰 것이 아니고는. 구扣 공이로 종을 치다.

진주 산천재(山天齋)에서 지리산 천왕봉을 올려다보며 지은 시다. 젓가락으로 쳐서야 큰 종이 울겠는가? 큰 종을 울리려면 그에 걸맞은 공이가 있어야 한다. 밑자락에 흰 구름 감도는 천왕봉은 마치 엄청나게 큰 종을 허공에 매달아놓은 것만 같다. 하지만 저 종은 여태껏 한 번도 울린 적이 없다. 누가 저 종을 우렁우렁 울려댈 공이를 가져다다오. 세상의 중심에 침묵으로 우뚝 버티고 서서 묵묵히 억조창생들 이런저런 근심들 다 받아주는 천왕봉. 나도 그런 자태를 배우고 싶다.

나루에서

정렴 鄭磏, 1506-1549
〈배를 타고 저자도를 지나 봉은사로 향해 가며舟過楮子島向奉恩寺〉

옛 나루엔 안개 자욱
찬 해는 먼 산 지고.
한 척 배 느릿느릿
절집은 안개 저편.

孤烟橫古渡　寒日下遙山
고 연 횡 고 도　한 일 하 요 산
一棹歸來晩　招提杳靄間
일 도 귀 래 만　초 제 묘 애 간

횡橫 가로걸리다. 고도古渡 해묵은 나루. 하요산下遙山 먼 산으로 내려오다. 일도一棹 노 하나. 여기서는 노 젓는 배 한 척. 초제招提 절의 이칭. 묘애간杳靄間 아득한 구름 안개의 사이.

왕십리를 지나 뚝섬에서 배를 타고 저자도를 지나 봉은사를 찾아가는 길이다. 해묵은 나루터엔 안개만 자옥하다. 찬 해는 어느새 먼 산등성이로 내려앉았다. 한번 건너간 배는 좀체 돌아올 줄 모른다. 절집은 나루에 닿아서도 한참을 더 가야 한다. 안개가 지워버려 나루를 못 찾는 걸까? 땅거미는 짙어오는데, 그냥 이대로 뱃전에 앉아 저 안개 속으로 지워지고 싶다.

배꽃

정렴 鄭磏, 1506–1549
〈배꽃梨花〉

집 모롱이 피어난 배나무
번화함 지난해와 비슷하구나.
봄바람 묵은 병 애처로운지
약 달이는 창가로 불어오누나.

屋角梨花樹　繁華似昔年
옥 각 리 화 수　번 화 사 석 년
東風憐舊病　吹送藥窓邊
동 풍 련 구 병　취 송 약 창 변

옥각屋角 집 모퉁이. 번화繁華 번성하여 화려한 모양. 석년昔年 지난날.
연憐 불쌍히 여기다. 약창변藥窓邊 약을 달이는 창가.

✤

자리에 누워 겨울을 났다. 문득 창밖이 환해 창문 열고 내다보니, 배꽃이 나무 가득 피어났다. 지난해 봄에도 그랬었지. 그때는 벗들과 나무 그늘 꽃방석에 앉아 한잔 술을 나누었었다. 배꽃은 지난해처럼 그렇게 피었는데 나는 오랜 병으로 바깥출입도 못한 채 자리보전을 하고 있다. 창가에서 문득 약 달이는 내음이 끼쳐온다. 봄바람이 내 이러고 있는 양이 애처로워서 살랑살랑 부채질을 해주고 있는 모양이다. 꽃 다 지기 전에 어서 일어나라고, 힘 좀 내라고, 봄이 왔다고.

고목

김인후 金麟厚, 1510-1560
〈오래된 나무古木〉

꺾인 나무 뼈만 남아
바람 번개 겁나잖네.
삼춘(三春)에도 무슨 사업
영고(榮枯)를 내맡기리.

半樹惟存骨 風霆不復憂
반 수 유 존 골 풍 정 불 부 우
三春何事業 獨立任榮枯
삼 춘 하 사 업 독 립 임 영 고

풍정風霆 바람 번개. 임任 내맡기다. 영고榮枯 영고성쇠(榮枯盛衰)의 줄임말.

하늘을 향해 뻗을 줄만 알던 나무가 벼락을 맞아 허리가 부러졌다. 뼈만 앙상히 남았다. 잔약한 한두 가지에 겨우 숨만 붙었다. 하지만 가지가 무성치 않으니 바람에 꺾일 염려가 없다. 키가 작아 천둥 번개가 쳐도 걱정하지 않는다. 그때는 그렇지가 않았다. 바람만 불어도 근심, 번개가 치면 불안했다. 봄이 왔다. 좋은 시절이 왔다고 다투어 새잎을 나투고 꽃망울을 부푼다. 전 같으면 설레고 두근거렸을 일이 이젠 시큰둥하다. 새로운 일을 시작하고픈 의욕도 없다. 꽃 피면 뭐하나. 잎 나면 뭐하나. 그저 물끄러미 남일 보듯 하리라. 을사사화를 겪은 뒤 세상에 덧정도 없어 고향 장성으로 물러나 지내며 지은 시다. 기름기가 다 빠지고 뼈만 남았다.

인생

김인후 金麟厚, 1510–1560
〈충암 김정의 시권에 쓰다題冲庵詩卷〉

어디로부터 와서

어딜 향해 가는가.

오고 감 정처 없고

백 년 계획 아득타.

來從何處來 去向何處去
내 종 하 처 래 거 회 하 처 거

去來無定蹤 悠悠百年計
거 래 무 정 종 유 유 백 년 계

종하처從何處 어느 곳으로부터. 정종定蹤 일정한 자취. 유유悠悠 멀고 아득한 모양.

어디서 와서 어디로 가는가? 돌아보면 사는 일이 참 덧없고 부질없다. 뜻대로 된 일이 없다. 늘 어긋나기만 했다. 돌이켜 보니 아쉽다. 계획 세워 이룰 수 없다면 그런 계획을 세워서 뭣하나. 꿈은 언제나 빗겨가기만 하고, 지나고 나서 좋았다 싶던 때는 있어도 눈앞의 현실은 언제나 차고 시리기만 했다. 정의를 꿈꾼 젊음의 의기는 시련과 좌절의 메아리로 되돌아왔다. 충암(沖庵) 김정(金淨)의 시집을 읽었다. 그의 이루지 못한 꿈은 여태도 시집의 행간에 맴돈다. 구름처럼 떠돌다 노을처럼 스러지는 것이 인생이다. 덧없는 백 년 인생이 꿈만 꾸다 가는구나.

고향 생각

윤결 尹潔, 1517-1548
〈충주 망경루의 시운을 빌어次忠州望京樓韻〉

먼 나그네 돌아가고픈 맘 간절해
누각 올라 북녘 서울 바라보누나.
도리어 강물 위 기러기처럼
가을 다 가 다시금 남으로 가네.

遠客思歸切　登樓北望京
원 객 사 귀 절　등 루 북 망 경
還同江上雁　秋盡又南征
환 동 강 상 안　추 진 우 남 정

절切 절실하다. 절박하다. 환동還同 도리어 같다. 남정南征 남쪽으로 내려가다.

충주 객관 옆 망경루(望京樓)에 올랐다. 문득 떠나온 고향 서울이 그립다. 가족이 보고 싶다. 하지만 돌아가지 못한다. 돌아가기는커녕 고향과는 더 멀어진 남쪽 땅으로 내려가야 할 모양이다. 기러기야 추운 겨울 나려고 따뜻한 남쪽 나라를 찾아간다지만, 나는 내 집으로 가지 못하고 자꾸만 더 멀어진다. 그는 을사사화에 연루되어 32세의 젊은 나이로 억울하게 죽었다. 사약을 받기 전 귀양 가는 길에 지은 시였을까? '북망경(北望京)', 즉 북녘 서울을 바라보며, '우남정(又南征)' 하는 엇갈림이 길게 여운으로 끌린다.

구름뿐

휴정 休靜, 1520-1604
〈가야산에서 노닐며遊伽倻〉

지는 꽃 내음 골짝에 가득
숲 저편에선 우짖는 새들.
절집은 대체 어디에 있나
봄 산 반 너머 구름뿐일세.

落花香滿洞　啼鳥隔林聞
낙 화 향 만 동　제 조 격 림 문
僧院在何處　春山半是雲
승 원 재 하 처　춘 산 반 시 운

향만동香滿洞 향기가 골짝에 가득하다. 격림문隔林聞 숲을 사이에 두고 들린다. 승원僧院 승려가 거처하는 집. 절. 반시半是 절반이나.

가야산 해인사를 찾아가는 길이다. 여름이 드는 초입, 늦게 핀 꽃들이 부산스레 진다. 지저귀는 새소리, 지는 꽃향기에 귀와 코가 어지럽더니 눈부신 신록에 눈마저 헌사롭다. 이리 기웃 저리 기웃 해봐도 절집은 나오질 않는다. 지팡이 멈춰 서서 골짝을 보니 흰 구름만 자옥하다. 늦은 봄 가야산 골짝에서 나는 길을 잃고 만다.

꽃비

휴정 休靜, 1520-1604
〈쌍계사 방장에서 雙溪方丈〉

앞뒤 산마루 흰 구름 가고
양편 시내엔 밝은 달 떴네.
스님 앉은 곳 꽃비는 지고
잠든 손님 곁 산새가 운다.

白雲前後嶺　明月東西溪
백 운 전 후 령　명 월 동 서 계
僧坐落花雨　客眠山鳥啼
승 좌 락 화 우　객 면 산 조 제

화우花雨 꽃비. 지는 꽃잎이 비 오듯 떨어짐.

쌍계사 방장에서 지은 시다. 지리산 자락 높은 곳에 자리 잡은 절집이다. 앞산 마루 뒷산 마루 모두 흰 구름 한 장이 배깔고 누웠다. 동서로 가로질러 지나가는 시냇물엔 밝은 달빛이 내려와 도장을 찍어놓았다. 꽃잎은 비처럼 내리는데, 입정(入定)에 든 스님은 가부좌를 튼 채 아까부터 말이 없고 손님은 달콤한 잠이 들었다. 긴 밤 소쩍새 울음소리가 빈 골짝을 샅샅이 헤매고 있다.

솔숲 속

휴정 休靜, 1520–1604
〈솔숲 사이 은사를 찾아訪松間隱士〉

솔숲 사이 집 보이니 절로 기쁜데
솔숲에 바위로 된 돈대도 있네.
손님 와도 돌 위를 쓸지 않음은
푸른 이끼 다칠까 염려해서지.

自悅松間屋　松間亦有臺
자 열 송 간 옥　송 간 역 유 대
客來不掃石　惟恐損蒼苔
객 래 불 소 석　유 공 손 창 태

자열自悅 혼자서 기뻐하다. 불소석不掃石 바위를 쓸지 않는다. 공손恐損 손상될까 염려하다. 창태蒼苔 푸른 이끼.

✤

숨어 사는 벗을 찾아간다. 긴가민가 싶어 두리번거려도 그가 사는 집을 못 찾겠다. 솔숲을 이리저리 헤맨 지 한참 만에 멀리 숲 사이로 버섯처럼 돋은 집 한 채가 눈에 들어온다. 저기로구나. 나도 몰래 발걸음이 빨라진다. 가며 보니 집만 있는 것이 아니다. 집 근처 큰 나무 그늘 아래엔 넉넉한 너럭바위도 있다. 떨어진 잎들 수북이 쌓인 것을 보니 주인이 쓸지 않은 지도 오래되었다. 바위를 덮은 푹신한 방석 이끼가 생각 없는 빗질에 다칠까 염려해서였겠지. 그나저나 그는 집에 있기나 한 걸까?

들매화

이후백 李後白, 1520-1578
〈절구絕句〉

보슬비에 갈 길 잃고
십 리 바람 나귀 탄 채.
곳곳마다 핀 들매화
향기 속에 애끊나니.

細雨迷歸路　騎驢十里風
세 우 미 귀 로　기 려 십 리 풍
野梅隨處發　魂斷暗香中
야 매 수 처 발　혼 단 암 향 중

세우細雨 보슬비. 기려騎驢 나귀를 타다. 수처隨處 가는 곳마다. 여기저기. 혼단魂斷 애를 끊다. 암향暗香 문득 문득 끼치는 향기.

보슬비 속을 헤매 돌다 갈 길을 잃었다. 아니 이럴 땐 갈 길을 잊었다고 써야 할까? 나귀 등에 올라탄 채 십 리 길을 봄바람 맞으며 쏘다녔다. 미로(迷路), 즉 길 잃고 헤맨 까닭은 3구에서 말했다. 여기저기 피어난 들매화 때문에, 은은히 풍겨오는 꽃향기 때문에, 그 향기에 떠오른 옛 기억 때문에, 보슬비 맞고 십 리 봄 길을 쏘다녔다. 꽃향기에 취해 보슬비에 젖어 옛 생각에 잠겨 길을 잃고 헤맸다. 들매화 때문에.

강가

강극성 姜克誠, 1526–1576
〈호정에서 아침에 일어나 우연히 읊다湖亭朝起偶吟〉

강 해 늦도록 안 나오고
아스라이 십 리엔 안개뿐.
부드럽게 노 젓는 소리만
배 가는 곳 어딘지 안 뵈네.

江日晚未生　蒼茫十里霧
강 일 만 미 생　창 망 십 리 무
但聞柔櫓聲　不見舟行處
단 문 유 로 성　불 견 주 행 처

만미생晩未生 늦도록 나오지 않다. 창망蒼茫 아스라이 아득한 모양. 무霧 안개. 단문但聞 다만 들린다. 유로성柔櫓聲 부드럽게 노 젓는 소리.

물가 정자에서 새벽에 일어났다. 간밤 마신 술이 덜 깼는지 멍하다. 강가엔 아침부터 안개가 자옥하다. 해도 뜰 생각이 좀체 없다. 사방을 둘러봐도 짙은 운무뿐 아무것도 보이지 않는다. 밤사이 구름 위 신선 나라로 날아올라 온 것은 아닐까? 두리번거리는데 어디선가 찌그덕 찌그덕 경쾌하게 노 젓는 소리가 들려온다. 그제야 상황이 파악된다. 누굴까! 이 신새벽에 노 저어 강 가운데로 나가는 사람은? 소리 따라 귀를 기울여봐도 노 젓는 소리는 여전히 귓가에 맴도는데 끝내 배는 보이지 않는다. 안개 속에서 덜 깬 술을 깨우고 찌그덕 찌그덕 멀어져간 노 젓는 소리.

진면목

이광우 李光友, 1529~1619
〈감사 유영순에게 감사하며 謝柳監司永詢〉

지팡이에 짚신 신고 따라간 그곳
맑은 시내 저 혼자 흘러갔었지.
그 당시 잊지 못할 참된 면목은
지리산 천추(千秋)에 솟은 그 모습.

杖屨追隨地　清溪空自流
장 구 추 수 지　청 계 공 자 류
當時眞面目　方丈聳千秋
당 시 진 면 목　방 장 용 천 추

장구杖屨 지팡이와 신발. 추수追隨 뒤를 좇아 따라가다. 방장方丈 지리산의 별칭. 용聳 솟구치다. 솟아 있다.

제목으로 보아, 지리산 여행길에 감사 유영순에게 두터운 대접을 받고 감사의 뜻으로 지어준 시다. 지팡이 짚고 짚신 끌며 찾아간 곳, 반기는 사람은 하나 없고 맑은 시내만 저 혼자 홍얼대며 흘러가더군요. 배는 고프고 발은 지쳐 참 암담했었지요. 따뜻이 맞아주던 두터운 배려, 잊을 수 없습니다. 제게는 천추에 우뚝 솟은 지리산처럼 듬직한 큰 힘이 되었습니다. 그 모습, 그 마음 소중히 간직하겠습니다. 감사합니다.

국화

고경명 高敬命, 1533–1592
〈희고 노란 두 가지 국화를 읊다詠黃白二菊〉

제 빛깔인 황색을 귀히 여기나
자태는 백색 또한 기이하구나.
세상 사람 보기엔 다르겠지만
서리 이긴 가지이긴 마찬가지다.

正色黃爲貴　天姿白亦奇
정 색 황 위 귀　천 자 백 역 기
世人看自別　均是傲霜枝
세 인 간 자 별　균 시 오 상 지

| 천자天姿 타고난 자태. 균시均是 똑같이. 오상傲霜 서리를 우습게 보다. |

국화는 달리 황화(黃花)라 하니, 노란빛이 정색(正色)이다. 하지만 흰빛의 국화 또한 빼어난 자태를 자랑한다. 사람들은 황국과 백국을 두고 어느 것이 좋다 어느 것이 낫다 하지만 내 보기엔 둘 다 좋다. 따스한 봄날과 폭염의 여름을 지나, 서리 맞고 피어난 그 매운 뜻만은 흰빛과 노란빛에 차이가 없다. 무언가 뜻이 담긴 시다. 사람들이 갑을 칭찬한다. 어떤 이는 을이 더 낫다고 한다. 하지만 내 보기엔 둘 다 훌륭하다. 그 어려운 시절을 다 견뎌 아름다운 꽃을 피웠다. 굳이 빛깔로 따져 편 가를 것 없다. 황백(黃白)은 당시 동인 서인의 갈림을 두고 한 말일 수도, 혹 황(黃)과 백(白)씨 성을 가진 두 사람의 지칭일 수도 있겠다. 지금에 와서 명확한 행간을 알 수가 없다.

두견이 울 제

이순인 李純仁, 1533-1593
〈사람을 전송하며送人〉

동이 술 차린 오늘 밤 모임
어디서 가장 생각이 날까.
오래된 역驛서 밝은 달 만나
강남땅에서 두견이 울 제.

一尊今夕會 何處最相思
일 존 금 석 회 하 처 최 상 사
古驛逢明月 江南有子規
고 역 봉 명 월 강 남 유 자 규

일존一尊 일준(一樽)과 같다. 술 한 동이. 봉逢 만나다. 맞닥뜨리다. 자규子規 두견새.

✤

그러니까 1, 2구와 3, 4구는 물음과 대답이다. 한 동이 술 앞에 두고 석별의 자리를 마련했다. 손 나누고 헤어지면 오래도록 만나지 못하겠지. 오늘 밤 이 자리 두고두고 그리울 걸세. 다정히 주고받던 술잔, 그렁그렁한 목소리, 안타깝던 뒷모습, 두고두고 생각날게야. 자네 이렇게 길 떠나 해묵은 옛 역의 객사에서 혼자 잠들 때 창가로 밝은 달빛 휘황한데 피토하듯 우는 두견이 소리 들리면 그때 오늘 밤 생각 간절할 걸세. 내 술 한 잔 더 받게. 잔 씻어 새 잔 받게.

눈 온 뒤

이순인 李純仁, 1533-1592
〈눈 온 뒤雪後〉

저자엔 사람 소리 끊기고
아스라이 언 나무 어둡다.
지난해 내린 눈과 꼭 같아
적막히 강촌에 눕는다.

市郭人聲絶 蒼茫凍樹昏
시 곽 인 성 절 창 망 동 수 혼
還如去年雪 寂寞臥江村
환 여 거 년 설 적 막 와 강 촌

창망蒼茫 아마득하게 아스라한 모양. 동수凍樹 꽁꽁 언 나무. 환여還如 도리어 ~와 같다.

✤

눈이 그쳤다. 펑펑 내린 눈은 사람들 북적이던 저자를 재우고, 성곽의 울타리도 텅 비었다. 멀리 보이는 나무는 눈 속에 꽁꽁 언 채 어두운 그림자를 드리웠다. 지난해 겨울에도 이런 눈이 내렸었지. 사람들은 다 어디로 갔나. 나무들은 참 춥겠다. 추수동장(秋收冬藏), 어둠이 빗겨오는 강 마을에서 지난해처럼 나는 적막히 자리에 눕는다. 눈 그친 벌판을 보면 아지 못할 슬픔 같은 것이 맥맥이 밀려든다. 한 해가 또 지나가고 있다.

저무는 강

정작 鄭碏, 1533-1603
〈피리 소리를 듣고聞笛〉

아득히 모래밭 위 사람을 보고
한 쌍의 백로려니 생각했었지.
바람결에 홀연히 피리를 불자
휑하니 강 하늘 저무는구나.

遠遠沙上人　初疑雙白鷺
원 원 사 상 인　초 의 쌍 백 로
臨風忽橫笛　寥亮江天暮
임 풍 홀 횡 적　요 량 강 천 모

원원遠遠 아득히 먼 모양. 초의初疑 처음엔 ~라고 의심하다. 횡적橫笛 피리를 가로로 빗겨 불다. 요량寥亮 휑하니 아득한 모양.

푸른 물 여울지는 물가 백사장에 흰 점 두 개가 붙박여 있다. 먼눈에 백로 두 마리가 서 있는가 싶었다. 갑자기 어디선가 피리 소리가 들린다. 저물녘 피리 소리는 그리움의 소리다. 애간장이 녹는다. 도대체 어디서 나는 소릴까? 소리 나는 곳으로 눈길을 따라가니 백사장의 백로 쪽이다. 그러고 보니 어느새 팔을 빗겨 올린 것이 백로가 아닌 흰옷 입은 선비 두 사람이다. 바람은 설렁설렁 불어오고, 선율은 흔들흔들 건너온다. 마음이 아려 눈길 둘 데 없어 열없이 하늘 우러르니, 하늘도 슬픈지 그만 먼 데부터 암담해져온다.

기다림

송익필 宋翼弼, 1534-1599
〈주인이 외출하여 돌아오지 않으므로 우연히 짓다主人出不還偶題〉

적막히 닫힌 빈집
유유히 해는 지고.
나왔다간 다시 들고
서 있다가 되려 앉네.

寂寂掩空堂 悠悠山日下
적 적 엄 공 당 유 유 산 일 하
出門又入門 佇立還成坐
출 문 우 입 문 저 립 환 성 좌

엄掩 문을 닫아걸다. 저립佇立 우두커니 서다. 환還 도로. 다시.

산에 사는 벗의 집을 찾았다. 문은 닫히고 아무도 없다. 문이래야 얼키설키 얽은 사립이니 슬쩍 밀쳐 마당에 들어선다. 약초를 캐러 갔나? 멀리 가진 않았겠지. 무료히 앉았는데, 어느덧 해가 서산에 뉘엿하다. 자칫 주인 없는 빈집에서 밥도 못 얻어먹고 하룻밤을 보내야 할 참이다. 그저 돌아가야 하나, 내처 더 기다려야 하나. 잠깐 사이에도 생각이 참 많다. 혹 오는 모습 멀리 보일까 싶어 문을 나서 고개를 빼고 보다가 제풀에 시들해서 다시 들어와 마루에 걸터앉는다. 답답증이 나서 마당에 내려 우두커니 섰다간 도로 자리에 와서 털썩 앉는다. 해가 떨어져 땅거미가 밀려오는데도 주인은 오지 않는다. 3, 4구에서 기다리는 마음을 참 절묘하게 그려냈다.

하산

송익필 宋翼弼, 1534-1599
〈산을 내려오며下山〉

새벽 풍경 맑게 울 제
단장 짚고 내려왔지.
꽃도 이별 아쉬운지
물을 따라 나왔다네.

殘夜鳴淸磬 攜筇下碧山
잔 야 명 청 경 휴 공 하 벽 산
巖花猶惜別 隨水出人間
암 화 유 석 별 수 수 출 인 간

잔야殘夜 밤의 끝자락. 새벽 무렵. 청경淸磬 맑은 소리를 내는 풍경. 휴공攜筇 지팡이를 짚다. 유猶 오히려. 도리어.

밤은 한 자락이 아직 남았다. 밤새 듣던 맑은 풍경 소리 여전히 쟁그랑댄다. 일찌감치 나서자고 지팡이 짚고 푸른 산 내려온다. 바위틈에 핀 붉은 꽃이 잘 가라고 인사한다. 저만치 내려가는데, 시냇물 위로 붉은 꽃잎이 떠내려간다. 세상 구경 같이 가자고 촐랑촐랑 따라나선다. 그래 같이 가자꾸나. 산속에만 있으려니 바깥이 궁금한 게로구나. 산집에서 원기 얻어 내딛는 걸음이 가볍다. 까닥까닥 고갯짓을 하며 물 위로 떠내려가는 꽃잎이 경쾌하다.

짹짹

송익필 宋翼弼, 1534-1599
〈새 울음소리에 느낌이 있어鳥鳴有感〉

언제나 짹짹짹 우는 새
어이해 언제나 족한가?
사람들 족함을 모르니
그래서 언제나 부족타.

足足長鳴鳥 如何長足足
족 족 장 명 조 여 하 장 족 족
世人不知足 是以長不足
세 인 불 지 족 시 이 장 불 족

족족足足 참새 울음소리의 형용. 의미로는 만족하고 만족한다는 뜻. 장명조長鳴鳥 늘상 우는 새. 여하如何 어찌하여.

✤

참새가 짹짹 우는 소리가 내게는 족족으로 들린다. 충분하다 넉넉하다 아쉬울 것 없다고 하는 소리로 들린다. 조막만 한 참새야! 무엇이 그리 족하더냐? 사람들은 늘 부족하다고 더 갖겠다고 난리인데 어찌 그리 태평이냐. 없는 사람은 없다고 난리고, 가진 사람은 더 가져야겠다고 난리다. 이것이 없으면 이것을 갖고 싶고, 이것을 갖고 나면 또 저것을 손에 넣고 싶다. 욕심은 욕심을 부르고, 만족은 만족을 부른다. 만족할 줄 알면 부족할 것이 없는데, 더 가지려다 다 잃고 만다. 낟알 몇 낱으로도 배가 부른데 욕심은 내어 무엇할까? 욕심 많은 인간들 듣고 정신 차리라고 아침부터 참새들이 짹짹거린다. 족족거린다.

남쪽 시내

송익필 宋翼弼, 1534-1599
〈남쪽 시내에 저물녘에 배 띄우고南溪暮泛〉

꽃에 취해 돌아감 늦어만지고
달 기다려 여울을 더디 내려가네.
취중에도 낚시는 드리우나니
배는 옮겨가도 꿈은 그대롤세.

迷花歸棹晚 待月下灘遲
미 화 귀 도 만 대 월 하 탄 지
醉裏猶垂釣 舟移夢不移
취 리 유 수 조 주 이 몽 불 이

미화迷花 꽃에 홀리다. 귀도歸棹 집으로 돌아가기 위해 젓는 노. 하탄下灘 여울물을 내려가다. 지遲 더디다. 늦다. 취리醉裏 취중. 이移 옮겨가다.

남쪽 시내에 배를 띄웠다. 시내 양편으로 꽃 잔치가 한창이다. 여기저기 기웃대느라 돌아갈 생각 잊고 늑장을 부린다. 어느새 날은 저물었다. 배를 돌려 여울을 따라 내려온다. 해는 지고 달은 아직 돋지 않았다. 조금 있으면 달이 뜨겠지. 낮엔 꽃구경, 밤엔 달구경. 잠시 후 펼쳐질 흐뭇한 광경에 내려가는 속도를 자꾸 늦추게 한다. 꽃에 취한 술기운은 좀체 가시지 않는다. 낚싯대도 여전히 드리웠다. 노를 늦춰도 배는 속절없이 흘러내려 간다. 꾸벅꾸벅 조는 꿈속에서 나는 여전히 꽃그늘 아래 있다. 봄날이 참 거나하다.

작별

하응림 河應臨, 1536-1567
〈벗을 전송하며送友〉

서교의 바쁜 이별
가을바람 술 한잔.
청산엔 사람 없고
지는 해에 홀로 오네.

草草西郊別 秋風酒一杯
초 초 서 교 별 추 풍 주 일 배
青山人不見 斜日獨歸來
청 산 인 불 견 사 일 독 귀 래

초초草草 경황없이 서두는 모양. 사일斜日 빗긴 해. 석양 무렵.

서쪽 교외로 먼 길 떠나는 친구 배웅 나왔다. 바쁜 발걸음, 갈 길은 멀다. 그래도 이 사람! 내 술 한잔 받고 가게. 고맙네! 이 친구. 내 얼른 다녀옴세. 두 사람의 거리는 점점 멀어져, 산모롱이 돌아서자 뵈지 않는다. 어느새 해는 지고 마음 가눌 길 없다. 가는 사람은 마음이나 바쁘다지만 돌아서는 사람 앞엔 그림자만 길다.

소리만

하응림 河應臨, 1536-1567
〈가야금 타는 아가씨에게 주다贈琴兒〉

열세 살 예쁜 아씨

고운 두 손 금(琴)을 타네.

소리뿐 얼굴 안 봬

주렴 안서 소리 난다.

佳兒年十三　彈琴雙手纖
가 아 년 십 삼　탄 금 쌍 수 섬

聞聲不見面　聲出桃花簾
문 성 불 견 면　성 출 도 화 렴

가아佳兒 어여쁜 여아(女兒). 탄금彈琴 가야금을 연주하다. 섬纖 가녀리다. 도화렴桃花簾 복사꽃 무늬를 수놓은 주렴.

주렴이 드리워진 저편에서 가야금 줄 위를 꿈꾸듯 쓰다듬으며 고운 두 손이 춤춘다. 그녀는 지금 연주와 함께 노래도 한 자락 뽑고 있는 모양이다. 연주가 가경(佳境)에 이를수록 얼굴이 자꾸 궁금해진다. 나이 열셋이라니, 지금으로 치면 초등학교 6학년 나이이다. 그 어린 것이 뽀송뽀송한 손으로 저 솜씨를 익혔구나. 가려져 안 보이니 더 궁금하다. 소리만 들리니 더 궁금하다. 발 사이로 보일 듯 가려진 자태가 애틋하다.

비 오는 밤

정철 鄭澈, 1536–1593
〈가을날 짓다秋日作〉

찬 비 한밤에 대를 울리고
가을벌레는 가을 침상에.
흐르는 세월 어이 막으리
백발 자라남 금치 못하네.

寒雨夜鳴竹　草虫秋近床
한 우 야 명 죽　초 충 추 근 상
流年那可駐　白髮不禁長
유 년 나 가 주　백 발 불 금 장

근상近床 침상에 가까이 오다. 유년流年 흐르는 세월. 나가주那可駐 어찌 머물게 할 수 있겠는가? 불금장不禁長 자라는 것을 막을 수가 없다.

가을비 추적추적 내린다. 대숲이 처정처정 비에 젖는다. 비 맞기 싫어 벌레들 침상 맡에 와서 귀뚤귀뚤 운다. 추적추적, 처정처정, 귀뚤귀뚤. 아! 이렇게 한 해가 또 지나가는구나. 품은 뜻 적지 않았건만 뜻대로 이룬 일은 하나도 없다. 가을밤은 빗소리에 깊어가고, 또랑또랑 귀뚜리 울음에 머리털이 하얗게 물든다. 속절없는 가을밤이 둥둥 떠내려간다.

오동잎

정철 鄭澈, 1536-1593
〈산 스님의 두루마리에 적다題山僧軸〉

스님이 일력(日曆)을 어이 알리
산꽃 보고 계절을 기억할 뿐.
때때로 푸른 구름 속에서
앉아서 오동잎에 시를 적네.

曆日僧何識　山花記四時
역 일 승 하 식　산 화 기 사 시
時於碧雲裏　桐葉坐題詩
시 어 벽 운 리　동 엽 좌 제 시

역일曆日 책력으로 날짜를 꼽는 일. 하식何識 어찌 알겠는가? 동엽桐葉 오동잎.

산속 절집에 하룻밤 묵자는데 스님이 방명록 대신 두루마리를 내밀어 거기에 써준 시다. 산중엔 달력이 없으니 날이 가고 계절이 바뀌는 소식은 꽃 보고 짐작할 뿐이다. 매화꽃 피니 겨울이 가는가 싶고 진달래 피자 봄이 깊었다. 패랭이꽃 덤불지고 국화꽃 지면 또 한 해가 저문 것이다. 그 사이의 소식을 알고 싶은가? 이따금 푸른 구름 속에 앉아 뜨락에 뒹구는 오동잎 주워 시를 적는다. 넓은 잎에 써진 노래들은 마당을 뒹굴다 흙으로 돌아간다. 산속 오래 살다 보니 세속의 정이 다 말라붙어 특별히 일렁이는 감정은 없다. 무덤덤하다.

배웅

정철 鄭澈, 1536-1593
〈멀리 퇴계 선생을 전별하러 갔으나 미치지 못하였다迢餞退溪先生不及〉

광릉 땅까지 쫓아갔건만
님 실은 배는 하마 아득해.
온 강 봄바람 그리운 생각
석양에 홀로 정자 오른다.

追至廣陵上　仙舟已杳冥
추 지 광 릉 상　선 주 이 묘 명
春風滿江思　斜日獨登亭
춘 풍 만 강 사　사 일 독 등 정

초전迢餞 먼 데까지 전별하다. 추지追至 뒤쫓아가서 도착하다. 광릉廣陵 광나루. 선주仙舟 신선을 태운 배. 퇴계 선생을 높여서 말한 것. 묘명杳冥 아득하여 찾을 수 없는 모양.

벼슬 훌쩍 내던지고 고향으로 가신단 말씀 뒤늦게 전해 들었습니다. 헐레벌떡 광나루까지 쫓아갔지만, 선생님 실은 배는 이미 떠난 지 오래더군요. 봄바람은 강 가득 우르르 몰려다니고, 두서없는 그리움도 그렇게 가눌 길 없었습니다. 혹시 좀 더 멀리 바라보일까 싶어 해 저무는 강변 정자에 올라 자꾸 팔당 쪽을 올려다보곤 했지요. 뜻 있는 분들이 자꾸만 떠나는 서울이 저도 싫습니다. 아직 젊어서일까요. 선생님 떠난 빈자리 이렇듯 허전합니다. 부디 보중하시고 구슬 같은 가르침으로 늘 일깨워주십시오. 미사리 쪽에서 자옥이 저녁 안개가 밀려옵니다.

통군정에서

정철 鄭澈, 1536-1593
〈통군정에서統軍亭〉

압록강 건너가려 하다가
송골산으로 곧장 올랐네.
화표주(華表柱)의 학을 이리 불러서
구름 사이로 함께 노닐리.

我欲過江去　直登松鶻山
아 욕 과 강 거　직 등 송 골 산
西招華表鶴　相與戲雲間
서 초 화 표 학　상 여 희 운 간

과강過江 강을 건너다. 화표학華表鶴 요동에 세워진 돌기둥에 옛 신선 정령위가 학이 되어 날아와 앉았다는 고사. 희운간戲雲間 구름 사이에서 희롱하다.

✤

통군정은 의주(義州) 압록강변에 있던 정자다. 강 건너는 바로 만주벌이다. 임진왜란으로 국토는 유린되고 민생은 도탄에 빠졌다. 강을 건너면 중국 땅이다. 송골산 꼭대기 통군정에 올랐다. 강 건너 자옥한 요동 땅을 바라보자니, 선도(仙道)를 닦아 신선이 되어 올라간 뒤 팔백 년 만에 학이 되어 화표주(華表柱)로 내려앉아 변한 세상을 슬퍼했다는 옛 신선 정령위(丁令威)의 고사가 떠오른다. 요동에 가면 그 학이 앉았다던 화표주가 지금도 그렇게 서 있겠지. 그의 넋이 지금도 학으로 떠돈다면 적선(謫仙), 즉 귀양 온 신선인 나도 그와 더불어 너울너울 저 만주 들판의 드넓은 하늘 위를 훨훨 날아다니고 싶다. 내가 갈 수 없으니 그를 오랄 밖에. 그의 학을 타고서 먼지 기운 다 떨치고 몸 가볍게 떠다니고 싶다.

석양 무렵

정철 鄭澈, 1536-1593
〈의월정에서宜月亭〉

백악산 하늘에 솟았고
성천(城川)은 아득히 바다로.
해마다 방초가 욱은 길
석양의 다리를 건넌다.

白嶽連天起 城川入海遙
백 악 련 천 기 성 천 입 해 요
年年芳草路 人渡夕陽橋
연 년 방 초 로 인 도 석 양 교

의월정宜月亭 함흥 만세교 앞에 있던 정자. 백악白嶽 백두산의 이칭. 연천기連天起 하늘에 잇닿아 솟다. 성천城川 성을 가로질러 흐르는 내. 요遙 아득하다. 멀다.

함흥의 의월정(宜月亭)은 달구경 하기 좋은 정자다. 해마다 봄날이면 꽃구경에 달마중하자고 사람들이 이곳을 찾는다. 멀리 백두산은 하늘과 잇닿아 우람한 자태를 드러내고, 강물은 흘러 흘러 바다로 든다. 꽃향기 풀 내음 흐드러진 소로길을 지나 저물녘 의월정으로 이어지는 만세교(萬歲橋) 다리를 건넌다. 이제 곧 땅거미가 몰려오겠지. 그러곤 달이 떠서 강물 위에 덩실 뜨겠구나. 산은 점차 희미해지고, 바다로 줄지어 가는 착한 강물의 흐름도 실루엣만 남았다. 사위어가는 봄볕을 아껴 나는 다리 위에서 아까부터 그렇게 서 있다.

가을밤

정철 鄭澈, 1536–1593
〈산사에서 밤에 읊다山寺夜吟〉

우수수 나뭇잎 지는 소리를
성긴 빗소리로 잘못 알았네.
사미 불러 문 나가보라 했더니
시내 남쪽 나무에 달 걸렸다네.

蕭蕭落木聲 錯認爲疎雨
소 소 락 목 성 착 인 위 소 우
呼僧出門看 月掛溪南樹
호 승 출 문 간 월 괘 계 남 수

소소蕭蕭 우수수 낙엽이 지는 소리. 착인錯認 잘못 알았다. 소우疎雨 성근 비. 괘掛 걸려 있다.

✤

산속 절집에 하룻밤을 묵었다. 창밖이 갑자기 소란한 것이 난데없이 비라도 쏟아지는 모양이다. 저녁때까지 말짱하던 날씨였다. 심부름하는 사미승을 부른다. "얘! 비가 오나 보다. 바깥 날씨 좀 보고 오너라." 꼬마 스님, 대답은 않고 그저 생글생글 웃는다. "나으리! 지금 환한 달님이 시내 남쪽 나뭇가지에 걸려 있는뎁쇼." 어라! 요 녀석 보게. 비 오냐 묻는데 달 떴다 한다. 손님! 비는 무슨 비랍니까? 창문 열고 보세요. 밤바람에 온 산 나뭇잎이 일제히 나부껴 땅에 뒹구는 소리랍니다. 이제 막 떠오른 달님이 남쪽 시내 나뭇가지에 걸려 있는 걸요.

반달

황진이 黃眞伊, 1516-?
〈반달을 노래함詠半月〉

곤륜산 옥 누가 깎아
직녀의 빗 만들었노.
견우와 이별한 뒤
속상해서 던졌다네.

誰斲崑山玉　裁成織女梳
수 착 곤 산 옥　재 성 직 녀 소
牽牛離別後　愁擲碧空虛
견 우 리 별 후　수 척 벽 공 허

착斲 짜개내다. 곤산옥崑山玉 옥의 산지로 유명한 곤륜산의 노란색 옥. 재성裁成 말라 만들다. 직녀소織女梳 직녀의 빗. 수척愁擲 수심에 겨워 내던지다.

황진이, 그녀의 시는 참 재치가 있다. 얼레빗 같은 노란 반달이 반공중에 걸려 있다. 누가 쓰던 걸까. 누군가 곤륜산의 좋은 옥을 캐어다가 마르고 깎아 직녀에게 선물했겠지. 그 빗으로 매일 곱게 단장하며 견우와 사랑을 속삭였겠다. 하지만 견우가 내 곁을 떠나 은하수 저편으로 건너가 날마다 함께 있던 그를 다시 볼 수 없게 된 뒤로 얼레빗은 이제 쓸모가 없다. 이제 더 이상 그 누굴 위해 머리 빗을 일이 없다. 곱게 단장할 일이 없다. 속이 상해서 푸른 허공에 냅다 던져버린 그녀의 빗은 지금도 허공에 걸려 저렇게 빛난다. 이룰 수 없는 사랑처럼, 만나지 못하는 그리움같이.

낙엽 속

이이 李珥, 1536-1584
〈산속山中〉

약 캐다 어느새 길 잃었지
천 봉 가을 잎 흩날리고.
스님이 물 길어 가더니만
숲 끝에 차 달이는 연기 이네.

採藥忽迷路　千峯秋葉裏
채 약 홀 미 로　천 봉 추 엽 리
山僧汲水歸　林末茶烟起
산 승 급 수 귀　임 말 다 연 기

미로迷路 길을 잃다. 급수汲水 물을 긷다. 임말林末 숲 끝. 다연茶烟 차를 달이는 연기.

✤

잎 다 진 가을 산에서 약초를 캔다. 낙엽은 발목을 묻는다. 진 잎 뒤적이면 그 사이로 약초가 보인다. 약초 캐는 재미에 빠져 조금만 조금만 하다가 문득 고개를 드니 어느새 깊은 산속이다. 뉘엿한 해에 갑자기 시장기를 느낀다. 어디로 가야 하나. 낙엽이 길을 지워 올라온 길이 보이지 않는다. 난감해 두리번거리자니 건너편 숲에 물을 길어 가는 스님 모습이 얼핏 보인다. 너머에 작은 암자가 있는 모양이다. 마음이 좀 놓인다. 조금 가다 길이 다시 헛갈린다. 가만 있자. 좀 전 스님이 간 방향이 어디였더라. 그때 숲 저편에서 차 달이는 연기 모락모락 올라온다. 헤매지 말고 이리 오너라. 길 일러줄 테니 이리 와 차 한잔하고 다리 쉬어 가시게. 스님이 내 속 알고 신호탄을 쏘아 보내신 게다.

먹구름

이이 李珥, 1536-1584
〈성을 나서며 감회를 적다出城感懷〉

사방 멀리 먹구름
중천엔 해 밝은데.
외론 신하 한 줌 눈물
한양 향해 뿌리노라.

四遠雲俱黑　中天日正明
사 원 운 구 흑　중 천 일 정 명
孤臣一掬淚　灑向漢陽城
고 신 일 국 루　쇄 향 한 양 성

운구흑雲俱黑 구름이 온통 검다. 일국루一掬淚 한 움큼의 눈물. 쇄灑 뿌리다.

벼슬을 그만두고 한양을 떠나면서 암울한 감회를 적은 시다. 사방에서 먹구름이 몰려든다. 머잖아 큰 비바람이 닥칠 모양이다. 멀리 보이는 한양성은 아직은 남은 햇빛으로 환하다. 성 안에선 사방에서 몰려드는 저 먹구름이 잘 보이지 않겠지. 동인이니 서인이니 갈라져 싸우느라 내 중재의 노력은 탄핵으로 돌아왔다. 바다 건너 왜적들의 동향이 심상찮다. 민초들의 살림살이도 어수선하기 짝이 없다. 힘 합쳐 한 길로 가도 될까 말까 한데 싸움을 위한 싸움에 나라가 멍든다. 한 줌 눈물 뿌리며 한양성을 떠난다. 먹구름은 현실의 풍파, 중천의 밝은 해는 현명한 임금의 암유다. 해가 지금 비록 밝아도 사방에서 자옥이 몰려드는 먹구름의 위세 앞에서는 별도리가 없을 터. 한바탕 광풍이 불고 폭우가 쏟아지겠지. 나야 떠나면 그뿐이지만 그때의 나랏일이 근심겨운 것이다.

비바람

송한필 宋翰弼, 선조조
〈우연히 읊다偶吟〉

간밤 비에 피어서
아침 바람 지누나.
가련타 한 봄 일이
풍우 속에 오가네.

花開昨夜雨　花落今朝風
화 개 작 야 우　화 락 금 조 풍
可憐一春事　往來風雨中
가 련 일 춘 사　왕 래 풍 우 중

가련可憐 슬퍼할 만하다. 일춘一春 한 봄.

간밤 비 맞고 피어난 꽃이 매운바람에 이내 땅에 떨어진다. 겨우내 꽃눈 아껴 떨며 보듬던 시간들이 따순 햇볕 한 번 못 보고 진창에 묻힌다. 마음 아프다. 세상에 꽃다운 젊음들, 채 피지도 못하고 진 꽃떨기. 무심한 발길에 밟히는 꽃잎들 보다가 한참 딴생각을 했다.

옛 절

백광훈 白光勳, 1537-1582
〈홍경사에서弘慶寺〉

가을 풀 고려 때 절

남은 비석 학사의 글.

천 년을 흐르는 물

지는 해에 가는 구름.

秋草前朝寺 殘碑學士文
추 초 전 조 사 잔 비 학 사 문

千年有流水 落日見歸雲
천 년 유 류 수 낙 일 견 귀 운

전조前朝 앞선 조정. 고려시대를 가리킴. 잔비殘碑 부서진 채 남은 비석. 학사문學士文 학사가 쓴 글.

충남 성환(成歡)에 있는 절이다. 고려 현종(顯宗) 때 세웠다. 왕명으로 최충(崔冲)이 비문을 지었다. 하지만 백광훈이 이곳을 찾았을 때 절은 이미 가을 풀더미 속에 주춧돌만 남았고, 그 장하던 비석도 금이 간 채 신산스레 서 있었던 모양이다. 이 비석이 바로 국보 7호다. 한때 이백 칸이 넘었던 장하던 절집은 가을 풀처럼 스러져버렸다. 인간이 만든 것은 이리도 허망한가? 빗돌에 또박또박 새겨진 글씨만이 그때를 증언한다. 하지만 보라. 저 강물은 천 년 전 그때도 그리고 또 지금도 유유히 흘러간다. 그 위에 잠시 머물다 가는 인생이 저물녘 서산에 흩어지는 구름과 같다.

돌우물

백광훈 白光勳, 1537–1582
〈새집에서 돌우물을 얻고新居得石井〉

묵은 돌엔 이끼 끼고
찬 우물 구멍 깊다.
해맑기 이와 같아
십 년 마음 비춰주네.

古石苔成縫　寒泉一臼深
고 석 태 성 봉　한 천 일 구 심
清明自如許　照我十年心
청 명 자 여 허　조 아 십 년 심

태성봉苔成縫 이끼가 바느질해서 붙여놓은 것처럼 온통 뒤덮다. 일구一臼 샘물을 받는 돌확 하나. 여허如許 이와 같다.

새집 얻어 이사했다. 이끼가 파르라니 오른 해묵은 돌우물이 있는 집이다. 깊게 파서 가뭄에도 마르지 않는 우물. 맑고도 시원하다. 집보다도 우물이 더 보배롭구나. 우물을 들여다보니 그 위로 고단했던 지난 십 년간이 얼비친다. 힘들게 마련해 어렵사리 이사한 집 돌우물 가에서 기뻐 들뜬 가장의 마음자리가 다 보인다. 저 땅 속 깊은 원두(源頭)로부터 콸콸 솟아나는 샘물처럼 이 복된 터전에서 오래오래 청명(淸明)한 삶 더불어 누리고 싶다.

안개 이불

백광훈 白光勳, 1537-1582
〈김계수의 그림 팔폭에 쓰다題金季綏畫八幅〉

시냇가 갠 것 늦게 아껴서
거문고 빗겨 돌 위 앉았네.
잠자러 새는 성긴 숲 들고
포근한 안개 그 위를 덮네.

晩愛溪上晴　橫琴坐古石
만 애 계 상 청　횡 금 좌 고 석
宿鳥入踈林　雲烟相冪歷
숙 조 입 소 림　운 연 상 멱 력

만애晩愛 뒤늦게 아낀다. 청晴 날이 개다. 횡금橫琴 거문고를 빗겨 연주하다. 숙조宿鳥 잠자리를 찾아드는 새. 소림踈林 성근 숲. 멱력冪歷 안개가 포근하게 덮어 가려주는 모양.

✤

며칠 내내 찌뿌둥하던 하늘이 오후 들어 개었다. 모처럼 든 햇살이 고마워 거문고 들고 시냇가 바위에 나와 앉는다. 가만히 앉아 건너편 숲 위로 부서지는 햇살을 본다. 젖은 숲이 햇살에 안개를 피워 올린다. 해가 뉘엿해지자 종일 놀던 새들이 숲으로 든다. 그래! 잘 자거라. 구름 안개는 포근한 솜이불로 숲을 덮는다. 그는 여전히 바위 위에 앉은 채 그대로다. 거문고도 연주를 잊고 다소곳이 놓였다. 김계수의 팔폭 그림 중 어느 한 장면을 보고 지은 시다.

벗을 애도하며

백광훈 白光勳, 1537–1582
〈정원을 애도하며 哀淨源〉

지는 해 울어 예는 찬 시내 노래
눈 온 뒤의 마을서 술잔을 드네.
살아 이별 지금껏 괴로웠는데
죽어 이별 다시금 무삼 말이오.

落日寒溪曲　山杯雪後村
낙 일 한 계 곡　산 배 설 후 촌
生離已自苦　死別復何言
생 리 이 자 고　사 별 부 하 언

한계寒溪 찬 시내. 산배山杯 산에서 드는 술잔. 부하언復何言 다시금 무슨 말인가?

눈 내려 마을을 덮었다. 찬 시내 위로 떨어지는 낙조(落照). 얼음장 밑에서 울음을 삼키는 시냇물. 살아서도 못 만나 안타깝던 벗, 이제는 만남의 기약마저 영영 둘 수 없는 곳으로 가버린 친구. 여보게, 정원(淨源)! 가다니, 그게 도대체 무슨 말인가? 이 사람, 정말 이러긴가?

오솔길 위

백광훈 白光勳, 1537-1582
〈이순인의 계산별업에서李伯生鷄山別業 名純仁〉

내 친구 사는 곳 어디에 있나
가을 구름 피어나는 오솔길 위지.
긴 밤 찬 불빛 가물거리면
숲 저편선 후득이는 성근 빗소리.

故人有幽居　一逕秋雲上
고 인 유 유 거　일 경 추 운 상
永夜明寒燈　林端踈雨響
영 야 명 한 등　임 단 소 우 향

유거幽居 숨어 사는 거처. 일경一逕 한 줄기 길. 임단林端 숲의 끝자락.
소우향踈雨響 빗소리가 성글다.

가을 구름이 한가롭게 피어오르는 곳에 한 줄기 오솔길이 길게 나 있다. 내 친구 이순인(李純仁)의 집이 있는 곳이다. 가보지 않아도 훤히 보인다. 주인은 잠을 잃고 긴긴 밤 불 밝혀 사려 앉았을 테고, 그즈음 숲 저편 어디선가 성근 비 지나가는 소리가 들려오겠지. 그 맑고 쇄락한 정신, 댓잎을 때리는 빗방울 소리가 오늘 밤 문득 그립다.

보림사

백광훈 白光勳, 1537–1582
〈보림사에서 寶林寺〉

낡은 전각 벽 틈서 구름이 일고
갠 산 새들은 내려앉는다.
점심 공양 마친 뒤 한가로운 잠
베갯머리 물소리만 하냥 들린다.

古殿雲生壁　晴山鳥下空
고 전 운 생 벽　청 산 조 하 공
閑眠午齋後　一枕水聲中
한 면 오 재 후　일 침 수 성 중

운생벽雲生壁 구름이 벽에서 피어나다. 청산晴山 맑게 갠 산. 오재午齋 절에서 먹는 점심밥을 일컫는 말.

✤

옛 절 해묵은 전각은 산허리 구름에 잠긴 듯 가물대는데, 갠 날 산새들은 볕이 좋다고 내려앉는다. 점심 먹고 한가로이 그 모양을 바라보다 깜빡 잠에 빠져들었다. 기대 누운 베갯머리 사이로 시냇물 소리가 쉴 새 없이 흘러가며 머리를 빗질한다. 흘러가는 것이 어디 물소리뿐이랴. 덧없는 욕심들도 함께 씻겨 흘러간다.

딸 생각

백광훈 白光勳, 1537-1582
〈장성 가는 도중에長城道中〉

길 위에서 만난 단오
땅 달라도 풍물 같네.
슬프다 어린 딸은
하루 종일 뒤뜰에서.

路上逢重五　殊方節物同
노 상 봉 중 오　수 방 절 물 동
遙憐小兒女　竟日後園中
요 련 소 아 녀　경 일 후 원 중

중오重五 5월 5일. 단오. 수방殊方 낯선 고장. 절물節物 계절에 따른 사물. 요련遙憐 멀리서 가엽게 여기다. 경일竟日 온종일.

✤

집을 떠나 서울 가는 길, 장성 땅에서 단오절을 맞았다. 마을마다 흥겨운 놀이마당이 한창이다. 고향 마을도 지금쯤 여기처럼 떠들썩하겠지. 아이들은 공연히 신명이 나서 여기저기 기웃대고 처녀들은 모처럼의 나들이에 들떠 그네 줄을 팽팽히 감아쥐고 창공을 박차겠지. 술기운이 불콰한 사내들은 어깨춤이 들썩할 테고. 하지만 부산스레 뛰고 노는 아이들을 보려니 며칠 전 고향집에서 울며 헤어진 딸아이 생각이 난다. 제 어미 치마꼬리 붙잡고서 "아빤 언제 와?" 하며 칭얼대다 그만 풀이 푹 죽어 하루 종일 뒤뜰에서 깨진 그릇 조각 앞에 두고 혼자 소꿉놀이하고 있을 어린 딸 생각이 난다. 그만 목이 콱 메어온다.

흰 구름

이달 李達, 1539-1612
〈불일암에서 인운 스님께 드림 佛日菴贈因雲釋〉

흰 구름 가운데 절이 있는데
그 구름 스님은 쓸지 않는다.
손님 와야 비로소 문은 열리고
골짝마다 송화만 늙어가누나.

寺在白雲中　白雲僧不掃
사 재 백 운 중　백 운 승 불 소
客來門始開　萬壑松花老
객 래 문 시 개　만 학 송 화 로

불소不掃 쓸지 않다. 청소하지 않다. 만학萬壑 깊은 골짝. 송화松花 봄날 소나무에서 날리는 노란색 꽃가루.

불일암의 인운(因雲) 스님께 지어준 시다. 이름에 구름 운(雲) 자가 있어 구름으로 장난을 쳤다. 절은 흰 구름 속에 잠겨 있다. 세상의 시간이 이곳에선 멈춰 선다. 절 마당은 세월의 먼지처럼 켜켜이 앉은 흰 구름들이 고여 있다. 스님은 꼼짝 않고 좌선삼매에 들었다. 손님이 와서 기척을 하고서야 문은 빽빽한 소리를 내며 비로소 열린다. 손님만 아니면 나갈 일도 들어설 사람도 없다. 골짝을 내려다보니 노오란 송홧가루가 풀풀 날린다. 어느새 여름이 다 왔네. 바라보는 스님의 눈빛이 참 맑다.

매미 울음

이달 李達, 1539-1612
〈배를 돌리며回舟〉

백로 자려 가을 모래 내려앉으니
저녁 매미 강가의 나무서 운다.
마름 풀 바람 일어 배를 돌리니
서편 못의 빗소리에 꿈을 깨누나.

宿鷺下秋沙 晩蟬鳴江樹
숙 로 하 추 사 만 선 명 강 수
回舟白蘋風 夢落西潭雨
회 주 백 빈 풍 몽 락 서 담 우

숙로宿鷺 잠자리에 들려는 백로. 만선晩蟬 저물녘의 매미. 회주回舟 배를 돌리다. 백빈白蘋 물풀의 종류 마름.

물가 모래톱에 백로가 살포시 내려앉는다. 하루 종일 고기 잡느라 지친 몸을 곧추세우고 풍경 속 정물이 된다. 땅속에서 몇 년을 기다려 고작 며칠 울다 가는 마음이 쓰리다고 매미가 목이 터져라 석양을 운다. 물 위 개구리밥이 바람에 한 켠으로 쏠린다. 나도 집에 가야겠다. 뱃머리 돌려 바람 따라 끄덕대고 내려간다. 술기운이 덜 빠져 흔들림을 자장가 삼아 잠들었는데, 서편 못가 지날 즈음해서 후드득 가을비가 내 꿈 위로 떨어진다. 집에 다 왔으니 일어나라 한다.

풍경

이달 李達, 1539-1612
〈김양송의 화첩에 쓰다題金養松畵帖〉

한 줄 두 줄 기러기
만 점 천 점 산.
삼강(三江) 칠택(七澤) 밖
동정호 소상강 사이.

一行二行雁　萬點千點山
일 행 이 행 안　만 점 천 점 산
三江七澤外　洞庭瀟湘間
삼 강 칠 택 외　동 정 소 상 간

삼강칠택三江七澤 남쪽 지역의 강과 호수를 총칭하는 표현. 이백의 시에 나온다.

양송당(養松堂) 김시(金禔)가 그린 그림을 보고 지은 시다. 서술어 하나 없이 명사로만 또박또박 말을 이었다. 이렇게 해도 시가 되는 것이 신통하다. 어떤 그림이었을까? 하늘엔 V자 편대, 또는 일(一)자 편대를 이루어 기러기 떼가 날아간다. 기러기 등 아래로 천 점일까 만 점일까 끝없는 연봉들이 구름 위로 떠 있다. 산만 많지 않고 강도 많고 호수도 많다. 저 강은 어디고 저 호수는 어디일까? 가을날 기러기들이 찾아가는 곳이니 산 높고 물 맑은 강남땅, 동정호와 소상강 언저리쯤 될 모양이다. 생각만 아련하다.

학

이달 李達, 1539-1612
〈학 그림畵鶴〉

한 마리 학 먼 허공 바라보며
찬 밤중에 외다리로 서 있구나.
참대 덤불 불어오는 서풍에
온몸에 가을 이슬 방울지네.

獨鶴望遙空　夜寒拳一足
독 학 망 요 공　야 한 권 일 족
西風苦竹叢　滿身秋露滴
서 풍 고 죽 총　만 신 추 로 적

요공遙空 먼 허공. 권拳 말아쥐다. 다리 하나를 오므린 것을 말함. 고죽苦竹 참대의 별칭. 적滴 물방울.

그림을 보고 그린 시다. 그는 유난히 제화시(題畫詩)를 많이 남겼다. 가을밤은 차고 시리다. 깊고 푸른 밤, 학 한 마리 고개를 빼들고 먼 허공을 바라본다. 학은 무슨 생각을 할까? 발이 시려 한 다리는 오그려 깃 속에 넣고, 한 발로 서 있다. 참대 숲 사이로 서풍이 불어오면 찬 이슬이 온몸에 구슬구슬 맺힌다. 세상 사는 일 춥고〔寒〕 괴롭지만〔苦〕 품은 원대한 뜻〔遙空〕이 있기에 홀로 그 길을 간다. 가을 이슬 뚝뚝 듣는 시린 밤에도 잠들지 못하는 정신이 있어 깨어 새벽을 기다린다.

등꽃

이달 李達, 1539–1612
〈윤서중의 시에 차운하여次尹恕中韻〉

서울 땅 노니는 저 나그네야
구름 산 어디메가 그대 집이뇨.
성근 안개 대숲 길에 피어 나오면
보슬비에 등꽃이 떨어집니다.

京洛旅遊客　雲山何處家
경 락 려 유 객　운 산 하 처 가
疎煙生竹逕　細雨落藤花
소 연 생 죽 경　세 우 락 등 화

경락京洛 서울의 이칭. 여유旅遊 나그네로 유람하다. 하처가何處家 어느 곳이 집인가? 소연疎烟 성근 안개. 세우細雨 보슬비. 등화藤花 등나무 꽃.

✤

서울의 변두리를 떠도는 그에게 고향이 어디냐고 묻는다. 그 말 듣자 괜스레 가슴이 울컥한다. 3, 4구는 1, 2구에 대한 대답이다. "내 고향을 물으시는가? 내 고향은 말일세, 대숲 사이로 난 소로길에 안개가 덮여 있고 보슬비 내리는 봄날이면 보랏빛 등꽃이 주렁주렁 매달려 꽃 등불을 내다 거는 그런 곳이라네. 그리운 가족들 그곳에 있고 선대의 산소도 뒷산 언덕에 누워 계시지. 하지만 떠나온 지 참 오래되었군. 가고파도 못 가네. 이렇게는 갈 수가 없지. 내 고향을 물으시는가? 내 고향은 그런 곳일세. 멀리 두고 못 가네. 가고파도 못 가네."

옛 무덤

최경창 崔慶昌, 1539-1583
〈해묵은 무덤古墓〉

옛 무덤 아무도 제사 안 지내
소와 양 밟고 다녀 길이 났구나.
해마다 들불이 무덤을 태워
그 위엔 남은 풀이 하나도 없다.

古墓無人祭　牛羊踏成道
고 묘 무 인 제　우 양 답 성 도
年年野火燒　墓上無餘草
연 년 야 화 소　묘 상 무 여 초

무인제無人祭 제사를 지내주는 사람이 없다. 답성도踏成道 하도 밟다 보니 길이 되다. 야화野火 들불.

✤

낡은 무덤 하나 덩그러니 있다. 제삿밥 받아본 지도 오래되었다. 소와 양이 하도 밟고 다녀 주저앉은 봉분 위로 길까지 났다. 쥐불 놓아 번진 불이 지나가 검게 그슬린 자욱. 무덤 속 백골은 무슨 생각을 하며 누웠을까? 고단했던 한평생 땅속에 누이고 세월 지나 그저 한 줌 흙으로 지워질 뿐이다. 자손들 잘 되어 비석 세우고 석물을 둘러 세우면 무엇하나. 다 부질없다. 흙에서 온 인생 흙으로 갈 뿐이다.

다듬이 소리

최경창 崔慶昌, 1539-1583
〈고봉의 산집에서高峯山齋〉

호젓한 옛 고을 성곽도 없고
산집엔 나무숲만 둘러서 있네.
쓸쓸히 아전들 흩어진 뒤로
강 건너 차디찬 다듬이 소리.

孤郡無城郭　山齋有樹林
고 군 무 성 곽　산 재 유 수 림
蕭條人吏散　隔水擣寒砧
소 조 인 리 산　격 수 도 한 침

소조蕭條 쓸쓸한 모습. 인리人吏 백성과 아전. 격수隔水 물을 사이에 두고. 도擣 다듬이질을 하다. 한침寒砧 찬 다듬잇돌.

내용으로 보아 영광(靈光) 군수로 있을 때 지은 시인가 싶다. 해묵은 옛 고을인지라 번듯한 성곽도 없다. 고을의 관아란 것이 덩그러니 숲 속에 있어 마치 절집처럼 호젓하다. 그래도 낮에는 아전들과 백성들이 오가더니 저물어 이들마저 제 보금자리 찾아들자 적막강산이 따로 없다. 어느 집에선가 겨울옷을 장만하는 모양이다. 시내를 건너오는 다듬이 소리가 차갑다. 멀리서 이렇듯 나 홀로 잊혀가는 것인가?

흰모시 치마

최경창 崔慶昌, 1539-1583
〈흰 모시의 노래白苧辭〉

장안 시절 그리워라
새로 지은 모시 치마.
떠나와 어이 입나
임도 없이 가무(歌舞)하리.

憶在長安日　新裁白苧裙
억 재 장 안 일　신 재 백 저 군
別來那忍着　歌舞不同君
별 래 나 인 착　가 무 불 동 군

억憶 생각하다. 추억에 잠기다. 신재新裁 새 옷을 마름질하다. 백저白苧 흰모시. 나인那忍 차마 어찌. 불동군不同君 님과 함께하지 못하다.

서울 생활이 문득 그립다. 희디흰 세모시를 곱게 말라 나풀나풀 고운 치마를 새로 지어 입었었지. 한껏 맵시를 내고 님 앞에서 노래하고 춤출 때 마음속엔 한없이 무지개가 피어났었네. 하지만 님은 나를 떠나시고 우리의 사랑은 그렇게 끝이 났다네. 나 이제 멀리 떠나와 그 치마를 꺼내 입을 일이 없네. 순결하던 날은 다시 오지 않으리. 젖은 눈길로 춤추고 노래하지만 보고 들을 그 한 사람이 없으니. 그가 내 곁을 떠난 뒤 그리움은 빛바랜 치마로만 남았다. 내 사랑은 끝났다.

백운동

최경창 崔慶昌, 1539-1583
〈백운동에서白雲洞〉

백운동 계곡을 찾아갔더니
골짝 비고 시내는 잔잔하구나.
흰 구름 아침에 나가더니만
저녁인데 여전히 안 돌아온다.

行尋白雲洞 洞虛溪潺潺
행 심 백 운 동 동 허 계 잔 잔
白雲朝出去 日夕猶未還
백 운 조 출 거 일 석 유 미 환

행심行尋 찾아가다. 잔잔潺潺 물이 잔잔하게 흐르는 모양.

흰 구름 보러 백운동에 갔는데 흰 구름은 없고 시냇물만 흘러간다. 참 싱겁다. 아무도 찾는 이 없어 흰 구름도 심심해 마실을 나간 게지. 흘러가는 시냇가에서 하루해를 다 흘려보내도록 흰 구름은 돌아올 생각이 없다. 해는 뉘엿해져 집에 가야겠는데 백운동은 흰 구름을 보여주지 않는다. 네가 가야 내가 갈게 하고 장난하는 것 같다. 구름 한 점 없이 맑은 날 백운동을 찾았다가 심심해서 말장난해본 시다.

풋보리

최경창 崔慶昌, 1539-1583
〈농가田家〉

농가에 보관해둔 양식이 없어
날마다 풋보리를 베어 오누나.
하도 먹어 보리 하마 거덜 났는데
이웃집은 수확도 하지 않았다.

田家無宿糧　日日摘新麥
전 가 무 숙 량　일 일 적 신 맥
摘多麥已盡　東隣猶未穫
적 다 맥 이 진　동 린 유 미 확

숙량宿糧 묵은 양식. 보관해둔 양식. 적摘 따다. 신맥新麥 풋보리.

보릿고개 넘어가기가 참 어렵다. 뒤주는 박박 긁어도 빈 소리뿐이다. 아이들은 밥 달라고 운다. 알곡이 채 영글지도 않은 풋보리를 낫으로 베어 와 풋보리 바심을 한다. 조금만 기다리면 될 줄 번연히 알면서 알곡도 패지 않은 이삭을 제 손으로 베려니 가슴이 쓰리다. 이번 한 번만 하고 말자던 것이 남은 게 얼마 없다. 넉넉한 동쪽 이웃의 손 하나 안 댄 보리밭엔 누렇게 익어가는 보리 이삭이 봄바람에 넘실넘실 춤춘다. 지난가을 거둔 벼는 환곡(還穀) 갚느라 다 뺏기고, 풀뿌리 캐어 먹고 건너가는 보릿고개에 피눈물이 난다.

향연(香煙)

최경창 崔慶昌, 1539-1583
〈봉은사 스님의 두루마리에奉恩寺僧軸〉

옛 절 부는 가을바람
산비에 낙엽 운다.
빈 행랑엔 스님 없고
석탑(石榻)에선 향연만이.

秋風吹古寺　木落啼山雨
추 풍 취 고 사　목 락 제 산 우
空廊寂無僧　石榻香如縷
공 랑 적 무 승　석 탑 향 여 루

제啼 울다. 공랑空廊 텅 빈 행랑채. 석탑石榻 바위 걸상. 향여루香如縷 향연이 실낱같다.

가을바람 불길래 옛 절을 찾았다. 낙엽 위로 떨어지는 산비 소리가 처량하다. 행랑은 텅 비어 스님도 안 보인다. 하늘로 빈손 벌린 숲이 휑하다. 발길이 절로 불전 앞으로 향한다. 누가 다녀간 걸까. 향로에선 습기 머금은 향연이 실실이 풀어지며 낮게 깔리고 있다. 나를 지켜보는 눈이 있는 것만 같아 주위를 두리번거린다. 아무도 없다. 봉은사! 부처님은 말없이 웃으시며 기웃대지 말고 조촐히 앉아 속이나 가만히 들여다보다 가라시네.

깊은 밤

이성중 李誠中, 1539-1593
〈제목 없음無題〉

깁창에 밝은 달 가까워
불 꺼도 맑은 빛 비친다.
아까운 한 잔의 맑은 술
깊은 밤 사람은 안 오고.

紗窓近雪月　滅燭延淸暉
사 창 근 설 월　멸 촉 연 청 휘
珍重一杯酒　夜闌人未歸
진 중 일 배 주　야 란 인 미 귀

사창紗窓 깁으로 바른 창. 멸촉滅燭 등촉을 끄다. 연延 길게 늘이어지다. 청휘淸暉 맑은 햇빛. 진중珍重 보배처럼 소중하다. 야란夜闌 밤이 한창이다. 한밤중.

✤

밤 깊어도 님은 돌아오지 않는다. 설월(雪月)은 눈 속에 뜬 달, 혹은 눈처럼 흰 달이다. 여기서는 후자다. 깁창은 여인네의 방이다. 내 속 다 태우고 심지도 사그라진다. 불빛 사위면 암흑뿐일 줄 알았다. 창밖 달빛이 슬그머니 내 어둠을 쓰다듬는다. 투명한 달빛 아래 오두마니 앉은 내 모습이 슬프다. 좋은 술 덥혀 기다리는데 무심한 사람은 어디서 또 하룻밤을 지내시는가? 어둠 속에 나는 혼자다. 달빛과 마주 앉아 밤을 지샌다. 사랑은 아프다.

안분(安分)

윤정 尹淨, 1539-?
<탄식하다有歎>

요임금 천하 짚신 버리듯
해맑은 풍도 허유 있었네.
분수 안에서 버릴 것 없어
내 집의 소를 혼자 모나니.

弊屣堯天下　淸風有許由
폐 사 요 천 하　청 풍 유 허 유
分內無棄物　獨掣自家牛
분 내 무 기 물　독 설 자 가 우

폐사弊屣 다 떨어져 못 신게 된 짚신. 허유許由 요임금 때의 은자. 분내分內 분수의 안쪽. 기물棄物 버릴 물건. 독설獨掣 혼자서 끈다.

제목에 불평한 심사를 담았다. 허유(許由)는 요임금 때 사람이다. 요임금이 천하를 그에게 주려 하자 못 들을 말 들었다며 강물에 귀를 씻었다던 사람이다. 그 이야기를 다시 친구 소부(巢父)에게 해주자, 그는 한 술 더 떠서 더러운 귀 씻은 물에 내 송아지 물 먹일 수 없다며 상류로 올라가 물 마시게 했다. 천하를 주겠다는데도 마치 헌 짚신짝 버리듯 뒤도 돌아보지 않은 허유, 내가 그 맑은 풍도를 사모한다. 《소화시평(小華詩評)》에는 시인이 청요직(淸要職)을 맡아 숙직할 때 사소한 물건조차 받지 않고 관에 알리려 하자 동료들이 이를 각박하게 여기므로 이 시를 지었다고 했다. 으레 관례로 받는 것인데 뭘 그래 하는 동료들에게 허유의 맑은 풍도를 본받아 분수 지켜 사는 것이 좋지 않겠느냐고 나무란 작품이다.

대나무

홍가신 洪可臣, 1541-1615
〈대나무를 읊다詠竹〉

내가 심은 울타리 가 대나무
지금은 수백 줄기 되었다지.
달 뜨락에 흔들리는 그림자
주인이 돌아오길 기다리리.

手種南墻竹　今成數百竿
수 종 남 장 죽　금 성 수 백 간
婆娑月庭影　留待主人還
파 사 월 정 영　유 대 주 인 환

수종手種 직접 심다. 수(手)는 손수. 남장南墻 남쪽 담장. 파사婆娑 달빛이 너울대는 모양. 유대留待 머물며 기다린다.

대 심어 울을 삼고 솔 심어 정자 삼아 이대로 늙자 했다. 그러고는 속절없이 옛집 떠나와 벼슬길에 매인 몸이 되었다. 대나무는 해마다 뿌리 뻗어 이젠 수백 그루의 대숲을 이루었다는 전언이다. 달 밝은 밤이면 마당을 빗질하는 대숲의 수런거림이 멀리 떠나와 있는 내 귀에 자꾸 들린다. 바람에 너울대는 흔들림은 이제 그만하고 돌아오라는 손짓 같다. 자꾸만 번져가는 대숲의 둘레는 고향집을 향한 내 마음인가?

강 마을

홍가신 洪可臣, 1541-1615
〈강 마을의 저물녘 풍경江村暮景〉

강 나무 멀리서 푸르고
강 마을 저물녘 안개가.
어부가 낚시질 마친 뒤
밝은 달 빈 배에 가득히.

江樹遠芊芊 江村生暮煙
강 수 원 천 천　강 촌 생 모 연
漁人獨罷釣 明月滿空船
어 인 독 파 조　명 월 만 공 선

천천芊芊 무성히 우거진 모양. 파조罷釣 낚시를 마치다.

강가로 줄지어 선 나무들 저 멀리 푸르다. 어느덧 번지는 저물녘 안개. 강 마을의 해으름. 풍경들 차례로 지워져간다. 아까부터 홀로 낚시질하던 사람도 지워진다. 그렇게 다 지우나 했더니 동편 산마루가 훤해진다. 밝은 달님이 고개를 내민다. 지워지던 세상이 다시 모습을 드러낸다. 아까 있던 어부는 간 데 없고, 강가에 빈 배만 달빛 가득 싣고 살랑살랑 흔들리네.

어긴 약속

안민학 安敏學, 1542-1601
〈약속해놓고 오지 않아期不至〉

완성(莞城)에 비 막 개자
가을 산에 볕이 진다.
좋은 기약 강 건너에
물 구름만 바라보네.

莞城雨初歇　落日淡秋山
완 성 우 초 헐　낙 일 담 추 산
佳期隔江浦　望望水雲間
가 기 격 강 포　망 망 수 운 간

초헐初歇 막 그치다. 담淡 담백하다. 격隔 사이에 두다. 망망望望 아득히 바라보는 모양. 수운간水雲間 물과 구름의 사이.

나는 약속 장소에 벌써 나와 기다리는데 그는 안 온다. 날씨 때문이겠지. 종일 주춤거리던 비가 오후 늦어 개었다. 별이 난다. 혹시 이제라도 오지 않을까 싶어 눈길이 자꾸 강 건너편 쪽으로 넘어간다. 가을날 쥐꼬리만 한 해는 서둘러 서산을 넘으려는 눈치다. 나는 자꾸 조바심이 난다. 이 사람! 무심한 친구. 어째 기다리는 마음은 헤아릴 줄 모르는가? 약속하구선 그깟 비 온다고 안 오긴가? 땅거미 슬그머니 내려앉더니 먼 강물과 맞닿은 구름 사이의 경계가 조금씩 흐려진다. 안타깝다.

눈물

조헌 趙憲, 1544-1592
〈석방 소식을 듣고 마천령에 이르러聞赦到摩天嶺〉

북궐 임금님 은혜 무겁고
남녘 어머님 병환은 깊다.
마천령 고개 돌아가는 날
감격의 눈물 옷깃에 가득.

北闕君恩重　南州母病深
북 궐 군 은 중　남 주 모 병 심
摩天有歸日　感淚自盈衿
마 천 유 귀 일　감 루 자 영 금

북궐北闕 임금이 계신 대궐. 남주南州 시인의 고향이 있는 남쪽 고을. 마천摩天 함경도 단천 경계에 있는 마천령 고개. 감루感淚 감격해서 흘리는 눈물. 영금盈衿 옷깃에 가득하다.

그는 대쪽 같은 기질이었다. 같지 않은 꼴은 눈뜨고 그저 지나치지 않았다. 1589년 대궐 문 앞에 엎드려 당시 정치의 득실을 극렬하게 논하다가 함경도 길주(吉州) 땅으로 귀양 갔다. 그해 겨울 정여립(鄭汝立)의 모반 사건이 일어났다. 앞서 올린 그의 상소문에 이미 정여립의 행패를 논박한 것이 있어 그제야 선견지명이 있다 하여 석방되었다. 석방 길에 마천령을 넘으며 그때의 감회를 노래한 시다. 소 잃고 외양간 고친 격이지만 뒤늦게나마 충정을 알아 석방되었다. 그 사이 옥천에 홀로 계시던 어머님은 병환이 깊으시다. 무거운 임금 은혜가 느껍고 깊은 어머님 병환이 애탄다. 살아 다시 넘을까 싶던 마천령 고개를 넘는데 나도 몰래 주르륵 눈물을 가눌 길 없다. 그리고 세 해 뒤 임진왜란이 일어나자 그는 옥천에서 의병을 일으켜 청주성을 탈환하고 금산 전투에서 칠백 의사와 함께 장렬히 산화했다.

생각

김니 金柅, 1540-1621
〈감흥感興〉

얻은 지 오래되니 어이 잃음 없으랴
영화로움 많고 보면 필히 재앙 있으리.
고향집 울타리 밑 심은 국화꽃
주인이 돌아옴을 기다리겠지.

得久寧無失 榮多必有災
득 구 령 무 실 영 다 필 유 재
故鄕籬下菊 應待主人廻
고 향 리 하 국 응 대 주 인 회

득구得久 얻은 지가 오래되다. 녕寧 어찌. 영다榮多 영화를 많이 누리다. 이하籬下 울타리 밑. 응대應待 응당 기다릴 것이다.

✤

1, 2구를 읽다가 자세를 고쳐 앉는다. 얻어 누린 지 오래되면 잃을 날이 온다. 두 손에 움켜 놓지 않으려 아등바등하다가 한꺼번에 다 잃고 망연자실한다. 영화가 분수에 지나치면 기다리고 있는 것은 재앙뿐이다. 득의의 자리에 있든 부귀를 한 손에 쥐었든 삼가고 삼갈 일이다. 끊임없이 앉은 자리 되돌아보고 몸가짐을 바로 할 일이다. 득의와 교만은 함께 온다. 영예와 탐욕은 같이 간다. 교만과 함께 와서 탐욕과 같이 가는 길은 파멸의 길이다. 어느 날 벼슬길에서 복닥대던 그는 정신이 번쩍 들었겠지. 내가 지금 무슨 짓인가? 이쯤 했으니 됐다. 이제 떠날 때가 되었구나. 처음 떠나왔던 그 자리로 돌아갈 때가 되었다. 도연명 생각하며 국화꽃 어루만지다 뒷짐 지고 남산도 한번 올려다보며 헝클어진 마음자리를 차분히 정돈해야겠다. 그래! 털고 떠날 때가 되었다.

근심 겨워

이순신 李舜臣, 1545-1598
〈바다 진영 가운데 있으면서在海鎭營中〉

물나라 가을빛 저물어가고
추위 놀란 기러기 떼 높이 떴구나.
근심 겨워 잠 못 들고 뒤척이는 밤
새벽 달빛 활과 칼을 비추이누나.

水國秋光暮 驚寒雁陣高
수 국 추 광 모 경 한 안 진 고
憂心輾轉夜 殘月照弓刀
우 심 전 전 야 잔 월 조 궁 도

경한驚寒 추위에 놀라다. 안진雁陣 줄지어 나는 기러기 떼. 전전輾轉 이리저리 뒤척이는 모양. 잔월殘月 새벽달.

✤

임진왜란 당시, 진해의 수군 병영에서 왜군과의 격전을 앞두고 지은 시다. 여름에 시작된 전쟁이 가을을 넘기고 있다. 전 국토는 초토화되고 민생은 도탄에 빠졌다. 추위에 놀란 기러기 떼가 더 따뜻한 남쪽 나라를 향해 높이 멀리 날아간다. 저들은 찾아갈 곳이라도 있다지만 헐벗은 백성들은 다가올 겨울을 어이 날 것인가? 생각하면 기가 막혀 잠이 안 온다. 자자고 누웠지만 밤새 잠 못 이루고 이리 뒤척 저리 뒤척 했다. 어느새 들창 사이로 새벽 달빛이 걸어 들어와 곁에 놓인 내 활과 내 칼을 어루만진다. 마치 거기에 해답이 있기라도 하다는 듯이.

고맙다

이원익 李元翼, 1547–1634
〈집 종 순목에게 주다贈家奴順目〉

노량의 들판엔 봄물이 지고
홍천 골짝 하늘엔 여름 구름이.
산 넘고 물 건너 다시 찾으니
네 아비의 어짊을 쏙 닮았구나.

鷺梁春水野　洪峽夏雲天
노 량 춘 수 야　홍 협 하 운 천
跋涉來尋再　多渠繼父賢
발 섭 래 심 재　다 거 계 부 현

노량鷺梁 서울과 과천 시흥을 잇던 노량진 나루. 홍협洪峽 강원도 홍천의 산골짝. 발섭跋涉 산을 넘고 강을 건너다. 거渠 너. 네.

집의 하인 순목(順目)이를 위해 써준 시다. 1609년 광해군이 즉위한 뒤 영의정에 올랐던 그는, 왕대비의 폐위에 반대하다가 홍천 땅에 귀양 갔다. 2구에 '홍협(洪峽)'이란 말로 보아 홍천 귀양지에서 지은 시다. 그의 귀양은 1623년 인조반정으로 다시 영의정에 복귀할 때까지 계속되었다. 하인 순목이가 서울 집과 홍천까지 산 넘고 물 건너 왕래하며 서울 소식, 집안 소식을 알려주는 것이 못내 고마워 그를 위해 시를 썼다. 노량진에서 출발할 때는 봄물이 들판에 넘쳤을 테지. 네가 이곳을 두 번 왔다 갔다 하는 동안 어느새 계절은 바뀌어 여름이 되고 말았다. 그래 얼마나 노고가 크냐. 널 보면 말없이 충직하던 네 아비 생각이 난다. 순목아! 내가 참 고맙다. 그리고 미안하구나.

웃기만

김장생 金長生, 1548-1631
〈가산에서 윤정경과 만나伽山逢尹正卿〉

가야사서 만나니
행장엔 빗물 자욱.
서로 만나 한 번 웃고
마주 보곤 말 못하네.

邂逅伽倻寺　行裝帶雨痕
해 후 가 야 사　행 장 대 우 흔
相逢方一笑　相對却忘言
상 봉 방 일 소　상 대 각 망 언

해후邂逅 만나다. 대帶 두르다. 띠다. 방方 바야흐로. 각却 문득. 도리어.

✤

보고 싶던 친구와 만날 약속을 하고 가야산 찾아가는 길. 길 양편 소나무는 낙락한 두 팔을 하늘까지 뻗었다. 늠름하구나. 서두는 발걸음에 느닷없는 빗방울. 물에 젖은 생쥐 꼴로 허위허위 당도하니 벗도 꼼짝없이 비에 젖어 우장을 떨치며 산문을 들어선다. 반가워 두 손 마주 잡고 흔들며 활짝 웃는다. 그저 손만 흔들고 웃기만 하고 두 사람은 누구도 말을 잇지 못한다.

부끄러워

임제 林悌, 1549–1587
〈말 없는 이별無語別〉

열다섯 월계의 어여쁜 아씨
부끄러워 말 못하고 헤어지고는
돌아와 중문마저 닫아걸고는
배꽃 달 보면서 울음 삼키네.

十五越溪女　羞人無語別
십 오 월 계 녀　수 인 무 어 별
歸來掩重門　泣向梨花月
귀 래 엄 중 문　읍 향 리 화 월

월계越溪 월나라 시내. 미녀 서시(西施)가 빨래하던 곳이라 미인의 별칭으로 씀. 수인羞人 남부끄럽다. 엄掩 문을 닫아걸다. 읍향泣向 울면서 바라보다. 이화월梨花月 배꽃처럼 흰 달, 또는 배꽃 너머로 뜬 달.

마음에 둔 그 사람을 어렵게 만났다. 두근대는 가슴을 가눌 길 없다. 입술만 달그락거릴 뿐 가슴속에 담아둔 말은 끝내 하지 못했다. 바보 같기는! 바깥문 걸고 중문도 걸고 아무도 못 보게 꽁꽁 닫아걸고 배꽃같이 흰 달 보며 울음을 삼킨다. 혹시 남이 볼까 허둥대다 다음 만날 약속도 못했다. 사랑한단 그 한 마디는 꺼내지도 못했다. 언제 다시 만날까 싶어 속상하고 내 마음 몰라주면 어쩌나 싶어 기막혀서 그녀는 자꾸 눈물이 나온다. 월계(越溪)는 월나라의 시내다. 미녀 서시가 이곳에 빨래하러 나왔다가 눈에 띄어 오왕(吳王) 부차(夫差)에게 시집갔다. 그러니까 월계 아가씨란 예쁜 아가씨란 뜻이다.

석류꽃

임제 林悌, 1549-1587
<장난삼아 적다戲題>

저물녘 은교는 멀리 보이고
나그넨 아지 못할 근심이 많다.
술집에 사람은 보이질 않고
석류화만 빗속에 젖고 있구나.

日暮銀橋逈 閑愁客裡多
일 모 은 교 형 한 수 객 리 다
青樓人不見 雨濕石榴花
청 루 인 불 견 우 습 석 류 화

형逈 멀다. 빛나다. 한수閑愁 딱히 원인을 알 수 없는 수심. 청루青樓 술집. 우습雨濕 비에 젖다.

해가 뉘엿해지니 객지의 나그네는 공연히 목울대가 컬컬해진다. 은교(銀橋)라 은빛으로 빛나는 다리를 지나 이따금 가곤 하던 술집을 찾았다. 가는 길이 가깝지가 않다. 땅거미는 내 쪽으로 몰려오고 나는 남은 빛을 따라간다. 잦아드는 석양 향해 가는 동안 생각만 하염없다. 터덜터덜 술집 문 앞에 서니 문이 꽉 닫혔다. 때마침 초여름 비에 붉은 석류꽃만 촉촉이 젖었다. 우멍한 꽃망울을 터뜨리지도 못한 채.

잘 있게

임제 林悌, 1549-1587
〈성이현을 남겨두고 떠나며留別成而顯〉

말하면 세상은 날 미쳤다 하고
입 다물면 날더러 멍청이라네.
고개를 절레절레 흔들며 가니
이 뜻 알 사람이야 어이 없으리.

出言世爲狂　緘口世云癡
출 언 세 위 광　함 구 세 운 치
所以掉頭去　豈無知者知
소 이 도 두 거　기 무 지 자 지

출언出言 말을 꺼내다. 함구緘口 입을 다물다. 치癡 바보. 멍청이. 도두掉頭 고개를 절레절레 흔들다. 기무豈無 어찌 없겠는가?

✤

성이현과 헤어지며 쓴 시다. 꼴같잖아 한마디 하면 미쳤다고 난리다. 시답잖아 입 다물면 멍청하다 입방아를 찧는다. 말해도 안 되고 다물어도 안 되니 고개를 절레절레 젓고 이곳을 떠날 밖에. 여보게! 잘 있게. 나는 갈라네. 이래저래 말만 많은 세상, 말 없어도 좋을 곳으로 다 털고 떠나려네. 자넨 내 맘 알겠지? 이해할 수 있겠지? 자네마저 몰라주면 내 뒷모습이 자꾸 슬퍼질 것만 같아서.

늦잠

임제 林悌, 1549–1587
〈산속의 절山寺〉

한밤 숲 속의 스님은 자고
자옥한 구름 풀옷 적신다.
바위 사립문 늦게사 여니
깃든 새 놀라 그제야 난다.

半夜林僧宿　重雲濕草衣
반 야 림 승 숙　중 운 습 초 의
岩扉開晚日　棲鳥始驚飛
암 비 개 만 일　서 조 시 경 비

중운重雲 자옥하게 드리운 구름. 초의草衣 풀옷. 거친 옷감으로 만든 옷. 암비岩扉 바위틈에 단 사립문. 만일晚日 하루 중 늦은 시간. 서조棲鳥 둥지에 깃들어 있던 새.

바위에 문을 단 석굴 암자서 하룻밤 잤다. 온 숲을 점령한 구름 안개는 석굴 안으로까지 진주해와서 스님의 풀옷을 축축이 적신다. 안개는 너무도 짙어서 해가 중천에 떴는데도 날이 밝은 줄 몰랐다. 잠 깨어 굴 앞의 지게문을 연다. 포근한 안개 이불 속에서 역시 날 밝은 줄 모르고 자던 새가 느닷없는 인기척에 놀라 안개 속으로 날아간다. 속세의 시간이 아예 멈춰 선 곳, 오늘은 내가 그 정지의 시간 속에 서 있다. 짙은 안개 속으로 걸어가 그대로 풍경이 되고 싶다.

까치 소리

이옥봉 李玉峯, 조선 중기
〈여인의 마음閨情〉

약속을 하시고선 왜 못 오시나
뜰 매화도 시들려 하는 이때에.
가지 위 까치 소리 들려오길래
부질없이 거울 보며 눈썹 그려요.

有約來何晩　庭梅欲謝時
유 약 래 하 만　정 매 욕 사 시
忽聞枝上鵲　虛畫鏡中眉
홀 문 지 상 작　허 화 경 중 미

하만何晩 어째서 늦는가? 정매庭梅 뜨락에 핀 매화. 사謝 시들다. 홀문忽聞 갑자기 들리다. 작鵲 까치. 허화虛畫 헛되이 그리다.

매화꽃 시들어 한 잎 두 잎 진다. 매화꽃 다 지기 전에 님과 만나 나눌 얘기가 있다. 봄 되면 오마 해놓고 꽃 져도 님은 안 온다. 겨울엔 꽃 필 날만 손꼽아 기다렸는데, 꽃 피자 꽃 질까 조마조마하다. 안타까워 내다보니 매화 가지 위에 까치 한 마리 앉아 운다. 내 기다리는 반가운 손님이 오늘은 꼭 오실 것만 같다. 먼지 앉은 거울 꺼내 눈썹을 그린다. 수척해진 얼굴로 화장을 한다. 그래도 님은 안 온다. 헛일이 될 줄 알면서 그리는 서글픈 눈썹 화장.

광나루

이정 李霆, 1554–1626
〈이달의 시에 차운하여次李達韻〉

물 푸른 광나루
광릉 나무 꽃 붉고.
나그네 십 리 길에
해 진 청산 비 오네.

水綠廣陵津　花紅廣陵樹
수록광릉진　화홍광릉수
行人十里程　落日青山雨
행인십리정　낙일청산우

광릉진廣陵津 광나루. 십리정十里程 십 리의 노정.

물 푸르고 꽃 붉은 봄날이다. 광나루의 물빛은 초록색이다. 나무마다 붉은 꽃이 활짝 피었다. 울긋불긋 설렌다. 십 리 길 눈길 주며 걷다 보니 어느새 해는 지고 청산엔 부슬부슬 비가 내린다. 그 비 맞으며 걷다 보면 온몸에 푸른 물이 들 것 같다. 붉은 꽃에 내리는 푸른 비! 알록달록하다.

더딘 밤

장현광 張顯光, 1554-1637
〈정사년 겨울밤 벗의 집에서 자며丁巳冬夜宿友人家〉

길고 긴 겨울밤 괴롭고

천지에 새벽은 더디다.

쥐 떼들 침상 곁 날뛰어

나그네 꿈꿀 일 적구나.

冬夜苦漫漫 天地何遲曉
동 야 고 만 만　천 지 하 지 효

群鼠亂床邊 宿客夢自少
군 서 란 상 변　숙 객 몽 자 소

만만漫漫 길게 이어지는 모양. 지효遲曉 새벽 오기가 더디다. 군서群鼠 쥐 떼. 난亂 어지럽히다. 숙객宿客 묵어 자는 손님.

정사년(1617, 광해 9) 겨울, 가난한 벗의 집에 들러 하룻밤을 묵으면서 지은 시다. 오랜만의 반가운 해후를 마치고 느지막이 잠자리에 들었다. 싸늘한 냉골에다 스며드는 웃풍까지 몸이 굳어 뒤척일 수도 없다. 아! 새벽은 어찌 이리 더디 온단 말이냐. 가뜩이나 없는 집에 가져갈 게 뭐 있다고 쥐 떼들은 온통 달그락대다 쭈루루 달려가 그나마 설핏 든 잠을 깨운다. 저놈들도 먹을 게 없어 주린 것이겠지. 뼈에 저미는 추위보다 벗의 말할 수 없는 궁핍이 더 안쓰러워 긴긴 겨울밤을 한숨 쉬며 꼬박 지샌다.

봄잠 깬 뒤

정용 鄭鎔, 선조조
〈봄도 늦어春晩〉

봄잠 깬 뒤 술 따르고
발을 걷자 꽃 날리네.
인생살이 얼마 되리
빗속 하늘 슬피 본다.

酒滴春眠後　花飛簾捲前
주 적 춘 면 후　화 비 렴 권 전
人生能幾許　悵望雨中天
인 생 능 기 허　창 망 우 중 천

주적酒滴 술을 따르다. 염권簾捲 주렴을 걷다. 기허幾許 얼마나. 얼마쯤. 창망悵望 구슬피 바라보다.

노곤한 봄날 혼곤한 낮잠에서 깬다. 기지개 펴고 마시던 술 다시 따른다. 발을 걷고 내다보니 바람에 분분히 꽃잎이 날린다. 일장춘몽(一場春夢)이 인생이다. 청춘이란 가지 위에 잠시 머물다 지는 꽃잎. 카르페 디엠! 단지 눈앞을 즐길진저. 하지만 슬프다. 바람 끝에 비 내리고 그나마 남은 꽃잎 저 비에 마저 다 지고 말겠네. 좋은 봄날 무슨 이런 생각을 했을까? 그는 젊은 나이에 요절했다. 시 속에 죽음의 기운이 묻어 있다. 말이 참 무섭다.

긴 밤

정용 鄭鎔, 선조조
〈밤중에 짓다夜作〉

동산 나무엔 부엉이 울고
새벽하늘엔 구름이 검다.
나그네 차마 어이 들으랴
길고 긴 밤이 일 년 같구나.

鵂鳴園裏樹　雲黑五更天
휴 명 원 리 수　운 흑 오 경 천
遠客那堪聽　悠悠夜似年
원 객 나 감 청　유 유 야 사 년

휴鵂 부엉이. 나감청那堪聽 어이 차마 듣겠는가? 야사년夜似年 하룻밤이 일 년과 비슷하다.

동산 숲 속에서 부엉이가 운다. 부엉부엉 우는 음침한 소리에 소름이 돋는다. 부엉이가 울면 집안에 불길한 일이 생긴다고 옛사람은 믿었다. 먼동이 터와야 할 시간인데, 먹구름만 캄캄하다. 먼 나그네 타관 길에 무슨 불길한 조짐일까? 혹 집에 무슨 일이라도 생긴 걸까? 이런저런 생각에 잠 한숨 이루지 못했다. 밤은 너무도 길다. 하룻밤이 꼭 일 년과 맞잡이다. 부엉부엉! 부엉아, 울지 마라. 네 울음에 내 가슴이 다 녹아내린다.

가을

정용 鄭鎔, 선조조
〈가을의 회포 秋懷〉

국화는 빗속에 꽃 드리우고
마당 위 오동잎에 가을 놀라네.
오늘 아침 배나 더 서글프고나
어제 밤 강호를 꿈꿨었는데.

菊垂雨中花 秋驚庭上梧
국수우중화 추경정상오
今朝倍惆悵 昨夜夢江湖
금조배추창 작야몽강호

배倍 곱절. 두 배. 추창惆悵 구슬픈 모양.

추적추적 가을비에 국화가 추욱 늘어졌다. 마당 위 떨어진 오동잎 보고 가을이 온 걸 안다. 여름은 흔적 없이 떠났고 가을이 소리 없이 곁에 왔다. 밤마다 풀벌레 소리에 뒤척이는 시간이 늘어나겠구나. 해마다 맞는 가을인데 오늘 아침은 마음이 더 애잔하다. 간밤 꿈속에선 강호에서 낚시질하며 마음껏 노닐었다. 꿈이 아니길 바랐다. 하지만 막상 깨고 보니 나를 기다리고 있는 것은 축 늘어진 국화 꽃잎, 벌레 먹어 구르는 오동잎, 그리고 삶의 잘디잔 시름들뿐이다. 아!

나귀 등

차천로 車天輅, 1556-1615
〈화판에 쓰다書畵板〉

쌓인 눈 층봉(層峯)은 온통 하얗고
찬 구름에 만목(萬木)엔 그늘이 진다.
뉘엿한 석양 무렵 돌 비탈길에
나귀 등 타고서 돌아오는 맘.

積雪層峯色　寒雲萬木陰
적 설 층 봉 색　한 운 만 목 음
斜陽石棧路　驢背獨歸心
사 양 석 잔 로　여 배 독 귀 심

석잔로石棧路 돌로 계단을 만들어둔 길. 여배驢背 나귀 등.

그림을 보고 지은 시다. 어떤 장면이었을까? 배경으로 층층의 묏부리가 솟아 있고, 꼭대기엔 흰 눈이 덮였다. 찬 구름은 그 아래 숲에 음산한 그늘을 드리운다. 산속 해는 일찍 진다. 산허리로 난 좁은 돌길 사이로 나귀 타고 홀로 돌아오는 사람 하나. 깊은 숲 속 오두막집은 지게문이 열린 채 강아지 한 마리가 대문께에 나와 주인을 기다리고 있을 테고. 나귀 탄 그 사람의 마음을 가늠하던 그 마음은 또 어떤 마음일까?

성근 별

차천로 車天輅, 1556-1615
〈춘효시의 운을 빌려 次春曉韻〉

은하수 성근 별 잠기어가고
붉은 주렴 틈새로 달빛 빗긴다.
바람 불어 묵은 안개 거둬가더니
새 날아 남은 꽃을 땅에 떨구네.

銀漢稀星沒　緗簾隙月斜
은 한 희 성 몰　상 렴 극 월 사
風來收宿霧　鳥散落餘花
풍 래 수 숙 무　조 산 락 여 화

은한銀漢 은하수의 이칭. 희성稀星 드문 별. 상렴緗簾 담황색의 주렴.
극월隙月 구름 틈새로 보이는 달. 숙무宿霧 해묵은 안개.

남은 꽃이라 한 것으로 보아 늦봄이다. 성근 별 잠기고 달빛 빗기니 새벽이다. 봄날 새벽, 은하수 성근 별빛이 하나둘 스러질 무렵, 주렴 사이로 빗겨드는 달빛을 가만히 지켜본다. 무언가 싱그러운 기운에 이끌려 이른 새벽잠이 깼다. 밤새 숲을 에워싸고 있던 안개 이불을 새벽바람이 거두어가자, 자던 새들 부스스 일어나 아침을 준비한다. 포로롱 나는 날갯짓에 늦게까지 달려 있던 남은 꽃잎이 화들짝 놀라 땅에 떨어진다.

기러기

차천로 車天輅, 1556-1615
〈밤중의 강물江夜〉

고요한 밤 고기는 낚시 물고
잔물결에 달빛은 배에 가득.
한 소리 남녘 가는 기러기
바다 산의 가을을 울며 보내네.

夜靜魚登釣 波淺月滿舟
야 정 어 등 조 파 천 월 만 주
一聲南去雁 啼送海山秋
일 성 남 거 안 제 송 해 산 추

어등조魚登釣 고기가 낚시 바늘을 물다. 파천波淺 물결이 높지 않아 잔잔하다. 제송啼送 울며 보낸다.

✤

가을 달밤. 강물 위에 배 띄워 밤을 지새운다. 이따금 물고기가 미끼를 물어 펄떡거리며 뱃전에 떨어지는 소리가 밤의 적막을 깨운다. 물결이 잔잔해 달빛이 배 위로까지 가득 차 넘친다. 끼룩끼룩 대오를 이탈한 기러기 한 마리가 혼자 남쪽나라 찾아간다. 가을이라고, 가을이 왔다고, 곧 겨울이 온다고, 슬피 울며 건너간다. 허둥지둥 건너간다. 달빛 건너 검은 어둠 속으로 소리만 남기고 떠나간 기러기 한 마리. 풍요에 젖었던 흐뭇한 꿈이 일순(一瞬) 깬다.

휘파람

이기설 李基卨, 1558-1622
〈회포를 풀다遣懷〉

창밖의 밤비 그치잖더니
뜰가 나뭇잎 다 지고 없네.
시인이 놀라 일어나서는
서풍에 기대 휘파람 분다.

牕外連宵雨 庭邊木葉空
창 외 련 소 우 정 변 목 엽 공
騷人驚起晏 長嘯倚西風
소 인 경 기 안 장 소 의 서 풍

연소連宵 밤새. 밤을 이어. 경기안驚起晏 일어남이 늦은 것을 놀라다.
장소長嘯 길게 휘파람을 불다. 의倚 기대다. 서풍西風 가을바람.

밤새 창밖으로 빗소리가 들렸다. 아침에 늦잠 자고 일어나 보니 뜨락 나무에 잎이 하나도 없다. 마당엔 온통 비에 젖은 잎들뿐이다. 어이쿠 놀라 창을 여니 가을바람이 서늘하다. 덥다고 부채질하던 것이 엊그제 같은데 벌써 가을이 왔다. 바람 한 끝이 차다. 진 잎이 스산하다. 이렇게 한 해가 또 가고 마는 것인가? 이룬 것 없이 저무는 한 해의 뒷모습이 안쓰럽다. 휘파람 한 자락에 서운한 마음을 함께 얹어 띄운다. 땅에 뒹구는 낙엽 따라 날려가거라.

강 길

홍경신 洪慶臣, 1557-1623
〈강 길을 가며江行〉

뱃사공 불러서 얘기 나누니
버들 물가 배를 장차 대려 한다네.
앞 물머리 고약한 여울이 있어
달밤에 갈 수는 없을 거라고.

黃帽呼相語 將船泊柳汀
황모호상어 장선박류정
前頭惡灘在 未可月中行
전두악탄재 미가월중행

황모黃帽 뱃사공의 이칭. 박泊 배를 물가에 대다. 유정柳汀 버드나무가 심겨진 물가. 악탄惡灘 배 대기가 나쁜 여울. 미가未可 할 수가 없지 싶다.

하루 종일 뱃길 따라 내려왔다. 이대로 내처 달빛 타고 내려가면 내일쯤엔 한양에 닿을 수 있겠지. 유유히 미끄러져 내려오던 배가 한순간 멈칫한다. 무슨 일인가 싶어 뱃사공을 불러 묻는다. 여기서 하룻밤 묵어가자고, 바로 아래엔 급한 여울이 있어, 흐린 달빛 보며 내려가기엔 너무 위험하다고 한다. 그러고 보니 벌써부터 물살이 조금 거세다. 도리가 없다. 버들가지 휘늘어진 강가에 배를 묶기로 한다. 오늘밤은 달빛 벗 삼아 강가에서 한뎃잠을 자야겠구나. 하지만 마음은 조급하지 않다. 흐뭇한 달빛 안고 소리 없이 흘러가는 강물처럼, 내 인생도 그렇듯이 유장하고 장엄하게 흘러갔으면 한다.

불붙듯

차운로 車雲輅, 1559-?
〈양화나루의 저녁볕楊花夕照〉

버들개지 눈처럼 나부끼고
복사꽃 붉어서 불붙는 듯.
수놓아 저문 강 그림 한 폭
서편 하늘 낙조가 남았네.

楊花雪欲漫　桃花紅欲燒
양 화 설 욕 만　도 화 홍 욕 소
繡作暮江圖　天西餘落照
수 작 모 강 도　천 서 여 락 조

양화楊花 버들개지. 욕만欲漫 마구 흩어지려 하다. 수작繡作 수를 놓아 그리다.

양화나루에서 바라본 석양 풍경이다. 양화나루에 양화(楊花), 즉 버들개지 날리는 봄날이다. 흰 눈이 흩날리듯 온 하늘에 버들 솜이 떠다닌다. 강변의 붉은 복사꽃은 아예 푸른 강물 곁에 불을 지폈다. 흰 눈 속에 복사꽃이 불탄다. 장하구나, 이 강산! 수놓은 한 폭의 그림이로구나. 복사꽃 덤불마다 불 붙은 모닥불 따라 강물 따라 눈길이 서쪽으로 흘러가니 저 하늘과 강물이 맞닿은 끝에 붉게 타는 저녁노을이 걸려 있다. 서녘 하늘은 시방 불바다다. 온통 벌겋다.

가을 달

차운로 車雲輅, 1559–?
〈부산의 가을 달浮山秋月〉

잎새들 괴롭잖게 서리 가볍고
바람 막 잦아들자 밤은 고요타.
거문고 누굴 위해 연주할거나
빈산 밝은 달을 마주 보노라.

霜輕葉未苦　夜靜風初歇
상 경 엽 미 고　야 정 풍 초 헐
玉琴爲誰彈　空山對明月
옥 금 위 수 탄　공 산 대 명 월

미고未苦 괴롭지가 않다. 초헐初歇 막 그치다. 위수탄爲誰彈 누구를 위해 연주를 하나?

잎새 위에 살포시 서리가 내렸다. 바람도 잠이 들었다. 된서리에 마파람이었더라면 금세 땅에 떨어졌을 잎인데 그게 고맙다. 들뜬 마음을 차분히 가라앉혀야지. 거문고를 꺼내든다. 잎새들 놀라지 않게 가볍게 내려준 서리도 고맙고 알아서 잠잠해진 바람도 고맙다. 누굴 위해 연주할까? 들어줄 사람이 없다. 밝은 달이 빈산을 환히 비춘다. 빈산은 비춰 뭐하나? 그래도 달빛은 빈산 위로 아낌없이 내린다. 들어줄 사람 없으면 어떤가? 텅 빈 산 갈피갈피 사이로 내 연주를 들려주어야지. 얼마 안 있어 땅에 내릴 저 잎새들과, 바람 잔 가지에서 고요한 밤을 건너고 있는 저 가지들에게도 들려주겠다.

빗속 꽃

이수광 李睟光, 1563-1628
〈옛 뜻古意〉

첩은 빗속의 꽃
님은 바람 뒤 버들 솜.
꽃 좋아도 쉬 이우니
솜은 날려 어딜 가나.

妾似雨中花　郎如風後絮
첩 사 우 중 화　낭 여 풍 후 서
花好亦易衰　絮飛歸何處
화 호 역 이 쇠　서 비 귀 하 처

풍후서風後絮 바람 뒤편의 버들 솜. 제멋대로 이랬다저랬다 함의 비유.
이쇠易衰 쉬 시들다.

좋은 꽃 어렵게 피웠더니 무정한 비에 땅에 진다. 꼭 내 신세 같다. 님은 바람에 갈 데 모르고 떠다니는 버들 솜 같다. 비에 지는 꽃잎처럼 얼마 못 가 시들 청춘인데, 안타까워라 님의 마음을 잡아둘 길이 없구나. 나를 까맣게 잊으시고 산지사방 이리저리 갈피 못 잡고 다니시는구나. 나는 님만 바라보고 있건만 님은 한눈만 판다. 딴전만 부린다. 그나마 시들고 나면 아예 거들떠도 보지 않을 것이 아닌가. 제목을 고의(古意)라 했다. 행간에 슬쩍 감춰둔 뜻이 있단 뜻이다. 어긋나기만 하는 세상길의 안타까움이 묻어난다.

냇물 소리

허적 許𥛚, 1563-1641
〈도중에 짓다途中作〉

서산마루로 해가 기울자
동산 위로는 달이 떠온다.
풀 길 위에서 채찍도 놓고
시냇물 소리 가만 듣는다.

日落西嶺邊　月出東岑上
일 락 서 령 변　월 출 동 잠 상
垂鞭草逕中　靜聽溪流響
수 편 초 경 중　정 청 계 류 향

동잠東岑 동쪽 묏부리. 수편垂鞭 채찍질을 하지 않으려 채찍을 드리우다. 초경草逕 풀섶 길. 정청靜聽 고요히 듣다.

✤

해 지자 달 뜬다. 밤길도 아무 걱정이 없다. 풀섶 사이 좁은 길에서 달빛 따라 간다. 말도 배고파 힘이 들겠지. 채찍은 아예 들지 않는다. 아니, 그냥 가만히 이 숲의 정적을 음미하고 싶다. 시냇물도 조용한 노래를 부르며 내 곁을 졸졸 따라온다. 달빛은 흰 소금을 뿌린 듯 하얗다. 마음은 유리알처럼 투명해만 지고 시냇물의 노래는 맑아만 간다.

쟁글쟁글

허적 許樀, 1563-1641
〈시냇물 소리를 듣다가聽溪流響〉

어여쁜 아씨 옥구슬 소리
물 바위 사이 쟁글거리네.
시인은 자꾸 머뭇대면서
온종일 집에 갈 줄 모르고.

遊女鳴環珮　玲瓏水石間
유 녀 명 환 패　영 롱 수 석 간
騷人爲延佇　終日不知還
소 인 위 연 저　종 일 불 지 환

유녀遊女 기녀. 환패環珮 허리에 두른 패옥. 영롱玲瓏 곱고 어여쁜 모양. 소인騷人 시인. 연저延佇 머뭇거리다.

그는 시냇물 소리를 몹시 사랑했던 모양이다. 예쁜 아가씨가 허리에 패옥을 두르고 시내와 바위 사이를 오가는지, 하루종일 쟁글쟁글 옥구슬 소리가 그치지 않는다. 아가씨가 어디 숨었나 싶어 두리번거리다 하루해가 다 갔다. 쟁글쟁글쟁글, 온종일 내 귓가를 떠나지 않는 옥구슬 소리. 나그네는 시냇물이 흘리고 가는 그 소리에 취해 아예 귀를 시냇가 쪽으로 열어놓고 해가 뉘엿해지는 것도 모르고 앉아 있다.

기다림

허적 許嫡, 1563-1641
〈그리운 사람에게有所思〉

님 바라보면 벌써 떠나고
님 기다려도 오시질 않네.
산집 가을 달 저리 밝은데
뜨락 나무는 갈바람 슬퍼.

望君君已去 待君君不來
망 군 군 이 거 대 군 군 불 래
山齋秋月白 庭樹秋風哀
산 재 추 월 백 정 수 추 풍 애

망군望君 님을 바라보다. 대군待君 님을 기다리다.

님이 좋아 우러러 마음 전하려 하면 님은 벌써 내 곁을 떠나고 없다. 하염없이 기다려도 떠난 님은 다시 오지 않는다. 가을 달 저리 환하면 이 그리움을 가눌 길 없다. 빈 뜰 가을바람에 넓은 잎 서걱대면 가슴부터 저며온다. 아! 사랑은 왜 이렇게 어긋나기만 하는가? 안타까운 이 마음을 전할 길은 없는가? 공허한 빈자리에 달빛만 맴돌다 가는 가을밤.

가을볕

허적 許嫡, 1563–1641
〈가을의 노래秋詞〉

지는 해 붉은 나무 비추면
창문 사이로 영롱한 빛깔.
숨어 사는 이 안석에 기대
떠가는 구름 눈 마중 한다.

落日照紅樹　玲瓏窓戶間
낙 일 조 홍 수　영 롱 창 호 간
幽人隱几臥　目送浮雲還
유 인 은 궤 와　목 송 부 운 환

영롱玲瓏 곱고도 환한 모양. 창호窓戶 창문과 방문. 유인幽人 숨어 사는 은자. 은궤隱几 은자의 안석(案席). 목송目送 눈길로 전송하다.

✤

단풍나무 붉은 잎 새로 석양빛이 쏘아 들어온다. 창문이 온통 영롱한 보석 빛으로 빛난다. 종일 아무도 찾지 않는 집에서 안석에 기대어 그 빛을 본다. 그러다 석양 따라 눈길을 들면 서산 너머로 뜬구름 하나 바쁠 것 하나 없다는 듯이 뉘엿뉘엿 넘어간다. 잘 가거라. 또 만나자. 인연은 등성이를 넘어가는 구름. 한 인생 왔다 가는 것이 뜬구름 일어났다 제풀에 스러지는 것과 다를 것이 없구나.

언로(言路)

신흠 申欽, 1566–1628
〈어떤 일을 노래하다詠事〉

어제 정승 하나가 떠나가고
오늘 정승 하나가 떠난다.
정승이 가는 거야 무슨 상관
언로가 막힐까 봐 염려할 뿐.

昨日一相去 今日一相去
작 일 일 상 거 금 일 일 상 거
相去亦何關 但恐言路阻
상 거 역 하 관 단 공 언 로 조

일상一相 재상 한 사람. 하관何關 무슨 상관이 있나? 아무 상관이 없다는 뜻. 단공但恐 다만 염려하다. 조阻 막히다. 차단되다.

광해군 때 계축옥사는 정치적 야심 때문에 반대 당을 몰아내려고 대북파가 벌인 사건이다. 이 일로 영창대군이 쫓겨나 죽고 인목대비는 서궁에 유폐되었다. 폐모(廢母)의 논의를 앞장서 반대하다 이원익(李元翼)과 이항복(李恒福)이 앞서거니 뒤서거니 차례로 유배를 갔다. 어제 이정승이 귀양길에 오르더니, 오늘 다른 이정승이 다시 귀양길에 올랐다. 아들이 어미를 폐할 수 없다는 상식을 말했대서 변방으로 쫓겨났다. 누구든 뻔히 잘못된 줄 아는 일을 잘못이라고 했다가 곤욕을 치렀다. 정승이야 다른 사람으로 교체하면 그뿐이지만, 그러는 사이에 임금에게 바른말 할 사람이 없어질까 걱정이다. 나라의 근본이 흔들릴까 염려된다.

달밤

신흠 申欽, 1566-1628
<달밤에 시냇가에 나와月夜出溪上>

찬 잎은 비처럼 떨어지고
삭풍은 조수인 양 불어온다.
단장 짚고 홀로 문 나서니
밝은 달 시내 다리 건너네.

寒葉落如雨 朔風來似潮
한 엽 락 여 우 삭 풍 래 사 조
扶笻獨出戶 明月過溪橋
부 공 독 출 호 명 월 과 계 교

사조似潮 조수와 비슷하다. 부공扶笻 지팡이를 짚다.

✤

쏴아 쏴 밀려드는 매운바람이 밀려드는 파도 소리 같다. 그 바람 맞고 서리 맞은 잎이 비 오듯 떨어진다. 금세 무슨 일이 날 것만 같다. 불쑥 지팡이를 찾아 지게문을 열고 나선다. 이리저리 우 하며 몰려다니는 낙엽, 두 손을 앞으로 내밀고 마구 펄럭이는 가지들. 폐부까지 시원하다. 동네 어귀를 나서 다리께를 지나는데, 나보다 한 발 앞서 달님이 첨벙첨벙 시내를 건너고 있다. 바람은 빨리 쫓아가라 자꾸 등을 떠밀고.

그리움

신흠 申欽, 1566–1628
〈기생에게 주다贈妓〉

그리운 이 구름 끝에
꿈속 넋만 건너리.
서풍에 잎은 지고
빈 뜰서 새 달 보네.

相思在雲端　魂夢遙能越
상 사 재 운 단　혼 몽 요 능 월
落葉下西風　空庭望新月
낙 엽 하 서 풍　공 정 망 신 월

상사相思 사랑하는 사람. 운단雲端 구름 끝. 요遙 멀리. 능월能越 능히 건너다.

✤

정 둔 기녀와 헤어지며 그녀에게 써준 시다. 이리 헤어지면 그리움만 남겠지. 구름 끝 천 리 길에 꿈속 넋만 안타깝겠네. 가을바람 불어와 잎을 떨구면 야심한 밤 빈 뜰로 내려서 초승달을 바라보리. 손톱달이 눈썹달 되고, 얼레빗 지나 쟁반달 되도록 보고픈 맘 가눌 길 없어 커져만 가리. 빈 뜰은 너와 헤어진 뒤 텅 비어버린 내 마음이다.

너럭바위

하위량 河偉量, 1554-?
〈자하동에서紫霞洞〉

송화의 금가루 날리고
봄 시내 옥 소리 차갑다.
너럭바위 나그네 와 앉으니
해묵은 신선의 단(壇)이 있네.

松花金粉落　春澗玉聲寒
송 화 금 분 락　춘 간 옥 성 한
盤石客來坐　仙人舊有壇
반 석 객 래 좌　선 인 구 유 단

송화松花 노란 소나무의 꽃가루. 춘간春澗 봄날의 시내. 반석盤石 너럭바위.

✤

금가루 같은 송화가 시내 위로 진다. 여름을 맞는 봄 시내엔 찬물이 옥구슬로 흐른다. 금가루에 옥 소리가 어우러지니 눈도 즐겁고 귀도 기쁘다. 오랜만에 속세를 잊고 자하동 깊은 계곡 속으로 들어왔다. 너럭바위 위에 자리를 잡고 앉았자니 마음이 상쾌하다. 자하동은 개성 송악산 기슭에 있다. 고려의 왕업이 여기서 일어나 잡초에 묻혔다. 지나간 자취는 물을 것이 없다. 고려의 그때보다 더 아득한 옛날, 신선들이 노닐며 쌓았다는 단(壇)의 흔적이 반석 위에 여태도 남아 있다. 지금의 내 마음을 그 옛날 신선들도 공감했던 것일까? 시간이 부질없다. 옥 소리 들으며 천 년을 거슬러 나는 옛 신선과 호흡한다.

늙은 말

최전 崔澱, 1567-1588
〈늙은 말老馬〉

늙은 말 솔뿌리 베고 누워서
꿈속에서 천 리 길을 내달린다네.
갈바람 나뭇잎 지는 소리에
놀라서 일어나니 해는 저물고.

老馬枕松根　夢行千里路
노 마 침 송 근　몽 행 천 리 로
秋風落葉聲　驚起斜陽暮
추 풍 락 엽 성　경 기 사 양 모

침枕 베개 베다. 경기驚起 놀라서 일어나다.

지난날은 꿈이었지 싶다. 빠진 이빨로 여물을 씹다가 지친 몸을 솔뿌리 위에 누인다. 곤한 잠 속에서는 여전히 힝힝대며 천 리 길을 내달린다. 장하던 시절은 다시 오지 않는다. 적토마의 꿈은 찾을 길이 없다. 갈기를 휘날리며 붉은 땀방울을 흘리던 때가 내게도 있었다. 쓰다듬는 주인의 손길에 의기양양하여 채찍질 없이도 내달리던 시절이 있었다. 가을바람 잎 지는 소리에 부시럭 눈을 뜨면 또 하루 해가 서산으로 넘어간다. 나도 가야지. 하지만 어디로 간단 말인가? 늙은 말의 꿈은 슬프다.

낙엽

권필 權韠, 1569-1612
〈도중에途中〉

저물어 외로운 여관에 드니
산 깊어 사립도 닫지를 않네.
닭 우는 새벽에 앞길 묻는데
누런 잎만 날 향해 날려오누나.

日入投孤店　山深不掩扉
일 입 투 고 점　산 심 불 엄 비
鷄鳴問前路　黃葉向人飛
계 명 문 전 로　황 엽 향 인 비

일입日入 해가 지다. 고점孤店 외로운 객점. 불엄비不掩扉 사립문을 닫지 않다. 계명鷄鳴 닭이 울 무렵. 새벽.

다 늦은 저녁에 겨우 궁벽진 주막을 만나 잠을 청했다. 사립문은 밤중에도 닫힐 줄 모른다. 닭 우는 첫새벽에 또 길을 떠난다. 추위가 뼈를 저민다. 어디로 가야 할까? 갈림길 앞에 서서 나는 머뭇거린다. 길을 묻는 내게 돌아오는 대답은 없다. 누르 시든 낙엽만 날 향해 어지러이 날려온다. 길은 어디에도 없다고, 다만 흙에서 와서 흙으로 돌아갈 뿐이라고.

고향 꿈

권필 權韠, 1569-1612
〈강어귀로 새벽에 가다가江口早行〉

강엔 초승달 기러기 울고
갈대 사이로 새벽길 간다.
안장에 앉아 졸던 꿈속에
문득 고향 집 이르렀구나.

雁鳴江月細 曉行蘆葦間
안 명 강 월 세 효 행 로 위 간
悠揚據鞍夢 忽復到家山
유 양 거 안 몽 홀 부 도 가 산

세細 가늘다. 노위蘆葦 갈대. 유양悠揚 나부껴 날려가는 모양. 거안據鞍 안장에 걸터앉다. 부도復到 다시 도달하다.

임진왜란을 전후한 시기, 이리저리 떠돌며 지은 시다. 가을날 새벽길을 떠난다. 갈대숲이 으스스 몸을 떠는 강변, 말안장에 걸터앉아 꾸벅꾸벅 졸다 보니 꿈길은 어느덧 고향집 사립으로 들어서고 있다. 깜짝 놀라 고개를 들면 손톱 같은 달은 강물 위에 떠 있고 기러기는 끼룩끼룩 줄지어 하늘을 건너간다. 안식의 자리 찾아 길 떠나는 기러기와 따뜻한 보금자리 두고 먼 길 떠나는 내 처지가 새벽 달빛에 엇갈린다.

뚝뚝

권필 權韠, 1569-1612
〈뚝뚝滴滴〉

뚝뚝뚝 눈에선 눈물지고

가지마다 꽃들이 하나 가득.

봄바람 이내 한 불어가

하룻밤에 하늘 끝 다다랐으면

滴滴眼中淚 盈盈枝上花
적 적 안 중 루 영 영 지 상 화

春風吹恨去 一夜到天涯
춘 풍 취 한 거 일 야 도 천 애

적적滴滴 눈물이 뚝뚝 떨어지는 모양. 영영盈盈 가득가득. 천애天涯 하늘가. 하늘 끝.

떠도는 삶이 아파 눈에서 뚝뚝 눈물이 진다. 그 마음 알지 못하겠다는 듯 가지마다 벙긋벙긋 꽃들이 피었다. 눈물로 어룽진 꽃잎들이 더 소담스럽다. 봄바람아 불어라. 쌩쌩 불어라. 그리운 사람들이 있는 곳까지 밤새도록 불어라. 안타까운 내 마음을 먼 데까지 전해다오. 봄바람아 불어라. 쌩쌩 불어라. 보고픈 맘, 그리운 생각, 그곳까지 전해다오. 밤새도록 불어라. 하늘 끝까지 불어라.

길가의 무덤

김상헌 金尙憲, 1570-1652
〈길가의 무덤路傍塚〉

길가 외론 무덤
자손들 어디 갔나.
한 쌍의 돌사람만
긴 세월 지켜 섰네.

路傍一孤塚 子孫今何處
노 방 일 고 총 자 손 금 하 처
惟有雙石人 長年守不去
유 유 쌍 석 인 장 년 수 불 거

노방路傍 길가. 수불거守不去 지키며 떠나지 않다.

✤

길 가는데 길가에 황량한 무덤 하나가 덩그러니 놓였다. 사람의 손길이 닿지 않은 지 이미 오래다. 봉분은 허물어지고, 잡초는 우거져 잔솔이 자랐다. 무덤 앞에 두 손 모아 쥔 돌사람만 세월을 견디며 서 있다. 그마저 없었더라면 무덤인 줄도 몰랐겠지 싶다. 처음 봉분을 크게 두르고 돌사람을 세울 적엔 집안의 부귀영화가 끝도 없을 줄 알았겠지. 그때 부러워하던 사람들도 벌써 흙먼지가 되었고, 뽐내던 자손들은 스러져 자취도 없다. 돌사람은 다 지켜보았으리라. 기름진 살이 썩어 흙으로 돌아가는 동안 인간이 만든 모든 것들이 얼마나 허망하게 스러져가는지를.

범어사

이안눌 李安訥, 1571-1637
〈범어사에서 새벽에 일어나 짓다梵魚寺曉起口號〉

흰 구름 먼 골서 피어나고
지는 달 산허리에 환하다.
돌우물서 양치하는 새벽녘
두견새 두세 번 울음 운다.

白雲生遠壑　落月半峯明
백 운 생 원 학　낙 월 반 봉 명
晨起漱石井　子規三兩聲
신 기 수 석 정　자 규 삼 량 성

원학遠壑 먼 산골짝. 반봉半峯 산의 절반. 수漱 양치질하다. 자규子規 두견새.

범어사에서 하룻밤을 묵었다. 맑은 기운 뼈에 스며, 새벽녘에 잠이 절로 깼다. 절 마당에 내려선다. 먼 골짝에선 흰 구름이 뭉게뭉게 일어나고, 묏부리 중간에 지는 달이 환하다. 돌우물 가로 걸어가 찬물에 양치질을 한다. 이가 시리다. 정신이 화들짝 들어온다. 우걱우걱 머금은 물을 뱉는데, 두견이 울음소리 들린다. 불여귀(不如歸) 불여귀. 돌아감만 못하다고, 돌아감만 못하다고. 밤새 울던 울음 여태도 그치지 않는다. 가기는 어딜 간다구, 저 새야. 몸은 여기 있으면서 늘 저기를 꿈꾼다.

차 연기

이안눌 李安訥, 1571–1637
〈차운하여 혜희 스님에게 주다次韻贈惠熙上人〉

차 연기 너머로 산이 푸르고
새소리 가운데 꽃 향기롭다.
스님 와 낮잠을 깨우시길래
한 그루 소나무에 함께 기댄다.

岳翠茶烟外　花香鳥語中
악 취 다 연 외　화 향 조 어 중
僧來午夢覺　共倚一株松
승 래 오 몽 각　공 의 일 주 송

악취岳翠 바위산이 푸르다. 공의共倚 함께 기대다.

✤

푸른 산자락으로 차 연기가 감돈다. 꽃은 향기롭고 새소리 즐겁다. 일 없어 누운 낮잠이 달콤한데 스님이 찾아와 잠을 깨운다. 반가워 손잡고 나니 서로 할 말이 없다. 손잡고 소나무 그늘 아래로 내려선다. 솔 그늘 아래 등 기대고 나란히 앉는다. 시원한 솔바람에 남은 잠이 가신다. 솔바람 소리에 귀를 맡긴 채 두 사람은 아까부터 한 마디 말이 없다.

고개 구름

이안눌 李安訥, 1571–1637
〈군재의 아침저녁郡齋朝暮吟〉

아침에도 구름 고개 마주 보고
저녁에도 구름 고개 마주 보네.
구름 고개 개었다가 흐려져도
가만 앉아 마음 절로 고요하다.

朝亦對雲嶺　暮亦對雲嶺
조 역 대 운 령　모 역 대 운 령
雲嶺變晴陰　默坐心自靜
운 령 변 청 음　묵 좌 심 자 정

운령雲嶺 구름 낀 산마루. 청음晴陰 개고 흐림. 묵좌默坐 말없이 앉다.

✤

금산군수로 있을 때 관아에서 아침저녁으로 건너편 고갯마루를 보며 지은 시다. 산마루에 걸린 구름 보며 하루를 시작해서 하루를 마친다. 흐린 날도 있고 갠 날도 있다. 흐린 날은 구름 보고 맑은 날은 푸른 산을 본다. 묵묵히 가만 앉아만 있어도 마음속에 절로 고요가 깃든다. 번잡함이 없다. 생각은 산 위를 스치는 구름, 흔적 없이 사라진다. 언제나 그 자리에 우뚝 선 산마루처럼 마음에 일렁임이 없다. 잠잠하다.

낚시

김류 金瑬, 1571-1648
〈이끼 낀 물가 바위에서 고기를 낚으며苔磯釣魚〉

날마다 강가서 낚시질해도
바늘을 무는 건 작은 고기뿐.
뉘 알리 저 푸른 바닷물에는
배보다 더 큰 고기 있을 줄.

日日沿江釣 呑鉤盡小鮮
일 일 연 강 조 탄 구 진 소 선
誰知滄海水 魚有大於船
수 지 창 해 수 어 유 대 어 선

연강沿江 강가. 탄구呑鉤 낚싯바늘을 삼키다. 소선小鮮 작은 생선. 수지誰知 누가 알겠는가? 대어선大於船 배보다 크다.

✤

날마다 강가에서 낚시질하지만 걸리는 것 온통 잔챙이 피라미뿐이다. 내 이곳에서 세월을 낚고 있지만 품은 뜻마저 어이 잗달 것이랴. 언젠가 저 푸른 바다로 나아가 배보다 더 크고 집채만큼 엄청난 큰 고기를 낚을 날이 있을 것이다. 날마다 강가에 나가 낚시를 드리우고 있는 뜻은 저 피라미를 잡자는 것이 아니다.

치악산

홍서봉 洪瑞鳳, 1572-1645
〈횡성에서 조여수와 만나橫城逢趙汝修〉

치악산에 내리는 눈
바람 따라 옷에 묻네.
그댈 만나 얘기하다
심취해서 못 왔다오.

雉岳山中雪　因風點客衣
치 악 산 중 설　인 풍 점 객 의
逢君半日話　沈醉却忘歸
봉 군 반 일 화　침 취 각 망 귀

점點 점을 찍다. 봉군逢君 그대와 만나다. 침취沈醉 담뿍 취하다. 각却 문득.

강원도 횡성 땅을 지나다가 벗 조여수(趙汝修)의 집을 들렀다. 치악산 산자락을 굽이굽이 돌아 벗의 집을 찾아갈 제 흩날리던 눈발이 나그네 옷깃에 자꾸 흰 점을 찍어놓는다. 어렵사리 벗과 만나 반나절 얘기하다, 이야기에 취하고 나눈 술에 취해서 아예 펑펑 내리는 눈 속에 갇혀 돌아올 생각도 잊고 감금되고 말았다. 여보게! 반가우이. 뜬 인생이 이렇게 또 반나절의 한가로움을 누렸네그려.

새만 혼자

허경윤 許景胤, 1573-1646
〈산속의 거처山居〉

사립문엔 삽살개 짖고
창밖엔 흰 구름 자옥.
돌길에 누가 오겠나
봄 숲 새만 혼자서 우네.

柴扉尨亂吠 窓外白雲迷
시 비 방 란 폐 창 외 백 운 미
石逕人誰至 春林鳥自啼
석 경 인 수 지 춘 림 조 자 제

시비柴扉 사립문. 방尨 삽살개. 난폐亂吠 어지러이 짖다. 석경石逕 돌길. 인수지人誰至 어떤 사람이 오겠는가? 아무도 올 리가 없다는 뜻. 자제自啼 혼자서 운다.

✤

삽살개가 갑작스레 컹컹 짖는다. 손님이 왔나? 전에 없던 일이라 주인은 궁금하다. 들창을 밀고 내다본다. 사립문 밖엔 아무도 없고, 하늘 가득 흰 구름만 어지럽다. 봄 숲에서 새가 혼자 운다. 삽살개 녀석도 무료했던 게지. 새소리에 같이 놀자고 저 호들갑을 떨고 있는 게다. 이 가파른 돌길을 올라 날 찾을 이 누구랴. 아무도 안 올 줄 알지만 이따금 사람 소리가 그립다.

잠 깨어나

이매창 李梅窓, 1573-1610
〈혼자 상심함自傷〉

꿈 깨면 비바람 근심겹다
세상길 힘겨움 읊조리네.
들보 위 은근한 제비야
언제나 님 불러 돌아올까.

夢罷愁風雨 沈吟行路難
몽 파 수 풍 우 침 음 행 로 난
慇懃樑上燕 何日喚人還
은 근 량 상 연 하 일 환 인 환

몽파夢罷 꿈에서 깨다. 침음沈吟 잠겨 읊조리다. 행로난行路難 세상길 살아가기가 어렵다. 은근慇懃 은근하게 굴다. 양상樑上 대들보 위. 환인喚人 사람을 부르다.

✤

슬픈 꿈 한 자락 붙들다 잠 깨면 창밖엔 비바람만 분다. 세상 사는 일, 만나고 정 주고 헤어지는 일이 참 힘겹다. 문득 돌아보면 언제나 나는 혼자다. 떠들썩한 웃음소리, 낭자하게 주고받던 술잔들. 깨고 나면 아무도 없다. 다 꿈이지 싶다. 들보 위 둥지에서 재잘대는 제비야! 네 단란한 보금자리가 참 부럽구나. 먼 강남땅 갔다가도 이듬해 다시 돌아오는 네 신의가 참 고맙다. 그이는 가시고는 돌아올 줄 모르는데, 나는 혼자서 이리 늙어가는데 네가 내 마음 좀 전해다오. 보고 싶다 말해다오. 기다린다 말해다오. 잊혀지는 것은 너무 무섭다.

비단 적삼

이매창 李梅窓, 1573–1610
〈술 취한 손님에게 주다贈醉客〉

취한 손님 비단 적삼 잡아당겨
손길 따라 비단 적삼 찢어지네.
그까짓 비단 적삼 아깝잖아
은정마저 끊어질까 염려할 뿐.

醉客挽羅衫　羅衫隨手裂
취 객 만 라 삼　나 삼 수 수 렬
不惜一羅衫　但恐恩情絕
불 석 일 라 삼　단 공 은 정 절

만挽 잡아당기다. 나삼羅衫 비단 적삼. 수수隨手 손길을 따라. 불석不惜 아깝지 않다. 은정恩情 은애하는 마음.

술 취한 손님이 내가 좋다고 자꾸 비단 적삼을 끌어당긴다. 예를 잃은 거친 사랑은 싫다. 민망해 팔을 빼니 그 서슬에 적삼이 찢어지고 만다. 찢어진 옷이야 다시 꿰매면 된다지만 찢긴 마음이야 어이 다시 꿰매리. 사랑하는 마음마저 덩달아 끊어질까 두렵다. 서로의 얼굴 다시 볼 수 없게 될까 걱정이다. 님이여! 아무리 길가의 버들, 담장 너머 핀 꽃이라지만 함부로 꺾는 무례는 싫다. 처음 지녔던 설렘, 길이 간직하고 싶다. 저만치 떨어져 앉았던 거리, 그대로 유지하고 싶다.

봄날

이매창 李梅窓, 1573-1610
〈봄날의 그리움春思〉

삼월 동풍 불어
곳곳 꽃이 지네.
녹기금(綠綺琴)의 상사곡
강남 님은 안 오시고.

東風三月時 處處落花飛
동 풍 삼 월 시 처 처 락 화 비
綠綺相思曲 江南人未歸
녹 기 상 사 곡 강 남 인 미 귀

동풍東風 봄바람. 녹기綠綺 훌륭한 거문고 또는 연주 솜씨를 가리키는 말. 녹기금(綠綺琴)은 사마상여(司馬相如)가 연주했다는 거문고의 이름. 상사곡相思曲 그리움의 연정을 담은 곡조.

봄바람이 심술궂다. 여기저기 몰려다니며 꽃잎 떨궈 날리네. 애꿎은 꽃은 왜 떨구고 가니. 안쓰런 내 청춘의 꿈이 땅에 뒹군다. 혼자 거문고를 타며 부르는 상사곡은 슬프다. 꽃 피면 오겠다던 님은 여태 아무 소식이 없다. 빈방에서 혼자 부르다 목이 멘다. 눈물이 진다.

눈물

이매창 李梅窓, 1573-1610
〈스스로를 한탄함自恨〉

차운 봄 겨울 옷 깁는데
깁창에 햇볕이 비칠 때.
고개 숙여 손 따라 가자니
바늘 실에 방울지는 구슬 눈물.

春冷補寒衣　紗窓日照時
춘랭보한의　사창일조시
低頭信手處　珠淚滴針絲
저두신수처　주루적침사

보補 고치다. 깁다. 한의寒衣 겨울옷. 사창紗窓 깁을 바른 창. 신수처信手處 손을 믿고 가는 곳. 주루珠淚 구슬 같은 눈물. 적滴 눈물이 떨어지다. 침사針絲 바늘과 실.

혼자 지낸 겨울은 너무 추웠다. 봄인데도 한기는 영 가시지 않아 해진 겨울 속옷을 누빈다. 깁창으로 햇살이 빗겨든다. 햇살이 이리 따스해도 내 마음속에 엉긴 추위는 좀체 녹지 않는다. 뼛속까지 시리다. 말없이 고개를 숙이고 그저 맥 놓고 손길 따라 바느질에 열중한다. 까닭 모를 눈물이 뚤룽뚤룽 떨어진다. 바늘귀가 잘 보이지 않는다.

원망

조신준 曺臣俊, 1573-?
〈규방의 원망閨怨〉

갈바람에 잎은 지고
붉은 뺨엔 눈물만.
님 때문에 수척한 몸
돌아와선 버리시리.

金風凋碧葉　玉淚鎖紅頰
금 풍 조 벽 엽　옥 루 쇄 홍 협
瘦削只緣君　君歸應棄妾
수 삭 지 연 군　군 귀 응 기 첩

금풍金風 가을바람의 다른 표현. 조凋 시들다. 옥루玉淚 옥 같은 눈물. 미인의 눈물. 쇄鎖 가리다. 막다. 홍협紅頰 붉은 뺨. 수삭瘦削 말라서 여위다. 연군緣君 님 때문이다. 응應 응당. 틀림없이. 기첩棄妾 첩을 버리다.

금풍(金風), 즉 가을바람은 푸르던 잎을 금빛으로 물들여놓았다. 하염없이 지는 눈물 붉은 뺨 위로 흐른다. 금세 오마던 님은 가을에도 소식 한 장 없다. 마음은 님이 다 가져가고 뼈만 남았다. 허깨비처럼 넋 놓고 앉아 님만 기다린다. 님이 오셔도 뼈만 남은 내 몰골 보기 싫다며 버리고 떠나시겠지. 기다리다 애가 타서 이리된 줄도 모르고 말이다. 세상일 참 공평치가 않다.

나눔

조신준 曺臣俊, 1573-?
〈제목을 잃음失題〉

비단 강물 맑기가 옥 같고
펼쳐진 흰 모래 금인 듯.
뉘 능히 몇 말을 담아가
세상 사람 마음을 씻어줄까.

練水淸如玉 明沙鋪似金
연 수 청 여 옥 명 사 포 사 금
誰能挽數斛 淨洗世人心
수 능 만 수 곡 정 세 세 인 심

연수練水 명주 비단처럼 고운 물. 포鋪 깔다. 펼치다. 만挽 끌어당기다. 가져가다. 수곡數斛 곡(斛)은 10말의 용량인 휘. 몇 휘. 정세淨洗 깨끗이 씻다.

옥같이 푸른 강물이 깁을 펼친 듯 맑게 흐른다. 강가에 길게 펼쳐진 고운 백사장은 금가루를 뿌려놓은 것만 같다. 맑은 옥구슬, 흰 금가루를 푸대에 몇 말쯤 담아다가 욕심에 찌든 세상 사람들 마음 깨끗이 문질러주고 씻어주고 싶다. 좋은 것 보고 혼자 누리지 않고 함께 나눌 생각부터 했다. 그는 개성 사람으로 《서경》을 삼천 번 읽었는데도 뜻이 머리에 들어오지 않자, 그 어려운 〈요전(堯典)〉을 다시 수만 번 읽었다. 과거에 합격하여 고을 원을 여러 번 지냈고, 정3품에 올랐다. 넉넉한 관후장자(寬厚長者)의 마음 씀씀이가 이 시 한 수에 다 담겨 있다.

새벽

조신준 曺臣俊, 1573-?
〈강 길江行〉

달 지자 찬 조수 잠잠해지고
돛 달자 자던 기러기 울어대누나.
몽롱이 안개만 자옥한 언덕
벌써 지나왔는지 술집이 없다.

月落寒潮靜 帆開宿雁呼
월 락 한 조 정 범 개 숙 안 호
朦朧烟霧岸 已過酒家無
몽 롱 연 무 안 이 과 주 가 무

한조寒潮 찬 조수. 범개帆開 돛을 펼치다. 숙안宿雁 잠을 자던 기러기.
몽롱朦朧 흐릿하여 분명치 않은 모양.

서편에 달이 졌다. 일렁이던 물결도 잔잔하다. 바람 잔 새벽 강물에 돛을 내건다. 몽롱한 안개를 헤치며 강 길을 내려간다. 곤히 자던 기러기가 갑작스런 침입자에 놀라 자다 말고 한 소리를 내지르며 달아난다. 다급한 날갯짓이 힘차다. 안개에 잠긴 언덕은 흐릿해 아무것도 보이지 않는다. 그는 이 신새벽에 어딜 향해 배를 모는 걸까? 4구에 답이 있다. 술집을 찾아간다. 밤새 마신 술이 여태 미진한데 새벽녘 술동이는 바닥을 보이고 말았다. 그냥 이대로 끝낼 수야 없지. 그래서 함께 마시던 벗을 재촉해 배에 올라 술집을 찾아 나선 길이었다. 아무래도 그의 취한 눈은 안개 속에 길을 잃고 영영 헤맬 것만 같다.

휘파람

이지완 李志完, 1575-1617
〈송경의 남루에서松京南樓〉

외론 성 밖 한 마리 새
옛 절 가을 남은 종소리.
흥망의 천 년 일은
누각 기대 긴 휘파람.

獨鳥孤城外　殘鐘古寺秋
독 조 고 성 외　잔 종 고 사 추
興亡千載事　長嘯倚南樓
흥 망 천 재 사　장 소 의 남 루

잔종殘鐘 잔약한 종소리. 천재千載 천 년. 장소長嘯 길게 휘파람 불다.
의倚 기대다.

✤

외론 성 밖으로 새 한 마리 날아간다. 해묵은 옛 절 종소리만 가르랑댄다. 날아가는 새를 따라가다 문득 눈에 들어온 가을 하늘이 맑다. 천 년의 일을 누가 묻는가? 고려의 옛 도읍지를 찾은 길손은 이래저래 흥망성쇠의 감회가 남다르다. 한때는 지나는 길손으로 북적댔을 남문 누각, 이따금 세월 잊은 농부만 한둘 눈에 띌 뿐이다. 사는 게 덧없고 역사가 부질없다. 난간에 기대앉아 허공에 대고 휘파람 한번 불어본다.

집 생각

목대흠 睦大欽, 1575–1638
〈사신으로 연경에 갔다가 먼저 돌아가는 사람에게 주다奉使如燕贈先還者〉

해 지는 노룡새(盧龍塞)
날씨 찬 우북평(右北平).
가없는 고향 생각
한양성에 부치노라.

日落盧龍塞　天寒右北平
일 락 로 룡 새　천 한 우 북 평
鄉心千萬疊　封寄漢陽城
향 심 천 만 첩　봉 기 한 양 성

노룡새盧龍塞 산해관이 바다와 맞닿은 곳에 있는 만리장성 끝자락의 지명. 우북평右北平 의무려산 근처의 우북평군. 첩疊 겹. 봉기封寄 편지를 부치다.

사신으로 북경에 갔다가 먼저 한양으로 돌아가는 사람에게 지어준 시다. 1622년(광해군 14)에 발호하는 청(淸)의 변경 침략으로 명나라와의 외교 문제가 일촉즉발의 위기에 놓였을 때 그가 명나라로 가서 명 황제의 노여움을 풀었다. 체류 기간이 자꾸만 길어지고 교섭해야 할 문제는 교착 상태에 빠져 이러지도 저러지도 못하는 시간이었다. 접촉 진행 과정도 설명할 겸 해서 먼저 귀국하는 사람 편에 서울 집에 편지를 부쳤다. 만리장성의 노룡새(盧龍塞), 계절은 가을이다. 우북평(右北平)의 물설고 낯선 땅. 지평선 멀리 바라보자니 떠나온 지 오래된 고향 생각이 스산하다. 언제나 나랏일 다 마치고 고향 집에 돌아갈 수 있을는지. 첩첩한 산 능선 너머 아스라한 하늘 저 끝 거기에 내가 꿈꾸는 고향이 있다.

갈림길

이식 李植, 1584-1647
〈멋대로 짓다漫成〉

일 닥쳐선 앞서의 일 부끄럽더니
올해엔 지난해가 후회스럽다.
뜨금없이 갈림길 위에 서서는
세월은 몇 번이나 옮겨갈는지.

卽事羞前事 今年悔往年
즉 사 수 전 사 금 년 회 왕 년
無端岐路上 歲月幾推遷
무 단 기 로 상 세 월 기 추 천

즉사卽事 눈앞에 닥친 일. 수羞 부끄럽다. 회悔 뉘우치다. 후회하다. 무단無端 까닭 없이. 뜨금없이. 기로岐路 갈림길. 기幾 몇 번. 추천推遷 미루어 옮겨가다.

오늘 한 가지 일을 닥치고 보니 문득 지난번 일이 부끄럽다. 그때도 이렇게 했으면 좋았을 것을. 얼굴이 화끈거린다. 새해를 맞으매 지난해 일이 또 후회스럽다. 그 일은 하지 말았어야 했고 그때는 더 참았어야 했다. 지나고 보면 너무도 분명하게 보이는데 막상 딴 길로만 갔다. 언제쯤 어제 일이 오늘 부끄럽지 않고 지난해 일을 올해 웃을 수 있을까? 하루하루는 갈림길의 연속이다. 한 번 한 번의 선택이 모여 세월이 되고 인생이 된다.

헛걸음

이식 李植, 1584-1647
〈이선비를 찾아갔다가 만나지 못하고訪李士以不遇〉

주인은 놀러가 안 돌아와
사립문 적막히 말이 없네.
못 속에 떠 있는 저 구름만
내 한가히 왔다 간 줄 알겠지.

主人遊未返　柴門寂無語
주 인 유 미 반　시 문 적 무 어
潭中有雲影　知我閑來去
담 중 유 운 영　지 아 한 래 거

미반未返 돌아오지 않다. 시문柴門 사립문. 운영雲影 물 위에 어린 구름 그림자.

불쑥 보고 싶어 벗의 집을 찾았다. 굳게 닫힌 사립문이 머쓱하다. 불러도 대답 없다. 곧 오겠지 싶어 집 앞 연못가에 우두커니 앉아 기다린다. 잔잔한 수면 위로 구름 그림자가 떴다. 물 위 구름처럼 꼼짝 않고 기다려도 얼굴을 볼 수 있을 것 같지가 않다. 구름아! 내가 오늘 이곳에 왔다 간 일을 증언해줄 사람은 너밖에 없구나. 주인 돌아오거든 연못가에 웬 사람이 한참을 앉아 주인 기다리다 갔더라고 전해다오.

솔숲

이식 李植, 1584-1647
〈들판의 술자리野酌〉

솔숲 아래 술 마시니

솔바람이 술동이에.

술 다 마셔 사람 가면

외론 달은 앞 강 지리.

携酒松林下　松風吹酒缸
휴 주 송 림 하　송 풍 취 주 항

酒行人亦起　孤月墮前江
주 항 인 역 기　고 월 타 전 강

휴携 휴대하다. 가져가다. 주항酒缸 술 항아리. 주항酒行 술이 순배로 돌다. 타墮 떨어지다.

✤

솔숲 아래 술동이를 지녀와 벗들 간에 즐거운 자리를 열었다. 이따금 솔바람이 건듯 불어와 취할 만하던 술이 자꾸 깬다. 솔숲 아래로 강물이 흘러가고 그 너머론 넘실넘실 너른 들이다. 술이 몇 순배 돌아 동이가 비면 각자 왔던 자리로 되돌아가겠지. 그러면 아무도 없는 밤중에 달님이 가만히 중천에 떴다가 저 혼자 심심해 부끄러운 줄도 모르고 앞 강물에 풍덩 뛰어들어 멱을 감고 가겠구나. 솔바람은 밤새도록 저 혼자 음악을 연주할게고.

다짐

이식 李植, 1584-1647
〈제야除夜〉

작년에도 이 사람

올해도 같은 사람.

내일은 새해니

같은 사람 되지 말자.

去年猶是人 今年猶是人
거 년 유 시 인 금 년 유 시 인

明年是明日 莫作每年身
명 년 시 명 일 막 작 매 년 신

유猶 그대로. 똑같이. 막작莫作 되지 말자.

한 해가 저무는 언덕에 서면 새로운 다짐이 많다. 새해에는 이런 걸 해야지. 이렇게 살아야지. 이러지는 말아야지. 담배도 끊고 술도 줄이고 가족과의 시간도 더 많이 가져야겠다. 이런 각오들이 말짱한 헛맹세가 되는 데 걸리는 시간은 얼마 되지 않는다. 해가 바뀔수록 다짐의 종류가 늘어간다. 오늘 또 한 해가 저문다. 그래 봤자 하루해가 저무는 것일 뿐인데 이상스레 마음이 새삼스럽다. 지키지도 못할 그렇고 그런 다짐으로 한 해를 시작하진 않겠다. 하지만 분명히 달라진 내 모습을 보고 싶다. 타성에 젖은 내 삶을 한 차원 업그레이드시키고 싶다.

손거울

최기남 崔奇男, 1586-1619
〈원망의 노래怨詞〉

제가 지닌 마름꽃 거울
님이 처음 주실 때가 생각이 나요.
님은 가고 거울만 남아
화장하려 다시는 보지 않아요.

妾有菱花鏡　憶君初贈時
첩 유 릉 화 경　억 군 초 증 시
君歸鏡空在　不復照蛾眉
군 귀 경 공 재　불 부 조 아 미

능화경菱花鏡 마름꽃 무늬가 새겨진 구리거울. 억憶 생각하다. 생각나다. 불부不復 다시는 하지 않는다. 아미蛾眉 미인의 눈썹.

✤

마름꽃 무늬 손거울을 보면 떠난 님이 생각난다. 환히 웃으며 품 안에서 멋쩍게 꺼내 들던 그날의 표정이 생각난다. 그 앞에 앉아 예쁜 단장 할 때마다 무지개처럼 피어나던 고운 꿈이 생각난다. 님은 가고 거울만 남았다. 그대가 간 뒤 내 한 해는 다 가고 말았다. 뻗쳐오르던 그 보람 서운케 무너지고 삼백예순날을 하냥 섭섭해 운다. 곱게 보일 사랑하는 사람도 없으니 눈썹 곱게 그리자고 그 거울 앞에 앉을 일이 없다. 거울엔 파란 녹이 슬고 먼지만 뽀얗게 앉았다. 시든 내 청춘 같다.

버들

최기남 崔奇男, 1586-1619
〈사랑 노래奩體〉

너울대는 창가 버들
그 옛날 님 심으셨지.
버들 띠 맬 만한데
긴 세월 안 오시네.

婀娜綺窗柳　昔時郎自栽
아 나 기 창 류　석 시 랑 자 재
柳帶已堪結　長年郎不廻
유 대 이 감 결　장 년 랑 불 회

아나婀娜 아리땁게 너울대는 모습. 기창綺窗 비단으로 바른 창. 자재自栽 직접 심다. 유대柳帶 버들가지 허리띠. 감결堪結 맺을 만하다. 장년長年 긴 세월.

창가에 심어진 버드나무가 이제는 높이 자라 너울너울 예쁜 그림자를 만든다. 이 버들이 어떤 버들인가? 그 옛날 사랑하는 님이 손수 심으신 것이다. 떠나지 않고 늘 머물겠다고〔留〕 다른 나무 아닌 버들〔柳〕을 심으셨다. 그 버들 다 자라 말고삐를 맬 만한데 떠난 님은 옛 나를 잊고 돌아올 줄 모른다. 떠날 양이면 버들은 왜 심었나? 안 올 것 같으면 버들은 왜 심었나?

먼지와 흙

이민구 李敏求, 1589–1670
〈옛 뜻古意〉

옷 위 먼지 털지 말고
신의 흙을 씻지 말라.
흙 아니면 구멍 나고
먼지 없인 옷 낡는다.

莫揚衣上塵　莫洗履前土
막 양 의 상 진　막 세 리 전 토
無土履則穿　無塵衣則故
무 토 리 즉 천　무 진 의 즉 고

막양莫揚 날리지 마라. 이履 신발. 천穿 구멍이 나다. 고故 낡다.

✤

거리를 다니니 날리는 먼지가 옷 위에 앉고 신발 코엔 흙이 묻는다. 옷을 털면 먼지가 풀썩이고 신에선 흙덩이가 떨어진다. 옷 위 먼지며 신발 위 흙을 털고 씻을 것 없다. 세상 살다 보면 먼지 묻고 흙 묻는 것이야 으레 그런 것이 아니냐. 깔끔 떤다고 부지런히 털고 열심히 닦아도 금세 다시 묻을 것이 아니냐. 흙 묻어 더께가 앉으니 내 신발이 덜 닳아 좋고 먼지 묻어 더럽지만 옷감을 감싸준다. 그러려니 할 일이다. 깨끗함은 마음에 있는 것, 그까짓 옷과 신발 좀 더러운 것은 부끄러울 것이 없다. 마음마저 그 티끌에 물들어 더럽게 되는 것이 부끄러울 뿐이다. 번드르르한 겉모습에 더러운 속을 지닌 것이 민망할 뿐이다.

시름마저

이민구 李敏求, 1589-1670
〈강 길江行〉

일엽편주 여울을 올라가는데
맑은 서리 비처럼 떨어지누나.
갈대 사이 조심조심 따라가노니
시름마저 싣고서 가버렸으면.

一葉泝危灘 淸霜落如雨
일 엽 소 위 탄 청 상 락 여 우
夤緣蘆葦間 載我閒愁去
인 연 로 위 간 재 아 한 수 거

소泝 거슬러 올라가다. 위탄危灘 위태로운 여울. 인연夤緣 가만가만 따라가다. 노위蘆葦 갈대숲. 재載 싣다. 한수閒愁 알지 못할 시름.

여울진 물목을 거슬러 올라간다. 노 젓기도 소용없어 강가 갈대숲을 따라 조심조심 배를 끌고 간다. 갈대숲을 헤치며 지날 때마다 찬 서리가 비처럼 내린다. 끌기 무거운 배도 배지만 서리 새벽에 길 떠나는 마음도 시리다. 세상 살며 지니고 가는 근심들, 저 여울져 가파르게 흘러가는 강물이 다 싣고 떠내려갔으면 싶다. 서리에 젖은 옷깃 사이로 오한이 파고든다. 가도 가도 길은 끝이 없고 내 어깨가 무겁다.

전송

유석 柳碩, 1595–1655
〈북쪽 군막으로 부임하는 벗을 전송하며送友赴北幕〉

관제묘에 잠깐 있다
위성가를 듣누나.
해 저문 양주 길에
그대 갈 길 어이하나.

暫留關帝廟　仍聽渭城歌
잠 류 관 제 묘　잉 청 위 성 가
日落楊州道　君行可奈何
일 락 양 주 도　군 행 가 내 하

잠류暫留 잠시 머물다. 관제묘關帝廟 동대문 밖에 있는 관운장의 사당. 잉청仍聽 인하여 듣다. 간 김에 듣다. 위성가渭城歌 작별의 노래. 가내하可奈何 어이할거나.

✤

멀리 함경도 군막(軍幕)으로 부임해 가는 벗을 전송하는 시다. 관제묘는 지금 동대문 밖 신설동에 있는 동묘(東廟)다. 무신(武神)인 관운장을 모신 사당이다. 지나는 길목인지라 잠시 들러 군대 일로 먼 길 떠나는 벗의 무운장구(武運長久)를 빌었다. 그러고는 다시 벗을 붙잡고 전별의 술자리가 거나하다. "그대에게 한 잔 술 다시금 권하노니, 서편으로 양관 나서면 아는 이 없을지라(勸君更進一杯酒, 西出陽關無故人)." 왕유(王維)의 송별시를 읊조리며 권커니 잣거니 한 술자리가 길어져 하루 해가 그만 뉘엿해졌다. 갈 길 멀지만 어이하나. 주막거리에서 하루 묵으며 석별의 정 늘여보세.

국화

이명한 李明漢, 1595-1645
〈취해 김자진의 집에 쓰다醉題金自珍家〉

비바람 그대 집 몰아치더니
비 개자 산 해가 저무는구나.
올해는 가을빛 빨리도 와서
팔월에 어느새 국화꽃일세.

風雨到君家　雨晴山日斜
풍 우 도 군 가　우 청 산 일 사
今年秋色早　八月已黃花
금 년 추 색 조　팔 월 이 황 화

우청雨晴 비가 개다. 이已 이미. 벌써.

뒤늦게 비바람 불고 큰물이 져서 한걱정들을 했지. 오늘은 말끔히 비 개고 산기슭에 붉은 햇볕 가로걸렸네. 올 가을은 성급하기도 하군. 아직 팔월인데 국화는 벌써 노오란 꽃봉오리를 열려 하고 있으니 말일세. 자네 집서 거나하게 술 마시고 갈 일도 잊고 취해 누웠는데 산 넘어가는 석양이 날더러 어서 일어나라고 재촉하는군. 막상 일어나려니 자넨 시 한 수 써놓고 가라고 야단이지 마당에 국화는 자꾸 내 마음을 끌어당기지 도무지 어찌해야 좋을지 모르겠구먼.

왕손초

이명한 李明漢, 1595-1645
〈심양에서 돌아오며 回自瀋陽〉

무성한 왕손초(王孫草)

유유한 태자하(太子河).

외론 신하 혼자서 돌아가는 길

봄빛은 누굴 위해 저리 고운가.

漠漠王孫草 悠悠太子河
막 막 왕 손 초 유 유 태 자 하

孤臣獨歸路 春色爲誰多
고 신 독 귀 로 춘 색 위 수 다

막막漠漠 빼곡하게 들어찬 모양. 왕손초王孫草 들풀의 이름. 이별의 근심을 환기시키는 촉매로 쓰임. 유유悠悠 아득한 모양. 위수다爲誰多 누굴 위해 고운가?

병자호란 이후 심양 땅에 소현세자와 봉림대군을 볼모로 남겨두고 돌아오는 신하의 참담한 심회를 노래했다. 1, 2구에서 왕손초와 태자하를 말한 것은 이를 말하려 함이다. 왕손초는 들풀의 이름이다. 여기저기 자옥이 돋아난 왕손초는 왕손을 향한 내 그리움이다. 옛날 연(燕)나라 형가(荊軻)가 진시황 암살의 밀명을 받고 태자 단(丹)의 전송을 받으며 건넜대서 이름 붙은 태자하도 오랑캐에게 볼모로 붙잡힌 세자를 떠올린다. 같이 왔다가 혼자 돌아가는 길, 봄빛은 어찌 이리 속도 없이 고운가? 고운 봄빛 앞에 마음이 더 참담하다.

봄 산속

강백년 姜柏年, 1603-1681
〈산길山行〉

십 리 가도 사람 소리 들리지 않고
산은 비어 봄 새만 울음 우누나.
스님 만나 앞길을 물어보고는
스님 가자 다시금 길을 잃었네.

十里無人響　山空春鳥啼
십 리 무 인 향　산 공 춘 조 제
逢僧問前路　僧去路還迷
봉 승 문 전 로　승 거 로 환 미

인향人響 사람의 말소리. 제啼 새가 울다. 봉승逢僧 승려를 만나다. 환미還迷 도로 어지럽다.

가도 가도 산길이다. 사람 하나 만날 수 없다. 내 가는 이 길이 바른 길인지 전혀 엉뚱한 방향으로 잘못 든 것은 아닌지 종잡을 길이 없다. 남은 불안해 죽겠는데 산새는 제 얘기 좀 들어보라고 자꾸만 운다. 저만치서 스님 한 분이 걸어온다. 살았구나 싶다. 스님! 어디로 가려면 어찌해야 합니까? 이 길이 맞기는 맞는지요? 네! 잘 오셨습니다. 이대로 가시다가 저 작은 고갤 넘어서 갈림길이 나오면 오른쪽으로 가서 다시 조금 더 가서 이번엔 왼쪽으로 접어드십시오. 그런 다음엔 또. 네! 스님. 알겠습니다. 고맙습니다. 걸음이 가벼워져 댓바람에 고개를 넘어서니 갈림길이 보인다. 가만있자. 여기서 오른쪽이라 했던가, 왼쪽이라 했던가. 길은 여기서 다시 엉겨버리고 울상이 된 나그네는 봄 산속에서 마침내 영영 길을 잃고 만다.

용호

김득신 金得臣, 1604-1684
〈용호에서龍湖〉

묵은 나무 찬 구름 속
가을 산에 비 올 적에,
저문 강에 풍랑 일자
고기잡이 배 돌리네.

古木寒雲裏 秋山白雨邊
고 목 한 운 리 추 산 백 우 변
暮江風浪起 漁子急回船
모 강 풍 랑 기 어 자 급 회 선

한운寒雲 차가운 구름. 이裏 속. 어자漁子 고기잡이하는 사람. 회선回船 배를 돌리다.

강 건너 해묵은 숲이 찬 구름 속에 잠겼다. 가을 산에 흰 비가 내린다. 가뜩이나 쓸쓸하고 적막한데 저문 강물에 풍랑마저 높아진다. 아까부터 그물질하던 어부는 높아지는 물결을 보더니 황급하게 그물을 거두어 배를 돌린다. 강 건너 숲은 이제는 뵈지 않고 후드득 가을비는 방울이 굵어진다. 강물엔 풍랑이 거세져서 텅 빈 강이 마침내 어둠에 잠기고 만다.

긴 밤

김득신 金得臣, 1604-1684
〈여관에서 밤중에 읊다旅館夜吟〉

긴 밤 앉아서 잠 못 이루니
서리 기운이 갈옷을 뚫네.
종 재촉하여 안장을 얹자
달은 떠지고 별빛 희미해.

永夜坐不寐　霜威透褐衣
영 야 좌 불 매　상 위 투 갈 의
呼僮催鞴馬　月落衆星微
호 동 최 천 마　월 락 중 성 미

영야永夜 긴 밤. 불매不寐 잠들지 못하다. 상위霜威 서리의 위세. 투透 뚫고 들어오다. 갈의褐衣 거친 베로 지은 옷. 최催 재촉하다. 천마鞴馬 말에 안장을 얹다.

✤

여관 찬 구들에서 하룻밤을 묵었다. 소매 끝을 파고드는 한기로 밤새 잠 한숨 자지 못했다. 여기서 벌벌 떠느니 차라리 길 위에서 떠는 게 낫겠다 싶어 웅크려 잠든 하인 녀석을 깨워 길 떠날 채비를 재촉한다. 오싹한 추위에 진저리를 치며 밖을 내다보니 달은 벌써 서편에 기울었다. 새벽이 가까웠는지 별빛이 하늘에 창백하다. 가도 가도 길은 끝이 없고 세상 길엔 매서운 추위뿐이다.

금강산

송시열 宋時烈, 1607–1689
〈금강산金剛山〉

산과 구름 죄다 희니
구름 산을 분간 못해.
구름 가자 산만 남아
일만하고 이천 봉.

山與雲俱白　雲山不辨容
산 여 운 구 백　운 산 불 변 용
雲歸山獨立　一萬二千峰
운 귀 산 독 립　일 만 이 천 봉

구백俱白 모두 희다. 변용辨容 모습을 구별하다.

✤

금강산은 뼈만 하얗게 남아 개골산(皆骨山)이다. 흰 바위에 흰 구름이 어우러져 어느 것이 구름이고 어느 것이 산인지 분간하기 어렵다. 구름이 바람에 내몰리자 금강산 일만이천 봉우리의 웅자가 한눈에 드러난다. 장엄하다. 금강산 일만이천 봉이 본체라면 구름은 본체를 가리는 미망(迷妄)이다. 우리의 공부란 수시로 내 삶에서 미망과 집착을 걷어내 성성한 정신의 푯대를 높이 세우자는 것이다. 구름이 수시로 본체를 가려도 본체가 사라진 것은 아니다. 눈에 안 보여 분간을 못할 뿐이다. 정신을 더욱 벼려 허상에 매몰되지 않고 본질을 직시하는 형형한 정신을 잃지 말자.

두 모습

송시열 宋時烈, 1607-1689
〈멋대로 읊조림 漫吟〉

눈이 진흙 만나니 더러워지고
솔이 서리 맞으면 더욱 푸르지.
인정에도 두 가지 모습 있나니
이 일은 어느 쪽이 합당할는지.

雪遇泥還染　松迎霜益青
설 우 니 환 염　송 영 상 익 청
人情有兩樣　玆事孰稱停
인 정 유 량 양　자 사 숙 칭 정

설우니雪遇泥 눈이 진흙과 만나다. 환염還染 도로 더러워지다. 양양兩樣 두 가지 모양. 자사玆事 이 일. 칭정稱停 공정하고 합당함. 칭정(稱亭)으로도 쓴다.

흰 눈이 진흙탕에 떨어지면 함께 더럽혀진다. 서리 맞은 풀들이 모두 시들 때, 소나무는 독야청청 푸르다. 본래 타고난 고결한 바탕을 더럽혀 진흙 밭에 함께 뒹구는 인간이 있다. 평소엔 남과 다름없이 보이다가 역경 속에서 굳건한 정신이 더욱 빛나는 사람이 있다. 나는 어떤 사람인가? 진흙탕에 떨어진 흰 눈송인가? 서리 속에 외려 푸른 세한(歲寒)의 소나무인가?

노숙

정희교 鄭希僑, 17세기 초
〈들판에서 잠을 자며野宿〉

지는 해 먼 산에 내려앉으니
슬픈 바람 고목에서 일어나누나.
몇 리 가도 마을을 못 만났으니
밝은 달밤 들판에서 잠자야겠네.

落日下遙山 悲風生古木
낙 일 하 요 산 비 풍 생 고 목
數里未逢村 月明野中宿
수 리 미 봉 촌 월 명 야 중 숙

✤

노숙하는 나그네의 신산스런 마음이 잘 드러난 작품이다. 눈 앞에는 아득히 먼 산이 가로놓였고, 그 너머로 하루 해가 진다. 바람은 고목 사이를 지나면서 슬픈 비명을 지른다. 길은 아무리 가도 들판으로 이어질 뿐 세 집 사는 작은 마을조차 만날 수가 없다. 깊은 산속으로 들어가려니 산짐승이 무섭고 길 잃고 헤맬까 걱정이다. 결국 그는 더 나아갈 기운을 잃고, 그나마 환한 달빛을 동무 삼아 이 밤을 들판에서 노숙할 작정을 한다. 지친 발걸음, 허기진 배, 덮을 것 하나 없는 빈 들판 구석에 곤한 몸을 옹송그려 화톳불을 놓는다. 인생은 왜 이다지 차고 슬픈가?

고향 생각

김충신 金忠信, 인조조
〈여관에서 회포를 적다旅館書懷〉

만 리 길 언제나 나그네로
시절 상심 머리털 하얗다.
한밤 꿈은 기러기에 놀라고
농어에 스미는 고향 생각.

萬里長爲客　傷時鬢欲絲
만 리 장 위 객　상 시 빈 욕 사
鴈驚中夜夢　鱸入故鄕思
안 경 중 야 몽　노 입 고 향 사

장長 오래. 상시傷時 시절을 상심하다. 빈욕사鬢欲絲 살쩍이 세다. 노鱸 농어. 한나라 때 장한(張翰)이 고향 농어가 먹고 싶어 벼슬을 그만두고 떠난 뒤로, 농어는 고향 생각을 매개하는 의미가 있음.

✤

먼 길 떠돌다 여관에 묵는다. 세월은 좀체 나아질 것 같지 않고 떠돌이 근심에 머리만 센다. 지친 몸을 눕히자 가을밤 하늘을 기러기가 울며 난다. 기러기 울음소리에 잠이 확 달아난다. 따뜻한 남쪽을 찾아가는 기러기, 찬 가을에 타관을 떠도는 나그네. 고향 땅 농어는 살이 올랐겠지. 은처럼 회를 쳐서 장을 듬뿍 찍어 먹었으면 소원이 없겠다. 달아난 잠은 좀체 다시 오지 않고 달빛 드는 창을 보며 입맛만 다신다. 가족들과 오순도순 앉아 지난 얘기 할 날은 과연 올 것인지.

눈 오는 밤

남씨 南氏, 생몰 미상
〈손녀를 곡하며哭孫女〉

여덟 해를 살면서 일곱 해 앓아
돌아가 눕는 것이 네겐 편하리.
오늘 밤 눈까지 이리 오는데
어미 떠나 추운 줄 모르니 그게 슬프다.

八年七歲病　歸臥爾應安
팔 년 칠 세 병　귀 와 이 응 안
只憐今夜雪　離母不知寒
지 련 금 야 설　이 모 불 지 한

귀와歸臥 돌아가 눕다. 이爾 너. 지련只憐 다만 불쌍하다. 이모離母 어미를 떠나다.

✤

돌 지나며 시름시름 앓던 손녀가 여덟 살에 세상을 버리고 말았다. 할머니 아파! 하며 울고 보채던 손녀를 언 땅에 묻고 왔다. 그래 살아서 그토록 힘겹고 아플 양이면 지하에 편히 몸 뉘고 쉬는 것이 너를 위해 더 나은 일인지도 모르겠구나. 하지만 저렇게 눈이 오시는데, 너 누운 땅속은 한기가 뼈에 스밀 터인데 따스한 제 어미 품을 떠나 추운 줄도 모르고 그 깊은 어둠 속에 눈 감고 누워 있을 네 모습을 떠올리면 이 할미의 억장이 무너진다. 평소에 아무도 부인이 시를 짓는 줄 아는 사람이 없었다. 할머니의 이 시를 보고 온 식구가 또 울었다. 한 글자 한 글자마다 눈물이 뚝뚝 떨어진다.

매

이태서 李台瑞, 1614-1680
〈물가 바위 위의 한 마리 매磯上獨鷹〉

깃을 치며 아침에 굶주림 참고
물가 바위 위에 홀로 섰구나.
풀섶의 여우 토끼 볼 수가 없어
가마우지 하는 양을 배우려는 듯.

撲簌忍朝饑　磯頭獨立時
박 속 인 조 기　기 두 독 립 시
草間狐兎盡　猶應學鸕鷀
초 간 호 토 진　유 응 학 로 자

박속撲簌 깃을 치다. 조기朝饑 아침의 굶주림. 기두磯頭 물가의 바위 위. 호토狐兎 여우와 토끼. 노자鸕鷀 가마우지.

✤

물가 바위 위에 아침 내내 매 한 마리가 앉아 있다. 높은 뫼 부리 위에서 그 밝은 눈으로 사방을 쏘아보다가 여우 토끼가 눈에 띄면 반공으로 솟구쳐 화살처럼 내리꽂히는 것이 매의 용맹이다. 배는 고픈데 먹을 것은 없고, 하다 못한 녀석은 가마우지처럼 물가 바위에 앉아 지나가는 물고기라도 잡아먹어보려는 심산이다. 원래 매 한 마리가 홀로 서 있는 그림은 영웅독립도(英雄獨立圖)라고 부른다. 매를 나타내는 응(鷹)과 영웅의 영(英)이 중국 음으로 모두 '잉'으로 소리 나는 때문이다. 정작 그는 굶주린 매에게서 품은 바 큰 뜻을 펼칠 길 없어 안타까운 자신의 모습을 보았는지도 모르겠다.

남한산성

구음 具崟, 1614–1683
〈남한산성을 지나면서 過南漢〉

이 땅 새롭게 전쟁 겪은 뒤
우리 백성 백골이 많기도 해라.
날은 차고 달빛은 괴롭기만 해
깊은 밤엔 차마 못 지나겠네.

此地新經戰　東人白骨多
차 지 신 경 전　동 인 백 골 다
天寒月色苦　不忍夜深過
천 한 월 색 고　불 인 야 심 과

경전經戰 전쟁을 겪다. 불인不忍 차마 못하다.

병자호란이 끝난 뒤 남한산성을 지나다 본 광경을 노래한 것이다. 풀섶에 달빛 받아 희게 빛나는 것이 있다. 가만 보니 지난 전쟁 때 죽은 해골이다. 섬뜩해서 발걸음 재촉하자 이번엔 길가에 또 뼈가 뒹군다. 날씨는 차고 매운데 침침한 달빛이 고맙지 않고 괴롭다. 원한 맺힌 귀신의 호곡 소리가 귀에 들리는 것만 같다. 해골들이 일어나 내 발을 붙들 것만 같다. 남한산성 오르는 길, 길가에 널브러진 해골들 보니 그때의 아비규환이 어제 일처럼 되살아난다. 땅속에 묻히지도 못한 죄 없는 백성들 안쓰럽고 죄스러워 차마 발걸음을 뗄 수가 없다. 꼼짝할 수가 없다.

강 나무

처능 處能, 1617–1680
〈일 스님과 헤어지며別一上人〉

구름이 말끔히 걷힌 삼전도
백제의 옛 성엔 하늘이 높다.
봄바람에 갑자기 헤어지자니
강 나무에 이별의 정이 걸렸네.

雲盡三田渡 天高百濟城
운 진 삼 전 도 천 고 백 제 성
春風忽相別 江樹掛離情
춘 풍 홀 상 별 강 수 괘 리 정

삼전도三田渡 나루 이름. 병자호란 때 인조가 이곳에서 청에게 항복 문서를 바쳤다. 백제성百濟城 지금의 강서구 풍납동의 풍납토성을 가리킴. 괘掛 걸려 있다.

✤

스님이 스님과 헤어지며 지은 시다. 삼전도 나루터에 이르자 구름이 맑게 걷혔다. 그래서일까? 건너다뵈는 풍납토성 쪽 파란 하늘이 오늘따라 유난히 높다. 일— 스님과 헤어지려니 봄바람에 가뭇없이 흩날리는 버들가지처럼 도무지 마음을 가눌 길 없다. 속세의 이별 정은 다 마른 줄 알았는데 그게 아니었을까. 강가 나무 가지들 바람에 일렁일 적마다 내 마음도 함께 일렁인다. 출렁출렁한다.

저물녘

한우기 韓友琦, 1621-?
〈산골 마을의 저물녘 풍경山村暮景〉

밥 짓는 연기 집 위로 일고
숲 사이 새는 둥지 깃드네.
피리 빗겨 문 목동 아이는
소를 몰고서 산 내려온다.

屋上烟初起 林間鳥欲棲
옥상연초기 임간조욕서
牧童橫短笛 驅犢下山蹊
목동횡단적 구독하산혜

초기初起 막 일다. 조욕서鳥欲棲 새가 둥지에 깃들려 하다. 횡단적橫短笛 짧은 피리를 빗겨 불다. 구독驅犢 송아지를 몰다. 산혜山蹊 산길.

산 아래 초가지붕 위로 밥 짓는 연기가 피어난다. 뉘엿해진 해거름, 종일 놀기 바쁘던 새들이 주섬주섬 제 집을 찾아든다. 소 먹이던 아이는 아까부터 배가 고프다. 밥 짓는 연기에 시장기가 더하다. 소등에 올라타 산길을 내려온다. 바람은 쏴쏴, 냇물은 졸졸, 배부른 소는 움머움머, 뱃속에선 꼬르륵 꼬르륵. 배고픔을 지우려 피리를 빗겨 분다. 돌아보면 떡갈나무 숲 그림자가 성큼 짙어졌다. 산골의 하루해가 또 간다.

눈 오는 밤

김수항 金壽恒, 1629–1689
〈눈 오는 밤에 홀로 앉아雪夜獨坐〉

부서진 집 매운바람 스미어 들고
빈 뜰엔 흰 눈만 답쌓이누나.
근심 겨운 마음은 등불과 함께
이 밤사 더불어 재가 될거나.

破屋凄風入　空庭白雪堆
파 옥 처 풍 입　공 정 백 설 퇴
愁心與燈火　此夜共成灰
수 심 여 등 화　차 야 공 성 회

처풍凄風 매운바람. 퇴堆 쌓이다. 성회成灰 재가 되다.

진도 유배지에서 사약을 기다리며 지은 시다. 영의정의 신분에서 하루아침에 대역죄인으로 몰려 하늘 끝 바닷가로 귀양 왔다. 낡은 집 곳곳을 칼바람이 헤집는다. 추위가 뼈에 스민다. 빈 뜰엔 눈보라 속에서도 흰 눈이 쌓이고 또 쌓인다. 그래 세상의 은원(恩怨)은 저 흰 눈 속에 다 덮어버리자. 하지만 회오리바람 속에 흔들리면서도 바작바작 제 살을 태우는 등불 심지를 보노라면 다시금 분노로 애가 녹는다. 근심은 눈처럼 쌓여만 가고 마음은 심지 따라 탄다. 그는 다시 뭍을 밟지 못하고 그곳에서 사약을 받았다.

절집 생각

박세당 朴世堂, 1629–1703
〈광석사를 생각하며憶廣石寺〉

천 년 묵은 광석사
안개 노을 몇 겹 저편.
봄 오며 자주 꿈에
상방 종소리 들리는 듯.

廣石千年寺 烟霞隔幾重
광 석 천 년 사 연 하 격 기 중
春來頻入夢 疑聽上方鐘
춘 래 빈 입 몽 의 청 상 방 종

광석사廣石寺 절 이름. 기중幾重 몇 겹. 빈頻 자주. 빈번히. 의청疑聽 들리는 것만 같다.

광석사 가본 지도 오래되었다. 고개 돌려 돌아보면 안개 노을 너머로 사라지는 저 연봉들 너머 멀리 그리운 마음만 아득하다. 봄이 와서 땅이 풀리자 길 떠나고픈 생각 하루에도 몇 번씩 일어난다. 눈썹 흰 노스님은 여전하실까? 꿈속에서 자꾸만 나는 광석사 너럭바위에 앉아 있고 댕그렁댕그렁 허공에 부서지는 상방의 종소리 우렁우렁 들린다.

등불

허시형 許時亨, 1636-1707
〈미수 어르신을 찾아뵙고 訪眉叟宗丈〉

도굴산 서편으로 찾아뵈었지
깊은 등불 비바람 부는 저녁에.
침상 맡에 놓인 매화 한 그루
정 머금고 나그네를 맞이하는 듯.

相尋闍崛西 深燈風雨夕
상 심 도 굴 서 심 등 풍 우 석
牀頭一樹梅 含情若挽客
상 두 일 수 매 함 정 약 만 객

상심相尋 찾아가다. 상두牀頭 침상 머리. 함정含情 정을 머금다. 약若 마치 ~하는 듯. 만객挽客 손님을 끌어당기다.

✤

강원도 삼척부사로 있던 집안 어른인 미수(眉叟) 허목(許穆)을 방문하는 길이었다. 멀리서 깜빡이는 등불만 보며 도굴산 서편을 찾았다. 비바람 부는 저녁 어둠 속에 깜빡이는 등불이라 어째 꼭 선생의 상징만 같다. 세상은 깜깜하고 갈 길은 보이지 않는데 낯선 바닷가 고을에서 어른과 낯설게 해후한다. 묵묵히 절 올리고 마주 앉자 침상 맡에 분매(盆梅) 한 그루가 놓여 있다. 잔뜩 꽃망울이 부퍼 이제 막 몽우리가 터질 듯하다. 먼 길 오느라 수고했다고, 따뜻한 아랫목에 우선 몸 좀 녹이라고 환영하는 것 같다. 어둠 가운데 등불이 빛나고 추위 속에 꽃망울이 부푼다. 이제 조금 안심이 된다.

산촌

임방 任埅, 1640–1724
〈산골 마을山村〉

한 줄기 밥 짓는 연기 오르니
외론 마을 산자락에 자리 잡았네.
사립문 앞 해묵은 나무 가지에
나그네 말고삐를 매지 않았네.

一抹炊煙生　孤村在山下
일 말 취 연 생　고 촌 재 산 하
柴門老樹枝　不繫行人馬
시 문 로 수 지　불 계 행 인 마

일말一抹 붓으로 한 번 쓱 그은 것 같은 모양. 취연炊煙 밥 짓는 연기.
시문柴門 사립문. 불계不繫 묶지 않다.

산속에서 해가 넘어가면 어쩌나 하고 나그네는 노심초사했다. 오늘은 어디서 묵어가나 싶어 한 걱정이다. 겨우 산자락을 벗어나자 산 아래 쪽에서 밥 짓는 연기가 피어오른다. 갑자기 시장기가 확 끼쳐온다. 이제는 살았다 싶다. 고개를 빼어 내다본다. 다행이다. 그 집 사립문 앞 나무 가지에 묶인 말이 없는 것으로 보아 나보다 한발 앞서 하루 묵어가자고 문을 두드린 나그네가 없는 줄을 알겠다. 나그네는 휴 하고 가슴을 쓸어내린다. 시장기가 더욱 심해진다.

수종사

홍만종 洪萬宗, 1643-1725
<수종사에서 水鍾寺>

흰 구름 위 쓸쓸한 절
가을 강엔 밝은 달이.
다락에서 잠 못 드니
바람 이슬 밤에 차다.

蕭寺白雲上 秋江明月西
소 사 백 운 상 추 강 명 월 서
禪樓無夢寐 風露夜凄凄
선 루 무 몽 매 풍 로 야 처 처

소사蕭寺 호젓한 곳에 자리 잡은 절. 선루禪樓 절의 다락. 몽매夢寐 꿈꾸며 자다. 처처凄凄 춥고 쓸쓸한 모양.

✤

멀리 두물머리 한눈에 내려다뵈는 운길산(雲吉山) 흰 구름 위에 쓸쓸한 절집 하나 있다. 저 멀리 가을 강에 밝은 달이 떴다. 금물결 은물결이 치렁치렁 떠내려간다. 절집 다락에 앉은 나그네는 잠을 못 잔다. 밤들어 바람이 매워졌다. 난간에 듣는 이슬이 차다. 한기가 뼛속을 찌른다. 찬 강물 위 달빛처럼 풀어지는 생각이 하염없다.

새벽

이만원 李萬元, 1651–1708
〈옛 뜻古意〉

바람은 잔데 꽃잎은 지고
새 지저귀니 산 더욱 깊다.
흰 구름 함께 먼동이 트고
물은 밝은 달 함께 흐르네.

風定花猶落　鳥鳴山更幽
풍 정 화 유 락　조 명 산 갱 유
天共白雲曉　水和明月流
천 공 백 운 효　수 화 명 월 류

풍정風定 바람이 안정되다. 차분히 가라앉다. 화유락花猶落 그런데도 꽃은 오히려 진다. 산갱유山更幽 산은 더욱 고요하다. 화和 어우러지다.

밤새 중천을 비추던 달도 이제 서편에 기울어 시냇물 위에 피곤한 몸 씻기며 함께 떠내려간다. 흰 구름 한 자락을 슬쩍 들추면서 먼동이 터온다. 바람 한 점 없는 새벽, 이슬이 무거워 꽃잎이 진다. 새날이 밝았다고 부산떠는 새소리의 해맑은 울림으로 산은 더 그윽하다. 꽃잎 하나 지고 새 한 마리 울고 난 뒤 새날은 밝고 달빛은 떠내려갔다. 맑은 눈빛으로 가만히 지켜보는 눈길 하나 있다.

못가에서

김창흡 金昌翕, 1653-1722
〈멋대로 노래하다 漫詠〉

못가에 가만 앉았노라니
수면 스치며 바람이 온다.
병든 나뭇잎 숲에 있길래
하날 주워서 물결 띄우네.

寂寂臨池坐 風來水面過
적 적 림 지 좌 풍 래 수 면 과
高林有病葉 一箇委微波
고 림 유 병 엽 일 개 위 미 파

적적寂寂 아무도 없이 조용한 모양. 임지臨池 연못가. 위委 내맡기다. 물 위에 띄우다. 미파微波 가녀린 물결.

못가에 우두커니 앉아 못에 비친 하늘 그림자 보고 있는데, 풍경을 지우면서 바람이 온다. 그림자를 보지 말고 제 본 모습을 보아달라는 것이겠지. 그래 알았다. 곁에 뒹굴던 낙엽 하나 주워서 잔물결 위로 띄운다. 바람이 슬쩍 치고 지난 일렁임이 낙엽 위로 전해져 까딱까딱 흔들린다. 우리 한세상 살다 가는 일, 다 이런 것이 아닐까? 기쁠 일도 슬플 일도 없이 바람 따라 알맞게 흔들리면서.

시냇물

김창흡 金昌翕, 1653-1722
〈갈역에서의 이런저런 생각葛驛雜詠〉 2

양양히 흘러가는 푸른 시냇물
물결 따라 내 마음도 자욱해지네.
소양정 아래께에 다다라서야
바야흐로 곡운천과 합쳐지겠지.

碧澗洋洋去　隨波意森然
벽 간 양 양 거　수 파 의 삼 연
昭陽亭下到　方合谷雲川
소 양 정 하 도　방 합 곡 운 천

벽간碧澗 푸른 시내. 양양洋洋 큰 물이 거침없이 흘러오는 모양. 수파隨波 물결을 따라. 삼연森然 무성한 모양. 방합方合 그제야 합쳐진다.

콸콸 흘러 내려오는 푸른 시냇물. 너울너울 물결 따라 내 생각도 하염없이 떠내려간다. 깊은 산속에 적적하게 지내다 보니 혼잣말이 자꾸 늘어간다. 곁에 아무도 없지만 시냇물 위로 말을 건네고 저한테 하는 소리도 혼자 중얼거린다. 저 시냇물 흘러 흘러 소양정 아래 이르러 다시 곡운의 시내와 만나서 또 하염없이 흐르고 흘러 가족들 있는 서울 집에까지 다다르겠지.

달빛

김창흡 金昌翕, 1653-1722
〈갈역에서의 이런저런 생각葛驛雜詠〉 35

설악산을 건너온 저 밝은 달빛
초라한 사립문 안을 비추네.
빛 받음에 넓고 좁음 어이 따지리
마음속에 아무런 찌끼 없는 걸.

月自雪山來　照吾蓬戶裏
월 자 설 산 래　조 오 봉 호 리
容光何闊狹　靈府已無滓
용 광 하 활 협　영 부 이 무 재

자自 ~로부터. 봉호蓬戶 지게문. 활협闊狹 넓고 좁음. 영부靈府 마음. 무재無滓 찌꺼기나 앙금이 없다.

✤

설악산을 건너온 달빛이 초라한 내 집 사립문 안을 비춘다. 마당이 넓고 좁은 것이야 무슨 상관있겠는가? 달은 중천에 높이 떠서 제 빛을 아낌없이 나누어준다. 내 마음속 투명해서 아무 찌꺼기가 없지만 저 밝은 달빛이 그대로 나를 통과해서 더 깨끗이 헹궈낸다. 가만히 숨을 들이마시면 달빛이 내 안에 고이고 천천히 내쉬면 사방에 달빛이 퍼진다.

서글퍼지면

홍세태 洪世泰, 1653-1725
〈원원사의 승려와 작별하며別遠願寺僧〉

산은 서서 스님을 머물게 하고
시내 흘러 나그네 전송하누나.
뜬 인생 문득 서글퍼지면
이 명산을 다시금 찾으오리다.

丘立留僧住 溪流送客還
구 립 류 승 주 계 류 송 객 환
浮生却怊悵 更到此名山
부 생 각 초 창 갱 도 차 명 산

구丘 평지에 솟은 땅. 산언덕. 승주僧住 그곳에 거주하는 승려. 부생浮生 뜬 인생. 초창怊悵 서글프다. 갱도更到 다시 오다.

산을 닮은 스님은 산이 되어 산속에 산다. 우리같이 떠도는 인생들은 시냇물처럼 자꾸만 산 아래가 궁금하다. 나도 흐르다 어디선가 든든한 뿌리를 내리고 싶다. 부모 생각, 자식 걱정, 살다 보면 끼어드는 이런저런 근심들. 높은 뫼처럼 우뚝 서서 다 흘려보내고 싶다. 스님! 원기 얻고 갑니다. 뜬세상 사는 일 시답잖고 까닭 없이 모든 것이 허망해서 마음 가누지 못하게 되면 불쑥 다시 뵙지요. 한세상 사는 일이 쉽지가 않습니다. 참 힘이 들어요.

넋만

홍세태 洪世泰, 1653–1725
〈이숙장의 만사李叔章挽〉

아버진 병이 들어 알지 못하고
아들이 저물녘 나갔다고 말하네.
슬프다 한갓 관을 어루만지니
넋만 홀로 방으로 들어오누나.

阿爹病不知　只謂兒暮出
아 다 병 불 지　지 위 아 모 출
哀哀一拊棺　獨有魂入室
애 애 일 부 관　독 유 혼 입 실

아다阿爹 아버지에 대한 존칭. 지위只謂 다만 말한다. 애애哀哀 슬프다.
부관拊棺 관을 어루만지다.

✤

아끼던 벗 이숙장(李叔章)의 죽음을 애도한 시다. 병이 깊은 아버지는 자리보전을 하고 누웠다. 식구들은 노인마저 충격을 받아 쓰러질까 봐 아들의 죽음을 숨겼다. 인사하러 들어가 뵈니 정신이 어지러운 아버지는 아들 문상 온 것도 모르고, "조금 전까지 있더니 저녁때 마실 나간 모양이야!" 한다. 눈물을 삼키고 물러 나와 벗의 관 앞에 선다. 이 사람아! 이 사람아! 이 무정한 사람아. 사랑하는 사람들 곁에 두고 어이 멀리 혼자 떠날 생각을 했던가? 눈을 뜨게 이 사람, 뭐라 말을 좀 해보시게 이 사람! 큰 소리로 울지도 못하고 흐느끼는데 떠돌던 그의 넋이 가만히 방에 들어와 앉는다. 미안하이. 누구든 가는 길, 내 먼저 가네. 아버님, 그리고 남은 식솔들 자네가 잘 살펴봐 주시게.

작별

홍세태 洪世泰, 1653-1725
〈청송당에서 이수재와 작별하며聽松堂別李秀才〉

지는 해 시냇가서 작별을 하니
그댄 가고 물 또한 흘러서 간다.
봄 풀빛만 쓸쓸히 남아 있어서
적막히 근심에 젖게 하누나.

落日溪頭別　君歸水亦流
낙 일 계 두 별　군 귀 수 역 류
空留春草色　寂寞使人愁
공 류 춘 초 색　적 막 사 인 수

공류空留 다만 ~만 남았다. 사인使人 사람으로 하여금 ~하게 한다.

하루 해가 진다. 지는 해에 그대와 작별의 인사를 나눈다. 그렇게 그대는 황혼의 그늘 속으로 돌아가고 석양빛을 띄운 강물도 덩달아 떠내려간다. 지금 내 눈 앞에 분명히 있던 것들, 돌아보면 스러지고 없다. 그대도 가고 냇물도 가고 세월도 간다. 지금 눈앞에서 살랑이는 저 봄풀도 가을이면 덤불 되어 땅을 구르리라. 적막히 나 홀로 남아 갈 길을 잊고 서성거린다.

기러기

홍세태 洪世泰, 1653-1725
〈기러기 울음소리를 듣고聞雁〉

봄날 강남 갔던 기러기들이
줄지어 북으로 돌아들 간다.
올 적에 내 아우 못 보았더냐
어이해 너 함께 오지 않느냐.

春日江南雁　連行復北飛
춘 일 강 남 안　연 행 부 북 비
來時見吾弟　何事不同歸
내 시 견 오 제　하 사 불 동 귀

연행連行 연달아 가다. 하사何事 어인 일로. 어찌하여.

따뜻한 강남땅에서 추운 겨울을 난 기러기들이 봄을 맞아 편대를 지어 북녘으로 북녘으로 날아들 간다. 저 있던 곳 찾아가는 기러기 떼를 보다 남녘에 가 있는 아우 생각을 했다. 기러기는 계절 따라 오고 가는데 사람은 어이해 오지 못하나. 기러기야! 너는 내 아우를 만나보았겠지? 몸 성히 잘 있더냐? 올라온단 말 없더냐?

아침 이슬

김시보 金時保, 1658-1734
〈들 대나무野竹〉

대나무 숲 길 십여 리인데
산 끊긴 곳에 해 바퀴 붉다.
이슬에 젖은 들판의 빛깔
버들 덤불엔 안개 잠겼네.

野竹十餘里　山斷日輪紅
야 죽 십 여 리　산 단 일 륜 홍
露濕平蕪色　烟停老柳叢
노 습 평 무 색　연 정 로 류 총

일륜日輪 해 바퀴. 태양. 평무平蕪 들판. 연정烟停 안개가 머물다. 안개에 잠기다.

✤

먼동이 트기 전 길을 나섰다. 캄캄한 대숲 사이로 십여 리 길이 이어진다. 마침내 산길이 끝이 났다. 그때 들판 저편에서 붉은 해가 떠오른다. 빗겨서 붉어오는 대지가 눈부시다. 젖은 들판의 촉촉한 느낌마저 새롭다. 묵은 버드나무 덤불은 잠이 덜 깼는지 안개 이불을 여태 덮었다. 내 가는 앞길에 차츰 어둠이 가시고 안개가 걷혀가기를 희망한다. 산길이 끝나고 들판이 나오길 기대한다.

새벽 비

김보 金普, 숙종조
<비雨>

보슬비 새벽녘 부슬거리니
봉창은 적막하고 쓸쓸하기만.
나그네 출발 소리 가만 들으니
동틀 무렵 가까웠음 짐작하겠네.

細雨侵殘曉　蓬窓正寂寥
세 우 침 잔 효　봉 창 정 적 료
暗聞行子發　知是近平朝
암 문 행 자 발　지 시 근 평 조

세우細雨 보슬비. 침侵 침범하다. 잔효殘曉 이른 새벽. 봉창蓬窓 원래는 배에 난 창. 여기서는 소박한 창. 적료寂寥 적막하고 쓸쓸한 모양. 암문暗聞 가만히 듣다. 행자行子 길 가는 사람. 평조平朝 아침.

✤

늦게 든 곤한 잠이 새벽 보슬비 소리에 깼다. 어둠 속에서 빗소리를 듣고 있자니 외로움이 밀려온다. 오늘 저 비 맞으며 또 하루 길을 나설 생각 하니 마음부터 암담해온다. 고향 집에선 따뜻한 아랫목에 누워 내 꿈을 꾸고 있으려나? 추적추적 내리는 빗소리 따라 생각만 하염없다. 밖에서 두런거리는 소리가 들리고, 말이 힝힝대는 소리, 짐 꾸리는 소리가 들려온다. 이제 곧 날이 새겠구나. 나도 일어나 길 떠날 채비를 차려야겠다.

목동

이만부 李萬敷, 1664-1732
〈목동의 피리牧笛〉

더벅머리 꼬맹이
황소를 잘도 몬다.
저문 들엔 소리 남고
물을 건너 산자락에.

短髮尺餘兒　大牛能自領
단 발 척 여 아　대 우 능 자 령
晩郊留一聲　渡水入山影
만 교 류 일 성　도 수 입 산 영

척여아尺餘兒 한 자 남짓 되는 아이. 여기서는 작은 꼬맹이의 뜻. 자령自領 혼자서 몬다. 만교晩郊 늦은 시간의 교외. 도渡 물을 건너다.

조그만 목동 아이가 황소 등에 능숙하게 올라탔다. 작대기 하나로 툭툭 치기만 해도 집채만 한 황소는 큰 눈을 꿈벅꿈벅 하며 고분고분 말을 잘 듣는다. 거꾸로 타고 앉아 피리를 분다. 땅거미 내리는 들판에 피리 소리도 내려놓고, 첨벙첨벙 시내를 건너 산 그림자 어둑해진 산자락 속으로 조금씩 조금씩 지워져간다. 풀잎에 내린 피리 소리도 잠들고, 조잘조잘 말 많던 시냇물도 잠들고, 움머움머 하던 소 울음도 잠들고, 부스스한 더벅머리도 잠들어 세상엔 포근한 어둠이 깃든다.

낮잠

신희명 申熙溟, 1664-?
〈동쪽 교외東郊〉

빽빽한 숲길이 없나 걱정할 적에
앞이 훤히 열리더니 마을 나오네.
농부는 풀밭에서 잠이 곤해서
맑은 꿈이 들판 위를 맴돌고 있다.

樹擁疑無路　山開忽有村
수 옹 의 무 로　산 개 홀 유 촌
田翁眠藉草　淸夢繞平原
전 옹 면 자 초　청 몽 요 평 원

옹擁 빼곡하다. 의무로疑無路 길이 없을 거라고 생각하다. 면자초眠藉草 풀을 깔개 삼아 잔다. 요繞 둘러싸다. 맴돌다.

숲이 어찌 깊은지 걸음을 내딛기가 자꾸 망설여진다. 그나마 희미하던 길이 자꾸 숲속으로 지워진다. 이러다 길이라도 잃으면 어쩌나 싶어 은근히 조바심을 낼 무렵 갑자기 앞이 툭 터지더니 작은 마을이 눈에 들어온다. 휴 하고 마음이 놓인다. 가파른 산길을 내려서자 발걸음이 한결 가볍다. 들밭 가 풀밭에선 농부의 낮잠이 달콤하다. 태평스런 꿈이 푸른 들판 너머로 너울너울 번져간다.

냇가에서

권이진 權以鎭, 1668-1734
〈호계에서 떠오르는 대로虎溪卽事〉

지팡이 멈춰 산빛 보다가
고개를 돌려 물소리 듣네.
백사장에 선 하얀 갈매기
마주 보자니 맘 서로 끌려.

拄杖看山色 回頭聽水聲
주 장 간 산 색 회 두 청 수 성
白鷗沙上立 相對兩關情
백 구 사 상 립 상 대 량 관 정

주장拄杖 지팡이를 괴다. 멈춰 섰다는 의미. 회두回頭 고개를 돌리다.
관정關情 정이 끌린다.

가던 길이 시내와 만난다. 잠시 지팡이 짚고 서서 고개 들어 산빛을 본다. 깊고 푸르다. 그 푸르름 속으로 무작정 빨려드는데 자꾸 귀를 당기는 소리가 있다. 눈은 푸른 산빛에 시원해지고, 귀는 맑은 시냇물 소리에 해맑아진다. 하얀 백사장에 하얀 갈매기 한 마리가 아까부터 날 보고 있다. 넌 누구냐! 우리 같이 동무하자. 그래 좋다. 나는 여기서, 너는 거기서 서로 보며 길들이는 거야. 무작정 가까워져서는 좋은 친구가 될 수 없지. 거리가 필요한 법이지.

속도 없이

최창대 崔昌大, 1669-1720
〈두견이가 울다杜鵑啼〉

봄 가자 산꽃이 떨어지고
두견이 돌아가자 권하네.
하늘가 하많은 나그네들
떠가는 흰 구름만 바라보고.

春去山花落　子規勸人歸
춘 거 산 화 락　자 규 권 인 귀
天涯幾多客　空望白雲飛
천 애 기 다 객　공 망 백 운 비

자규子規 두견새. 권勸 권하다. 천애天涯 하늘가. 기다幾多 얼마나 많은. 공망空望 부질없이 바라보다.

꽃이 지니 봄은 갔다. 두견이는 자꾸만 불여귀(不如歸) 불여귀 하며 운다. 돌아감이 좋은 줄을 누가 모르니? 물색없이 울어대는 네 울음에 하늘가 떠도는 나그네들 애간장이 다 녹는다. 가고파도 못 가서 가슴 아픈데, 어쩌자고 자꾸 울어 심란케 하나. 두견이 울음은 여름 오는 숲에서 자꾸 들리고, 눈길만 고향 쪽 흰 구름을 뒤쫓는다. 가야지 가야지 하면서 못 간 세월이 꽤 되었다.

동묘

이병연 李秉淵, 1671-1751
〈관운장 사당關廟〉

하루 해 지는 동대문 지나
가을바람에 장사의 사당.
위태론 때에 필마 지나며
서글피 부는 휘파람 소리.

落日東城隅　秋風壯士廟
낙 일 동 성 우　추 풍 장 사 묘
時危匹馬過　寥落一長嘯
시 위 필 마 과　요 락 일 장 소

우隅 모서리. 귀퉁이. 장사묘壯士廟 장사의 사당. 여기서 장사는 관운장을 가리킨다. 시위時危 시절이 위태롭다. 요락寥落 쓸쓸하고 허전한 모양.

동묘는 지금도 동대문 밖 신설동에 있다. 《삼국지》의 영웅 관운장을 모신 사당이다. 임진왜란 때 온 명나라 군인들의 수호신이었던 그의 사당이 전쟁이 끝난 뒤 나라 여러 곳에 남았다. 안타까움 품고서 도성을 떠나다가 길가의 사당을 보고 통일을 보지 못한 채 원통히 죽은 관운장의 영령을 기린다. 가눌 길 없는 내 끓는 피를 긴 휘파람 노래에 부친다. 저물녘 땅거미 지는 어둑한 하늘 너머로 울려 퍼지는 소리가 처량하다.

비 오는 오후

이병연 李秉淵, 1671-1751
〈한낮의 비午雨〉

시든 파초 두드리는 소리 안 그쳐
참새도 무료히 앉아만 있다.
한줄기 우수수 내리는 비가
서창을 적막히 지나는구나.

破蕉喧未已 寒雀坐無聊
파 초 훤 미 이 　한 작 좌 무 료
一陣蕭蕭雨 西窓度寂寥
일 진 소 소 우 　서 창 도 적 료

파초破蕉 잎이 갈라지거나 부서진 파초. 훤喧 시끄럽다. 미이未已 끊이지 않다. 무료無聊 일 없이 심심한 모양. 소소蕭蕭 우수수.

창밖이 갑자기 소란스럽다. 무슨 일인가 싶어 내다보니 새로 서는 빗줄기가 파초 잎을 때린다. 굵은 빗방울을 못 이겨 파초 잎이 찢어진다. 다다다다 파초 잎을 튕기는 빗방울 소리. 그 아래 참새도 어쩔 수 없다는 듯이 멀거니 고개를 갸웃대며 앉아 있다. 아무도 찾지 않는 오후, 사랑채에 홀로 앉아 비에 젖는 뜨락을 바라보았다. 퍼붓던 비가 자락을 거두어 서창을 지날 때까지 적막함을 소스듬 견디며 앉아 있었다.

새벽의 교외

고시언 高時彦, 1671-1734
〈새벽녘 동쪽 성문을 나서며曉出東郭〉

새벽 산 여태 어렴풋하고
숲 속 바람은 매섭게 분다.
차가운 냇가 힝힝대는 말
남은 별들이 눈처럼 진다.

曉嶂尙依微　林風吹烈烈
효 장 상 의 미　임 풍 취 렬 렬
馬嘶臨寒流　殘星落如雪
마 시 림 한 류　잔 성 락 여 설

장嶂 몹시 가파른 산. 상尙 여태도. 여전히. 의미依微 희미하다. 열렬烈烈 매섭다. 시嘶 말이 울다. 잔성殘星 새벽 별.

동이 트기도 전에 동쪽 성곽을 벗어나며 본 풍경을 노래했다. 먼 산은 아직도 제 본모습을 보여주지 않는다. 그저 시커먼 그림자로 어둠을 드리울 뿐이다. 그 검은 그늘에서 매운 바람이 휘몰아쳐온다. 고개를 가슴에 파묻고 바람을 헤치며 간다. 찬 시냇물 가에 서자 오싹한 한기에 말도 히히힝거리며 뒷걸음질을 친다. 문득 고개를 들어 하늘을 보면 새벽 별이 흰 눈처럼 땅 위로 쏟아진다. 뼛속까지 차고 시원하다.

봄기운

윤순 尹淳, 1680–1741
〈선달臘月〉

선달이라 맑은 강굽이에
찬 매화 한 그루 피었네.
따스함 이로 좇아 나와서
온 세상 봄기운 돌아오리.

臘月淸江曲　寒梅一樹開
납 월 청 강 곡　한 매 일 수 개
陽和從此達　春氣滿天廻
양 화 종 차 달　춘 기 만 천 회

납월臘月 선달. 양화陽和 양(陽)의 화기(和氣). 종차從此 이로 좇아. 회廻 돌아오다.

찬 겨울 맑은 강 한 굽이가 굽어 돌아간다. 빈 하늘에 강물 빛이 더 파랗다. 강가에 홍매(紅梅) 한 그루가 환하게 꽃을 피웠다. 대지는 어디에 더운 기운을 숨겨두었다가 매화나무 가지 끝마다 불을 밝혀놓았나. 이제 저 꽃 등불을 시작으로 얼었던 대지는 제 살을 풀고, 땅속에 숨죽이고 있던 목숨들이 차차 기지개를 켜며 얼굴들을 내밀겠지. 지금은 상상조차 할 수 없는 기적 같은 일들이 순식간에 벌어져 여기저기 앞다퉈 생명을 예찬하겠지.

저녁 빛

오상렴 吳尙濂, 1680-1707
〈말 위에서馬上〉

모락모락 외딴 마을 밥 짓는 연기
들새의 서글피 우짖는 소리.
아스라이 저문 빛 밀려드는데
말 채찍 해 집으로 돌아가누나.

藹藹墟里煙　啾啾野禽語
애 애 허 리 연　추 추 야 금 어
蒼然暮色來　歸人策馬去
창 연 모 색 래　귀 인 책 마 거

애애藹藹 연기 같은 것이 자욱하게 피어나는 모양. 허리墟里 터만 남은 마을. 추추啾啾 참새 같은 것이 짹짹대는 모양. 창연蒼然 푸르스름하게. 아득하게. 책마策馬 말에 채찍질을 하다.

황폐한 마을에선 저녁 밥 짓는 연기가 모락모락 피어난다. 배고픈 들새는 둥지로 깃들지도 못하고 속으로 삼키는 소리가 슬프다. 산 너머 조금 남았던 석양빛의 여운이 점차 지워진다. 더 어둡기 전에 길을 서둘러야겠다. 마음이 조급해진 나그네는 애꿎은 말 등에 채찍을 놓는다. 그마저 어둠 속으로 조금씩 지워져간 뒤, 이윽고 밤이 왔다.

산 아래 마을

오상렴 吳尙濂, 1680-1707
〈중강을 방문하고訪仲剛〉

시냇가 길로 해는 저물고
산 아래 마을 외로운 연기.
주인은 나를 맞아 웃더니
말고삐 매고 사립문 드네.

落日溪邊路　孤煙山下村
낙 일 계 변 로　고 연 산 하 촌
主人迎我笑　繫馬入柴門
주 인 영 아 소　계 마 입 시 문

계변溪邊 냇가. 영迎 맞이하다. 맞아들이다. 계마繫馬 말고삐를 묶다.

✤

벗의 집을 찾아가는 길이다. 하루 해가 시냇물 위에서 붉게 탄다. 산 아래 마을에선 밥 짓는 연기가 오리오리 올라간다. 갑자기 시장하다. 이제 거진 다 왔겠지 싶다. 느닷없이 내가 들이닥치면 이 친구 놀라겠지? 늘 보고 싶었지만 만나지 못했던 친구. 해가 바뀌기 전에 한 번은 만나야지 싶어 발길을 서둘렀다. 이윽고 문간에 서서 "이리 오너라" 하고, 놀란 친구 버선발로 달려나오고, "아니 이게 웬일인가? 기별도 없이" 하며 손을 맞잡아 흔들고, 사립문 밖에는 말 한 마리만 덩그러니 남았다.

늙은 소

정내교 鄭來僑, 1681-1757
〈늙은 소老牛〉

있는 힘 다해 산밭을 갈고
나무에 매여 외로이 우네.
어찌 해야만 개갈(介葛)을 만나
뱃속에 든 말 얘기하려나.

盡力山田後　孤鳴野樹根
진 력 산 전 후　고 명 야 수 근
何由逢介葛　道汝腹中言
하 유 봉 개 갈　도 여 복 중 언

진력盡力 있는 힘을 다해. 고명孤鳴 외로이 울다. 개갈介葛 소의 말을 능히 알아들었다는 고대의 인물 개갈로(介葛盧). 복중언腹中言 뱃속의 말.

✤

늙은 소 한 마리가 들판 밭두둑 가 나무 밑동에 매여 있다. 하루 종일 비탈진 산비알 험한 밭을 갈았다. 배는 고프고 힘은 빠져 서 있는 두 다리가 후들후들 떨린다. 평생을 이렇게 살아왔다. 하지만 남은 것은 굶주림과 뼈만 남은 마른 몸, 그럴수록 더 고된 노동뿐이다. 3구의 개갈(介葛)은 개갈로(介葛盧)의 줄임말이다. 춘추 시대 개국(介國)의 임금으로, 소의 언어를 능히 알아들었다는 사람이다. 내 말을 알아들을 개갈로 같은 사람이 있다면 내 가슴속에 묻어둔 하소연 서리서리 펼쳐내 들려주고 싶다. 결국은 이룬 것 없이 삶만 고달팠던 자신의 푸념을 소에 슬쩍 얹어본 것이다.

산해경

신유한 申維翰, 1681- ?
〈동음현감 임용에게 부치다寄洞陰任使君瑢〉

산 남쪽엔 열 이랑 밭

됫박만 한 집을 짓고.

《산해경》을 펴들고서

세상 밖을 노니노라.

山南十畝田　築室如斗大
산 남 십 무 전　축 실 여 두 대

手展山海經　神遊八荒外
수 전 산 해 경　신 유 팔 황 외

십무十畝 열 이랑. 좁은 땅뙈기를 가리키는 표현. 축실築室 집을 짓다. 두대斗大 됫박만 한 크기. 수전手展 손으로 펴다. 산해경山海經 고대의 신화적 상상력을 담은 지리서. 신유神遊 정신으로 노닐다. 팔황八荒 팔방(八方)과 같다. 온 세상.

편지 잘 받았네. 어찌 지내냐고 물었더군. 뭐 별일이야 있겠는가? 산비알에 작은 텃밭 일구고, 정말이지 들어가 누우면 벽에 머리 닿고 발에 문지방이 닿는 코딱지만 한 집 짓고 잘 살고 있네. 씨도 뿌리고 김도 매고 흥이 나면 산길 따라 뒷짐 지고 마실도 다니며 그렇게 지내고 있네. 밤중엔 등불 앞에 앉아 온통 신기한 나라 이야기뿐인 《산해경》을 펼쳐들고 이 숨 막힐 듯 좁아터진 땅덩어리 밖 저 아득한 상상의 세계 속으로 정신만 훌쩍 놀러 갔다 오곤 하지. 가슴에 구멍 뚫린 사람들이 사는 천흉국(穿胸國), 눈이 하나뿐인 일목국(一目國), 이런 나라 사람들 만나는 재미로 살고 있네. 자네 고을살이 하는 동음(洞陰)은 그래 지내기가 어떠하신가? 설마 문서에 찌들어 읽고픈 책도 못 읽고 술 푸념이나 하고 있는 건 아니겠지?

흰 구름

신유한 申維翰, 1681-?
〈적천사로 방장이신 영선사를 찾았다가磧川寺過方丈英禪師〉

바위 쓸고 물가에 앉아 있다가
어디서 오시느냐 물어보았지.
스님 말이 머무는 곳 어데도 없고
흰 구름 짝하여 갈 뿐이라고.

掃石臨流水　問師何處來
소 석 림 류 수　문 사 하 처 래
師言無所住　偶與白雲回
사 언 무 소 주　우 여 백 운 회

소석掃石 바위 위를 쓸다. 문사問師 스님에게 묻다. 무소주無所住 머물러 사는 곳이 없다. 우偶 짝을 삼다.

✤

물가 너럭바위를 쓸고 물가를 내려다보며 앉았는데, 적천사 방장 스님이 지나간다. 슬쩍 장난기가 동해 "스님! 어디서 오시는 게요?" 했다. "오기는 어디서 오고 가기는 어디로 갑니까? 그저 일정하게 머무는 곳 없으니 가는 곳이 내 있을 곳일 뿐, 어디서 와서 어디로 가는 분별은 놓은 지 오래입니다. 그저 저 흰 구름처럼 바람 따라 이 산 저 뫼 떠돌아다닐 뿐이지요. 바위는 늘 그 자리에 있어도 흐르는 물이야 다시 돌아오는 법이 없지요."

꽃그늘

신유한 申維翰, 1681–?
〈김직산에게 화답함和金稷山〉

붉은 난간 초록 연못 굽어다 보니
햇볕은 난초를 가만 비추네.
그 속에 거문고를 연주하는 이
두건도 삐뚜름 꽃그늘 앉아.

朱欄俯綠池　日照幽蘭靜
주 란 부 록 지　일 조 유 란 정
中有鼓琴人　欹巾坐花影
중 유 고 금 인　의 건 좌 화 영

주란朱欄 붉은 칠을 한 난간. 부俯 아래를 굽어보다. 유란幽蘭 숨어 있는 난초. 고금鼓琴 거문고를 연주하다. 의건欹巾 두건을 삐뚜름하게 쓰다. 화영花影 꽃그늘.

붉은 난간에 기대 초록 연못을 내려다본다. 햇살은 살며시 내려와 난초를 가만히 비춘다. 아무것도 움직이지 않는 오후. 두건을 삐딱하게 쓴 한 사람이 꽃그늘에 앉아 거문고 줄을 고르고 있다. 둥기둥 현 위로 손가락이 리듬을 타자 초록 연못이 일렁이고 햇볕이 반짝인다. 조용하던 난초 잎새들이 수런수런 깨어나기 시작한다.

빗질

임창택 林昌澤, 1682-1723
〈가을의 회포秋懷〉

골 어귀 가을 소리 밀려들오니
흰 서리 풀잎에 가득하구나.
칼 판 뒤 하염없이 흐르는 눈물
맑은 새벽 흰머리 빗질하노라.

谷口秋聲來 飛霜滿幽草
곡 구 추 성 래　비 상 만 유 초
賣劍千行淚 淸晨白髮掃
매 검 천 행 루　청 신 백 발 소

곡구谷口 골 어귀. 유초幽草 그윽한 풀. 매검賣劍 칼을 내다 팔다. 천행千行 천 줄기. 청신淸晨 맑은 새벽. 소掃 청소하다. 여기서는 빗질하다.

숨어 사는 깊은 산골에도 어김없이 가을은 쳐들어왔다. 새벽녘엔 풀잎마다 서리가 하얗다. 맑은 새벽 일어나 머리를 빗는다. 평생 아껴 보듬던 보검을 남에게 팔았다. 백수로 늙었으니 칼은 지녀 무엇하랴. 하지만 늘 벽에 걸린 채 때를 기다리던 보검이 내 손을 떠나자 허탈함을 견딜 수가 없다. 칼을 돈으로 맞바꿔서 양식 사고, 한두 끼니 고깃국을 끓여 먹는다 해도 돌이킬 수 없는 내 청춘의 꿈은 또 어찌하는가. 빗질하는 손끝 따라 흰 머리털이 바닥에 떨어진다. 내 굵은 눈물도 뚝뚝 떨어진다.

다리

김이만 金履萬, 1683–1758
〈눈 온 시내에 다리는 끊기고雪澗橋斷〉

남쪽 마을 북쪽 마을
눈 온 시내 한 줄기 길.
끊긴 다리 걱정 없네
버들 잡고 건널 테니.

南村復北村 雪澗一條路
남 촌 부 북 촌 설 간 일 조 로
橋斷不須愁 臥柳亦堪渡
교 단 불 수 수 와 류 역 감 도

부復 다시금. 설간雪澗 눈에 덮인 시내. 일조一條 한 줄기. 불수수不須愁 모름지기 근심할 것 없다. 감도堪渡 건널 만하다.

얼어 눈 덮인 시내가 한줄기 길처럼 남촌과 북촌을 이어놓았다. 다리는 애초에 끊긴 지 오래다. 가을 태풍에 쓸려 내려갔겠지. 하지만 걱정은 없다. 그때 바람에 쓰러져 누운 시냇가 버드나무가 다리 대신 냇물 위로 척 걸쳐져 있으니 말이다. 나 올 줄 알고 누워서 기다린 버드나무야 고맙다. 눈으로 내 갈 길을 알려준 시냇물도 고맙다. 언제나 낯선 길 찾아 헤매지만 무섭지 않다. 겁날 것 없다.

소 타는 맛

권만 權萬, 1688–1749
〈소를 타고서騎牛〉

소 타는 재미 몰랐었는데
말 없고서야 알게 되었네.
길고 긴 교외 십 리 길에서
봄 해와 함께 느지렁댔지.

不識騎牛好　今因無馬知
불식기우호　금인무마지
長郊十里路　春日共遲遲
장교십리로　춘일공지지

불식不識 알지 못했다. 기우騎牛 소를 타다. 인무마因無馬 말이 없음으로 인하여. 말이 없는 바람에. 지지遲遲 느릿느릿한 모양.

말을 잃고 별수 없어 쇠등에 올라탔다. 이려 이려! 고삐를 잡고 끄떡끄떡 십 리 교외 길 나들이를 나섰다. 봄날의 오후는 시간도 더디 가고 내가 탄 소는 서두를 줄 모른다. 뉘엿뉘엿 끄떡끄떡 느지렁느지렁. 바쁠 것 없다 천천히 가자. 말 타고 신 나게 내달릴 적엔 봄날의 햇살이 이다지 포근한 줄을 미처 알지 못했다. 뒤도 돌아보지 않고 앞으로만 내달리는 동안, 뒤처질까 봐 조바심을 내는 사이, 고운 봄 햇살 다 떠내려 보냈다. 나는 너무 바빴다. 돌아볼 줄 몰랐다. 쇠등에 올라타 끄떡이다가 문득 깨닫는다.

뱁새

정석경 鄭錫慶, 1689-1729
〈매화가지 위의 뱁새를 읊다咏梅上鷦鷯〉

그물눈 촘촘해 걸릴까 싶어
작은 놈도 날개를 퍼덕이누나.
설령 매화가지 빌려준대도
마침내 네가 편히 쉴 곳 아닐세.

絓羅應密網 麼眇亦飛翰
괘 리 응 밀 망 마 묘 역 비 한
縱借梅枝一 終非爾所安
종 차 매 지 일 종 비 이 소 안

괘리絓羅 걸려들다. 밀망密網 그물이 촘촘하다. 마묘麼眇 조그만 녀석. 뱁새를 가리킴. 한翰 날개. 종차縱借 설령 빌려준다 한들. 종비終非 마침내 아니다. 이爾 너.

뭔가 불편한 심기가 느껴진다. 봄 맞은 매화 가지 위에서 조그만 뱁새 한 마리가 깝죽거리고 있다. 그물 줄이 촘촘해 다른 새들이 겁먹고 안 오는 동안, 하도 작아 그물에도 걸리지 않을 뱁새만 와서 찧고 까분다. 모처럼 뜻을 펼쳐보겠노라고 날개깃을 퍼덕이며 이 가지 저 가지 제멋대로 오르내린다. 뱁새야! 여긴 네 놀 곳이 못 된다. 딴 데 가서 놀아라. 아마도 얼어붙은 정국을 틈타 갑자기 출세한 소인배 하나가 겁도 없이 함부로 설쳐대는 양을 보다가 눈꼴이 시어 지은 시지 싶다.

말없이

남극관 南克寬, 1689-1714
〈이런저런 생각雜題〉

자리 옆에 더위가 물러가더니
처마 틈의 그늘이 옮기어간다.
온종일 묵묵히 아무 말 없이
정 빚어 한 편의 시를 짓는다.

座隅覺暑退 檐隙見陰移
좌 우 각 서 퇴 첨 극 견 음 이
竟日默無語 陶情且小詩
경 일 묵 무 어 도 정 차 소 시

좌우座隅 자리의 귀퉁이. 서퇴暑退 더위가 물러가다. 첨극檐隙 처마 틈새. 음이陰移 그늘이 옮겨가다. 경일竟日 종일. 도정陶情 정을 빚다.

더운 여름, 닫힌 방 안이 푹푹 찐다. 한낮을 넘기고 해가 뉘엿해지자 더위도 조금 수그러드는 눈치다. 처마 틈새로 해를 따라 그림자가 옮겨가는 것이 보인다. 나는 하루 종일 한 마디도 하지 않았다. 다만 말없이 앉아 있었던 것일 뿐, 아무 일도 하지 않은 것은 아니다. '도정(陶情)', 즉 도자기를 빚듯이 마음속에 뭉게뭉게 일어나는 수만 가지 상념을 빚어 한 편의 시를 가다듬고 있었다. 그는 25세의 젊은 나이로 요절했다. 평생 질병으로 바깥출입을 않고 살다 갔다. 그의 쓸쓸하고 외로웠던 삶이 이 한 수 시에 다 녹아 있다.

비 갠 뒤

남극관 南克寬, 1689-1714
〈떠오르는 대로卽事〉

뒷짐 지고 행약(行藥) 하곤
마음 맑혀 책을 덮네.
봄 저문 뒤 꽃은 지고
비 개자 새가 운다.

負手時行藥　澄心乍卷書
부 수 시 행 약　징 심 사 권 서
落花春暮後　啼鳥雨晴初
낙 화 춘 모 후　제 조 우 청 초

부수負手 손을 뒤로 하여 뒷짐 지다. 행약行藥 약 기운이 돌게 하려고 움직이는 것. 징심澄心 마음을 맑게 하다. 사乍 잠깐. 권서卷書 책을 덮다. 우청雨晴 비가 개다.

약을 마시고 약 기운 돌라고 뒷짐 진 채 방 안을 서성거린다. 조금 어지럽기에 다시 책상 앞에 앉아 책 덮고 눈을 감으니 마음이 다시 맑아진다. 이 투명한 느낌을 뭐라 말해야 좋을까? 문득 바깥이 궁금해서 방문을 열면 꽃은 땅 위에 떨어지고 없다. 오후 들어 자울자울 내리던 비가 긋고 한결 짙어진 초록 속에서 새가 우짖는다. 한 봄이 또 갔다.

낙엽 위

남극관 南克寬, 1689-1714
〈풍암정재의 가을 노래 楓巖靜齋秋詞〉

서리 잎은 알록달록
멀리 보니 비단 같다.
말을 잊고 빈집 앉아
낙엽 위 빗소리 듣네.

霜葉自深淺　總看成錦樹
상 엽 자 심 천　총 간 성 금 수
虛齋坐忘言　葉上聽疎雨
허 재 좌 망 언　엽 상 청 소 우

심천深淺 짙고 얕다. 총간總看 통째로 보다. 금수錦樹 비단으로 수놓은 나무. 허재虛齋 빈집. 망언忘言 말을 잊다. 소우疎雨 성근 비.

서리 맞은 잎은 짙은 색 엷은 색으로 알록달록 온통 옷을 갈아입었다. 멀리서 보니 한 그루 나무가 한 폭의 수놓은 비단 같다. 빈집에 말없이 혼자서 앉아 있다. 아까부터 자꾸 한쪽 귀가 밖으로 기우는 것은 잎새 위로 떨어지는 성근 가을 빗소리를 들으려 함이다. 이 비 그치면 하늘은 더 푸르게 높아져 잎새들 나무를 떠나겠구나. 바람에 구르는 낙엽처럼 목적지 없이도 길 떠날 차비를 해야겠구나.

꽃만

정우량 鄭羽良, 1692-1754
〈제미원 벽 위에 쓰다題濟美壁上〉

벼슬 얻어 가는 건 봤어도
그만두고 오는 건 못 봤네.
제미원(濟美院) 빈 뜰의 꽃나무
봄바람에 혼자서 피었다.

但見作官去 不見休官來
단 견 작 관 거 불 견 휴 관 래
空院有花樹 春風他自開
공 원 유 화 수 춘 풍 타 자 개

휴관休官 벼슬을 그만두다. 공원空院 빈집. 타他 그. 여기서는 꽃나무.

원(院)은 나랏일로 출장하는 관리들이 묵어 자고 가는 곳이다. 막상 묵고 보니 혼자뿐이다. 봄바람 맞고 꽃이 활짝 피었다. 혼자 피다 질 꽃을 보자 오히려 마음이 애잔하다. 세상길은 늘 부산하고 바쁘기만 해서 꽃나무에 눈길 줄 여유가 없다. 벼슬길에 나가게 되어 기쁘다는 사람은 봤어도, 그만두고 내려오니 후련하단 사람은 못 봤다. 장안의 벼슬길은 늘 먼지만 자옥하고 전원은 날로 황폐해져만 간다. 아! 어이 돌아가지 않으리.

타향에서

정우량 鄭羽良, 1692-1754
〈송백당에 쓰다題松栢堂〉

변방에 가을이 쳐들어와서
타향서도 달빛은 누각 비추네.
노랫소리 피리 소리 올라 듣자니
마치도 낙교(洛橋) 어귀 서성이는 듯.

絕塞秋侵客　他鄕月照樓
절 새 추 침 객　타 향 월 조 루
登臨聽歌吹　頗似洛橋頭
등 림 청 가 취　파 사 락 교 두

절새絕塞 궁벽한 변방. 침객侵客 나그네를 침범하다. 가취歌吹 노래와 피리 소리. 파사頗似 자못 비슷하다. 낙교洛橋 서울 청계천에 있던 다리.

북녘이라 가을이 빨리 찾아왔다. 차고 서늘한 기운이 나그네의 뼈에 저민다. 타관에서 보는 달빛은 마음마저 애잔하다. 마음을 못 가누고 누다락에 올라 술 한잔 기울인다. 피리 반주에 맞추어 부르는 노래 한 곡조, 달빛을 타고 멀리 퍼져나간다. 눈을 감고 그 노랫소리를 듣고 있으려니 마음은 어느새 서울 낙교(洛橋)의 달빛 아래 벗들과 어울려 노닐던 그 시절로 돌아가 있다. 나는 차마 눈을 뜨지 못한다.

물고기

이광사 李匡師, 1705-1777
<시내의 물고기를 경계함警溪魚>

도랑 고기 숨어 보니
사람 겁내 이리저리.
바다 어귀 저 너머니
가서 맘껏 노닐으렴.

隱見小溪魚　猜人不定居
은 견 소 계 어　시 인 불 정 거
海門無百里　宜去好寬舒
해 문 무 백 리　의 거 호 관 서

은견隱見 숨어서 보다. 시인猜人 사람을 의심하다. 불정거不定居 거처를 정하지 못하다. 무백리無百里 백 리도 채 되지 않는다. 의宜 마땅히. 관서寬舒 마음껏 뜻을 펼쳐 노닐다.

시냇가에 서니 물고기가 제법 많다. 다가서자 화들짝 놀라 이리저리 흩어진다. 숨어서 가만히 지켜보아도 도무지 마음이 놓이지 않는다는 듯 안절부절못하고 왔다 갔다 한다. 좁은 물에서 좌고우면(左顧右眄) 전전긍긍할 것 없다. 조금만 더 내려가면 드넓은 바다가 나올 테니 거 가 놀아라. 아무 걸림도 없고 널 노리는 사람도 없을 테니 거기 가 살려무나. 그렇게 의심이 많아 가지고서는 원. 알 수는 없지만 말투로 보아 시인은 의심 많은 누군가에게 뭔가 하고픈 말이 있었던 게다.

꽃보다

남유상 南有常, 1696-1728
〈연밥 따는 노래采蓮曲〉

물 건너 연꽃을 캐러 가
손에다 꽃 들고 왔다네.
님 만나 짓궂게 물었지
꽃이 나만큼 예쁘냐고.

隔水采蓮花　歸來花在手
격 수 채 련 화　귀 래 화 재 수
逢郞聊問道　花得似儂否
봉 랑 료 문 도　화 득 사 농 부

격수隔水 물 건너편. 채采 캐다. 따다. 봉랑逢郞 님과 만나다. 요聊 애오라지. 문도問道 말하며 묻다. 사농부似儂否 나와 닮았는지 닮지 않았는지.

호수 저편 가득 연꽃이 벙그러졌다. 쪽닥배를 몰고서 연꽃 따러 간다. 예쁜 연꽃 손에 들고 돌아오는데 물가로 님이 지나간다. 짓궂은 생각이 나서 공연히 가던 님을 불러 세우고 묻는다. 꽃이 예뻐요, 내가 예뻐요? 초록 물결은 배 밑에서 찰랑대고 물 위에 어린 님 그림자는 일렁인다. 꽃이 예뻐요, 내가 예뻐요? 꽃이 예뻐요, 내가 예뻐요? 물결 위로 메아리처럼 퍼져가는 목소리. 아름다운 풍경 속에 어여쁜 사랑이 익어간다.

봄비

남유상 南有常, 1696-1728
〈봄비春雨〉

봄비 실낱같아
밤 깊어도 몰랐네.
새소리 변하더니
살구꽃 가득 폈다.

春雨細如絲　夜深人不知
춘 우 세 여 사　야 심 인 불 지
幽禽變初語　杏花開滿枝
유 금 변 초 어　행 화 개 만 지

세細 가늘다. 유금幽禽 숨은 새. 초어初語 애초에 내던 소리. 행화杏花 살구꽃.

✤

실비가 사분사분 밤새 내렸다. 애초에 소리가 들리잖아 비가 온 줄도 몰랐다. 아침에 우짖는 새소리가 어째 전과 다르다. 은쟁반에 구슬 구르듯 하던 목소리가 날카롭게 즉즉 찢어진다. 어느새 번식기가 되어 신경이 날카로워진 것이다. 깜짝 놀라 창문을 열어보니 밤새 내린 봄비 맞고서 나무 가득히 살구꽃이 흰 꽃망울을 일제히 터뜨렸다. 마당에 난데없는 꽃잔치가 벌어졌다.

문수사

박태욱 朴泰郁, 18세기 初
〈문수사에서文殊寺〉

갈바람 붉은 나무 뉘엿도 한데
나그네 누각에 올라앉았네.
묏부리 파도인 양 내달리노니
외론 암자 안온하기 배와 같구나.

秋風紅樹晩 客子坐禪樓
추 풍 홍 수 만 객 자 좌 선 루
列峀奔如浪 孤庵穩似舟
열 수 분 여 랑 고 암 온 사 주

홍수紅樹 붉게 단풍이 든 나무. 객자客子 나그네. 열수列峀 늘어선 산. 분奔 내닫다. 내달리다. 온穩 편안하다.

늦가을에 북한산 문수봉 중턱에 자리 잡은 문수사에 올랐다. 나무는 온통 붉은 잎을 매달고 바람에 일제히 흔들린다. 해도 어느덧 뉘엿해 오는데 누각에 올라 툭 터진 시야를 내려다본다. 이 골 저 골 열 지어 선 연봉들이 마치 층층 파도처럼 밀려든다. 사람이 찾지 않는 고즈넉한 암자, 난간에 가만히 앉아 있자니 물결 잔 바다 위에 뜬 한 조각 배에 올라탄 것만 같다.

베짱이

홍양호 洪良浩, 1724-1802
〈베짱이 促織〉

온종일 숲 속서 울더니
밤 내내 베개맡 우누나.
짠 베가 얼만지 몰라도
북 바디 소리만 내누나.

盡日林中響　通宵枕底鳴
진 일 림 중 향　통 소 침 저 명
不知織多少　長作弄梭聲
불 지 직 다 소　장 작 롱 사 성

향響 소리를 내다. 울다. 통소通宵 밤새도록. 직織 베를 짜다. 장작長作 늘 낸다. 농사성弄梭聲 베를 짤 때 북을 놀리는 소리.

찌익 짝! 찌익 짝! 베짱이가 운다. 하루 종일 숲에서 울리던 그 소리가 어느새 베개 밑으로 숨어 들어와 밤을 새워 찌익 짝 찌익 짝 북 바디를 좌우로 던지며 베를 짠다. 낮에도 짜고 밤에도 짰으니 베짱이가 짠 베는 얼마나 될까? '촉직(促織)'은 베 짜기를 재촉한다는 뜻이고, 음으로는 베짱이, 즉 여치의 울음소리를 음차(音借)한 것이다. 베짱이의 울음소리가 마치 베를 짤 때 실꾸리를 감은 북 바디를 이쪽저쪽 던질 때 나는 소리와 비슷하기 때문에 떠올린 연상이다. 베개맡에서 베짱이가 울 때마다 조금씩 길어지는 삼베의 길이를 연상하며 불면의 가을밤이 깊어간다.

노랫소리

박윤원 朴胤源, 1734-1799
〈소나무 달빛에 나무꾼의 노래松月樵歌〉

띠집엔 밥 짓는 연기 그치고
저물자 새들도 둥지로 든다.
나무꾼 둥두렷 밝은 달 보며
긴 노래로 푸른 산 내려오누나.

茅屋炊烟歇　日暮飛鳥還
모 옥 취 연 헐　일 모 비 조 환
樵客見明月　長歌下青山
초 객 견 명 월　장 가 하 청 산

모옥茅屋 띠집. 초가집. 취연炊烟 밥 짓는 연기. 헐歇 그치다. 초객樵客 나무꾼.

나무하다 해가 저물었다. 너무 높은 데까지 올라온 걸까? 한 짐 가득 지게에 얹어놓고 깜빡 든 잠이 길어진 걸까? 산 아래 마을에선 밥 짓는 연기도 올라오지 않는다. 밥때가 훨씬 지난 것이다. 배에서는 꼬르륵 소리가 진동을 한다. 새들은 어둠이 제 둥지를 집어삼키기 전에 귀가를 서두른다. 나도 어서 가야지. 그런데 웬걸! 해 지자 달이 뜬다. 동편 산마루 위를 허위허위 올라온 둥근 달이 고개를 빼끔 내민다. 지워져 가던 산길이 갈피갈피 훤해진다. 흥겨워진 나무꾼의 입에서 장타령 한 자락이 저도 몰래 흘러나온다. 배 속이 텅 비어 소리는 더욱 맑게 울린다. 달빛 스민 푸른 산을 달빛 타고 내려온다. 선율 타고 내려온다.

혹한(酷寒)

박지원 朴趾源, 1737-1805
〈지독한 추위極寒〉

북악산 창처럼 깎아지르고
남산의 소나무 검은빛일세.
솔개가 지나가자 숲 움츠리고
학 울자 저 하늘이 푸르러지네.

北岳高戌削　南山松黑色
북 악 고 수 삭　남 산 송 흑 색
隼過林木肅　鶴鳴昊天碧
준 과 림 목 숙　학 명 호 천 벽

수삭戌削 높이 우뚝 솟은 모양. 준隼 솔개. 숙肅 긴장하여 움츠림. 호천昊天 넓은 하늘.

북악산이 오늘 따라 창처럼 날카롭게 느껴진다. 고개를 돌려 남산을 보니 남산의 소나무 숲은 아예 파랗다 못해 검게 질렸다. 그 위로 솔개가 한 바퀴 선회하자 숲은 겁먹은 병아리처럼 잔뜩 움츠린다. 학 한 마리 맑은 소리로 우니 파랗던 하늘에 쨍하니 금이 간다. 제목을 보니 엄청 추운 날씨였던 모양이다. 춥다는 말 한 마디 안 쓰고 표현해낸 그 솜씨가 놀랍다.

요동벌

박지원 朴趾源, 1737–1805
〈새벽에 요동벌을 가다가遼野曉行〉

요동벌 언제나 끝날까
열흘간 산 한 번 못 봤네.
새벽 별 말머리 날리더니
아침 해 밭 사이로 뜨누나.

遼野何時盡　一旬不見山
요 야 하 시 진　일 순 불 견 산
曉星飛馬首　朝日出田間
효 성 비 마 수　조 일 출 전 간

요야遼野 요동 들판. 일순一旬 열흘 동안. 효성曉星 새벽 별.

중국 사신 길에 요동벌을 지나는 감회를 쓴 시다. 지평선을 볼 수 없는 좁은 땅에서 살다가 만주 벌판으로 훌쩍 나섰다. 해는 지평선 위에서 뜨고 진다. 열흘 길을 가는 동안 변변한 산 한 번 보지 못했다. 가도 가도 끝없는 들판, 하늘과 맞닿은 지평선뿐이다. 꾸벅꾸벅 졸면서 캄캄한 새벽길을 떠나면 샛별은 말 머리 위에서 떴다 가라앉았다 한다. 하늘 위에서 본다면 이 넓은 들을 지나는 우리의 행렬은 개미 떼로밖에 보이지 않겠지. 그 사이에 하고 많은 근심들도 바람에 불려 가는 먼지만도 못하겠지. 이런저런 가늠만 하염없는데 쓸데 없는 생각 그만하라고 아침 해가 밭두둑 너머로 떠오른다. 또 하루가 시작될 모양이다.

꽃구경

박지원 朴趾源, 1737-1805
〈필운대에서 살구꽃을 보고弼雲臺看杏花〉

지는 해 어느새 넋을 거두니
위는 밝고 아래쪽은 고즈넉하다.
꽃 아래 노니는 수많은 사람
옷과 수염 제가끔 같지가 않네.

斜陽倏斂魂　上明下幽靜
사 양 숙 렴 혼　상 명 하 유 정
花下千萬人　衣鬚各自境
화 하 천 만 인　의 수 각 자 경

숙倏 재빨리. 어느새. 염혼斂魂 넋을 거두다. 해가 졌다는 뜻. 유정幽靜 그윽이 고요하다. 의수衣鬚 의복과 수염. 자경自境 자신만의 경계를 지녔다는 뜻.

서산에 걸린 붉은 해는 마치 뒤에서 누가 당기기라도 하듯 순식간에 붉은 넋을 거두고 만다. 해 넘어간 서산마루는 여태도 뒤편에서 쏘는 잔광으로 밝은 빛이 남아 있다. 어느새 땅거미가 짙게 깔렸다. 봄 한철 필운대로 꽃놀이를 나왔다. 짧은 봄날이 아깝다고 도성의 벗님네들 불콰해진 얼굴들을 하고 붉은 꽃잎 아래 삼삼오오 모여 있다. 아래 위의 위치에 따라 허공의 빛깔이 같지 않듯이 석양에 물든 각각 다른 표정들이 지는 봄날 파노라마처럼 펼쳐진다. 아! 봄날이 간다. 청춘이 떠내려간다.

어린 손자

노긍 盧兢, 1738-1790
〈어린 손자穉孫〉

이제 겨우 걸음마 익힌 손자가
참외밭에 날 끌고 들어가누나.
참외를 가리키곤 입 가리키니
먹고 싶단 표현을 그리한 게지.

穉孫纔解步 引我入瓜田
치 손 재 해 보 인 아 입 과 전
指瓜引指口 食意已油然
지 과 인 지 구 식 의 이 유 연

치손穉孫 어린 손자. 재纔 겨우. 막. 해보解步 걸음마를 익히다. 인아引我 나를 끌고 가다. 과전瓜田 참외밭. 지指 가리키다. 식의食意 먹고 싶다는 뜻. 유연油然 피어오르는 모양.

✤

이제 겨우 걸음마를 시작한 손주 녀석이 뒤뚱대는 걸음으로 자꾸 할애비 손을 잡고 어디론가 가잰다. 가자는 대로 따라 나서니, 참외밭으로 날 끌고 간다. 어버어버 아직 말도 못하는 녀석이 노란 참외를 손가락으로 가리킨다. 모른 체 가만 있자 이번엔 참외 가리키던 손가락으로 제 입을 가리킨다. "할아부지. 저거 맛있겠다. 따줘라. 응!" 맹랑한 녀석, 아직 이빨도 채 나지 않은 녀석이 참외를 따달랜다. 젊은 시절 유배로 떠돌며 갖은 어려움을 겪었던 할아버지는 늙마에 손주와 노는 것이 영 꿈만 같다.

꽃

박준원 朴準源, 1739-1807
〈꽃구경看花〉

세상 사람 꽃빛 보나
나는 홀로 기운 보네.
이 기운 천지 가득
나 또한 꽃일레라.

世人看花色　吾獨看花氣
세 인 간 화 색　오 독 간 화 기
此氣滿天地　吾亦一花卉
차 기 만 천 지　오 역 일 화 훼

화기花氣 꽃이 뿜는 기운. 화훼花卉 풀꽃.

사람들은 꽃의 빛깔을 보고 향기를 맡는다. 하지만 나는 꽃이 뿜어내는 기운을 느낀다. 빛깔은 며칠이 못 가 누렇게 시들고 향기는 금세 스러지고 만다. 추운 겨울을 땅속에서 얼다가 씨눈을 아껴 봄바람에 보듬어 마침내 꽃망울을 터뜨린다. 한 송이 봄꽃이 망울을 터뜨리는 것을 개화(開花)라고만 말해서는 안 된다. 그것은 여기저기서 생명의 환희를 예찬하며 터지는 폭죽 소리, 어둔 밤중에 여기저기 걸리는 꽃 등불이다. 환한 꽃 잔치에 천지의 면모가 일신된다. 꽃의 기운에 감염되어 나마저 꽃이 된다. 봄은 꿈 동산, 봄은 꽃 동산, 봄은 춤 동산이다.

산

박준원 朴準源, 1739–1807
〈천우각에서 泉雨閣〉

산 바라보다 깊이 잠들어
가까이 온 줄 전혀 몰랐지.
산바람 몇 번 불어오더니
두건에 가득 솔방울 졌네.

看山忽高眠　不覺山近人
간 산 홀 고 면　불 각 산 근 인
山風吹幾番　松子落滿巾
산 풍 취 기 번　송 자 락 만 건

홀忽 문득. 어느새. 불각不覺 깨닫지 못하다. 취吹 불다. 기번幾番 몇 번. 몇 차례. 송자松子 솔방울.

천우각(泉雨閣), 샘물 소리가 빗소리처럼 들리는 누각이다. 누각에 올라 앞산 바라보다가 팔베개를 하고 곤한 잠이 들었다. 부스스 깨고 보니 벗어둔 두건에 솔방울이 잔뜩 떨어져 있다. 무슨 일일까? 그렇구나. 내가 저를 바라보고 있으니 가뜩이나 심심해 일 없던 산이 나 잠든 사이에 살금살금 다가와 바람 몇 번 일렁여 솔방울을 떨구고 갔구나. 같이 놀자고 왔는데 잠이 든지라 깨우기는 뭣하고 해서 왔다 간 표시로 솔방울 몇 개 남겨놓고 간 모양이다.

낮잠

박준원 朴準源, 1739–1807
〈낮잠午睡〉

앞 산비 막 그치자
누각에 든 푸른 기운.
맑은 대낮 자는 동안
살구꽃이 혼자 진다.

前山雨纔歇　蒼翠映小閣
전 산 우 재 헐　창 취 영 소 각
幽人眠淸晝　杏花時自落
유 인 면 청 주　행 화 시 자 락

재纔 겨우. 막. 헐歇 그치다. 창취蒼翠 푸른 산빛. 영映 비치다. 비추다. 유인幽人 숨어 사는 사람. 청주淸晝 맑은 대낮. 행화杏花 살구꽃.

앞산에 오던 비가 그친다. 비가 한번 씻어주자 숲의 푸르름이 한결 싱그럽다. 내가 누운 작은 누각 속까지 푸른빛이 스며든다. 꼭 짜면 푸른 물이 나올 것만 같다. 상쾌한 기운 속에 달게 낮잠을 청한다. 시간이 정지된 듯한 오후, 저 혼자 무료했던 살구꽃이 살금살금 한 잎 두 잎 땅 위로 내려온다.

더딘 배

박준원 朴準源, 1739-1807
〈배가 더뎌 舟遲〉

빨리 가도 좋겠지만
더디대도 또한 좋지.
푸른 산 오래 보매
번뇌를 잊게 하니.

舟疾儘爲快 舟遲亦云好
주 질 진 위 쾌 주 지 역 운 호
青山久不去 使我忘煩惱
청 산 구 불 거 사 아 망 번 뇌

질疾 빠르다. 진儘 조금. 그런대로. 지遲 더디다. 느리다. 구불거久不去 오래 떠나지 않다. 사아使我 나로 하여금 ~하게 하다.

돛 달아 나는 듯이 수면을 미끄러지는 것도 통쾌하겠지만 제자리 머무른 듯 느릿느릿 가도 나는 좋다. 건너다뵈는 푸른 산이 앞을 떡 막고 서서 좀체 눈에서 사라지지 않는다. 저 푸른 산을 바라보니 아무 생각이 없다. 나는 늘 푸른 산만 바라보며 살고 싶다. 꼼짝 않고 붙박여 산만 보다 가고 싶다.

탄식

이덕무 李德懋, 1741–1793
〈6월 23일 술에 취해六月二十三日醉〉

올해도 반 지났네
한탄한들 무엇하리.
옛 풍속 볼 수 없다
알 만한 우리 인생.

今年已過半　歎歎欲何爲
금 년 이 과 반　탄 탄 욕 하 위
古俗其難見　吾生迺可知
고 속 기 난 견　오 생 내 가 지

과반過半 절반 넘어 지나다. 탄탄歎歎 쯧쯧 하며 한탄하는 소리. 하위何爲 무엇하나. 난견難見 보기가 어렵다. 내迺 이에.

✤

어 하다 보니 한 해가 반 넘어 지났다. 새해를 맞느라 부산하던 것이 엊그제 같은데, 벌써 가을의 문턱에 섰다. 정초에 작심했던 일들 하나둘 꼽아봐도 뜻대로 된 것이 하나도 없다. 풍속은 경박해져서 눈 뜨고 봐줄 수가 없다. 남 사정 살피는 법 없고, 오로지 제 몸의 이익만 따지느라 온통 난리다. 남 잘되는 꼴은 그저 못 보겠고 저 안 되는 원망만 쌓여간다. 이쯤에서 정초의 다짐을 다시 다잡고 싶지만 막상 그러고픈 신명도 없다. 한 해도 그렇게 흘러가겠지. 인생도 그렇게 지나가겠지. 6월이 저물던 어느 날 그는 무슨 속상한 일이 있었던가 보다. 술 취한 김에 푸념 아닌 푸념을 늘어놓았다.

잠자리

이덕무 李德懋, 1741–1793
〈칠석 이튿날七夕翌日〉

헤엄치는 아이들 오리와 경주하니
물 둠벙에 진흙탕이 일어나누나.
잠자리 머리 날개 몸짓하면서
이따금 솟는 머리 톡 치고 간다.

泅兒賽鳧兒 斛水斗泥爛
수 아 새 부 아 곡 수 두 니 란

蜻蜓弄頭翅 時掠出沒丱
청 전 롱 두 시 시 략 출 몰 관

수泅 헤엄치다. 멱 감다. 새賽 시합하다. 우열을 다투다. 부아鳧兒 오리. 곡수斛水 둠벙의 물. 곡(斛)은 열 말. 두니斗泥 진흙탕 물. 난爛 뭉그러지다. 청전蜻蜓 잠자리. 농弄 희롱하다. 장난치다. 두시頭翅 머리와 날개. 시략時掠 때때로 스쳐 지나간다. 출몰出沒 들락거리다. 관丱 쌍상투. 총각머리.

칠석 이튿날이다. 남은 더위의 한 끝을 못 견뎌 동네 꼬마들이 물 웅벙에 모였다. 한가로이 노닐던 오리는 난데없는 침입자에 놀라 이리저리 도망 다니느라 정신이 없다. 오리 잡자며 헤엄쳐 쫓아가면 오리는 저만치 홱 달아난다. 이리 풍덩 저리 풍덩 하는 사이에 물 웅벙은 온통 진흙탕이 된다. 잠자리가 저도 같이 놀자며, 물 위로 이따금씩 불쑥불쑥 솟는 꼬맹이의 머리꼭지를 톡 치고 달아난다. 간밤엔 견우 직녀가 일 년에 한 번 만난다고 울고 불며 비가 왔는데 오늘은 또 아무 일 없었다는 듯 꼬맹이들 물장난이 천진스럽다.

낮술

이덕무 李德懋, 1741-1793
〈밤나무 아래서 쉬며憩栗下〉

가을 샘 무릎 밑을 울며 지나고
깊은 산속 가부좌를 틀고 앉았지.
낮술이 해 질 녘에 잔뜩 올라와
후끈후끈 두 귀가 단풍 같구나.

秋泉鳴歷膝　趺坐亂山中
추 춘 명 력 슬　부 좌 란 산 중
午飮晡來湧　烘烘耳似楓
오 음 포 래 용　홍 홍 이 사 풍

명력鳴歷 울며 지나다. 부좌趺坐 책상다리를 하고 앉다. 포래晡來 해 질 무렵이 되어. 용湧 솟구치다. 홍홍烘烘 귀가 발갛게 달아오른 모양.

밤나무 아래 쉬면서 지은 시다. 찬 샘물이 나무 밑에 가부좌 틀고 앉은 내 무릎 아래쪽으로 찬 소리를 내며 흘러간다. 물소리 들으며 눈길을 앞에 주니 빗긴 햇살 비친 가을 산이 온통 벌겋다. 햇살에 얼비친 내 얼굴까지 붉게 달아오른다. 내 귓불이 이렇게도 붉은 것은 건너편 단풍나무 붉은빛이 얼비친 것일까? 아니면 아까 낮에 반주로 마신 몇 잔 술이 느닷없이 이제 와 올라온 것일까? 나는 아무 말 않고 붉게 앉아 있다. 단풍나무처럼.

국화

이덕무 李德懋, 1741–1793
〈남산의 국화南山菊〉

바위 밑에 기운 국화
가지 꺾여 시냇물에.
냇가에서 물 마시니
손과 입이 향기롭다.

菊花欹石底　枝折倒溪黃
국 화 의 석 저　지 절 도 계 황
臨溪掬水飮　手香口亦香
임 계 국 수 음　수 향 구 역 향

의欹 기울다. 석저石底 바위 밑동. 지절枝折 가지가 꺾이다. 도倒 넘어지다. 국수掬水 물을 손으로 움키다.

시냇가 바위 아래 기우숙 들국화가 피었다. 눈길 주는 이 없어도 매운 향기를 품었다. 그중 한 가지는 그만 허리가 꺾여 누런 꽃잎이 물에 잠겼다. 시험 삼아 물가에서 두 손에 냇물을 움켜 마시자 들국화의 매운 향기가 손에서도 나고 입에서도 난다. 시련과 역경 속에서도 향기를 잃지 않는 이, 혼자만 지니기 아까워 아낌없이 나눠주는 마음. 나도 그런 사람이 되고 싶다.

내 집

이덕무 李德懋, 1741-1793
〈추운 집寒棲〉

정승 이름 내 몰라라
도서 취미 알 뿐일세.
뜨락 나무 나와 같아
맑은 바람 모은다네.

不識公卿名　頗知圖書趣
불 식 공 경 명　파 지 도 서 취
庭木如我心　翼然淸風聚
정 목 여 아 심　익 연 청 풍 취

한서寒棲 빈한한 거처. 파지頗知 자못 알다. 익연翼然 날개를 편 듯 위로 뻗어 솟은 모양. 취聚 모으다.

정승이 누군지 장관이 누군지 나는 모른다. 내가 아는 것은 책과 함께하는 시간이 고맙고 달다는 것뿐. 세상길을 보면 먼지만 뿌연데 책 속을 보면 갈 길이 또렷하다. 지금 사람과 얘기하면 탁한 느낌이 들지만 책 속의 옛사람은 맑은 음성을 들려준다. 나는 세상과 담쌓고 책과 마주한다. 그렇다고 세상에 무관심한 것은 아니다. 세상을 읽는 안목과 통찰력을 나는 책을 통해 배운다. 내 집 마당의 나무도 주인을 닮아서 빈 허공에 두 팔 높이 들고 서서 지나가는 맑은 바람들 다 들렀다 가라고 불러 모은다.

달빛

이가환 李家煥, 1742-1801
〈대월정에서待月亭〉

어여뻐라 밝은 달빛
창문 연 뜻 알련만은.
난간 굽이 비추면서
서성이며 오지 않네.

可憐明月色　應解綺窓開
가 련 명 월 색　응 해 기 창 개
只在欄干曲　徘徊不肯來
지 재 란 간 곡　배 회 불 긍 래

응해應解 응당 알리라. 기창綺窓 비단으로 바른 창. 지재只在 다만 ~에 있다. 곡曲 굽이. 배회徘徊 서성이다. 불긍래不肯來 선뜻 오지 않다.

대월정(待月亭), 달빛을 기다리는 정자에서 지은 시다. 은가루 금가루로 부서지는 달빛이 곱다. 들창을 열고 내다본다. 내게도 은가루 금가루를 나누어 뿌려주렴. 달님은 짐짓 못 들은 체 저편 난간 굽이께서 올 듯 말 듯 서성이며 내게로 쉬 와주지를 않는다. 내 마음 뻔히 알면서 모른 체한다. 얄밉다.

단풍잎

이가환 李家煥, 1742-1801
〈단풍잎에 쓰다 題紅葉〉

부족한 바탕을 슬퍼하면서
피고 짐을 하늘에 내맡기누나.
푸르른 솔잎은 배우질 않고
조화의 저울질만 다투었구나.

自憐菲薄質 開落一聽天
자 련 비 박 질 개 락 일 청 천
不學青松樹 空爭造化權
불 학 청 송 수 공 쟁 조 화 권

자련自憐 혼자 슬퍼하다. 비박질菲薄質 부족한 자질. 개락開落 꽃이 피고 잎이 지다. 청천聽天 하늘에 내맡기다. 공쟁空爭 공연히 다툰다. 권權 저울질.

잎 넓은 붉은 잎 하나 주워들고서 그 위에 적은 시다. 서리 추위를 못 이겨 땅으로 내려왔구나. 붉게 물든 얼굴빛은 수줍어 부끄러운 것이냐. 봄날 따스한 햇볕 받아 연초록의 손바닥을 내밀고 이제 서리 맞아 붉게 변해 낙엽이 되었구나. 저 사시사철 푸르른 소나무의 의연함을 배울 일이지 어이해 조화의 저울질로 사람의 한때 마음만 빼앗으려 드는 게냐. 하지만 그 붉은빛이 어여뻐 차마 손에서 내려놓지 못한다.

꽃술

박제가 朴齊家, 1750–1805
〈다른 사람을 위해 고갯마루의 꽃을 노래하다爲人賦嶺花〉

붉다는 한 글자 가지고
온갖 꽃들 부르지 말라.
꽃술에는 차이 있으니
조심해서 살펴봐야지.

毋將一紅字　泛稱滿眼花
무 장 일 홍 자　범 칭 만 안 화
花鬚有多少　細心一看過
화 수 유 다 소　세 심 일 간 과

무毋 하지 말라. 장將 가지고. 범칭泛稱 싸잡아 일컫다. 화수花鬚 꽃의 암술과 수술. 간과看過 보아 넘기다.

고갯마루에 핀 꽃이라 해서 그저 들꽃이라 말하지 말라. 내가 모른다 해서 이름 모를 꽃이라고 해서도 안 된다. 세상에 이름 없는 꽃은 없다. 세상에 그저 붉은 꽃은 없다. 내가 이름을 불러주지 않으면 그것들은 그저 덤불 속에 피었다 보는 이 없이 지는 붉은 꽃일 뿐이다. 꽃술을 가만히 살펴보면 어느 것 하나 같은 것이 없다. 꽃잎의 수가 다르고 꽃받침의 생김새가 다르고 줄기와 잎이 같지 않고 암술과 수술의 모양이 다르다. 여보게! 자네가 꽃을 노래하려거든 그냥 막연히 본 붉은 꽃 말고 자네가 만난 단 한 송이의 꽃을 노래해주게.

아기

박제가 朴齊家, 1750-1805
〈갓난아기를 노래함詠嬰兒〉

거울 보곤 저인가 의심을 하고
새소리 들으면 흉내를 내지.
그중에 어여쁜 건 기어갈 적에
취한 거미 머릿짓 하듯 함일세.

照鏡頻疑我　聞禽忽學渠
조 경 빈 의 아　문 금 홀 학 거
最憐匍匐處　頭似醉蜘蛛
최 련 포 복 처　두 사 취 지 주

조경照鏡 거울에 비쳐 보다. 빈頻 자주. 빈번히. 문금聞禽 새소리를 듣다. 학거學渠 그새 울음소리를 배우다. 최련最憐 가장 사랑스럽다. 포복匍匐 엎드려 기어가다. 두사頭似 머리가 ~과 비슷하다. 지주蜘蛛 거미.

아직 걷지는 못하고 말문도 채 열리지 않은 아기의 천진한 모습을 그렸다. 거울을 비춰주면 그 속에 저 같은 녀석 하나가 떡 버티고 있는 데 놀라 움찔 뒤로 물러나앉는다. 그러고는 같이 놀자며 이내 손을 내뻗는다. 밖에서 새가 지저귀면 고개를 돌리면서 무어라 옹알옹알 흉내를 낸다. 뭐니 뭐니 해도 가장 사랑스러울 때는 걷지도 못하는 녀석이 배밀이를 하면서 술 취한 거미가 까딱까딱 고갯짓하듯 아래위로 연신 끄덕이면서 손발을 허공에 놓고 동당대는 모습이다.

도톨밤

박제가 朴齊家, 1750-1805
〈소석산방에 부침寄贈小石山房〉 2

아침볕에 이슬 젖은 도토릴 줍고
밤 횃불로 서리 맞은 게를 엮었지.
누군가 주고 싶어 어루만지며
백 번쯤은 만지작거리셨겠소.

朝陽拾露栭　夜火編霜蟹
조 양 습 로 이　야 화 편 상 해
摩挲欲贈誰　持玩百回罷
마 사 욕 증 수　지 완 백 회 파

조양朝陽 아침 해. 이栭 도토리. 편編 두릅 엮다. 해蟹 게. 마사摩挲 아껴 어루만지는 모양. 수誰 누구. 지완持玩 손에 들고 만지작대다.

소석산방에 묻혀 사는 벗 조덕민(趙德敏)을 생각하며 지은 시다. 새벽에 뒷동산을 산보하다 보면 밤새 떨어진 도토리가 이슬에 젖은 채 구르고 있다. 아까워 하나하나 주워 담는다. 밤중에 횃불 들고 벼 벤 논에 나가면 불빛 보고 논게들이 다가어 나온다. 갈대를 꺾어다가 두릅을 엮는다. 동글동글 도톨밤은 빻아 묵을 만들고 굼실굼실 논게로는 게장을 담가야지. 요만큼은 누구에게 주고, 요만큼은 또 누구 몫이다. 게장은 담가서 누구와 나눠먹을까? 흐뭇한 생각에 손길은 골백번도 더 도토리를 쓰다듬는다. 한번 놀러갈 테니 이런 안주 장만해놓고 기다리란 얘기다.

그림자

박제가 朴齊家, 1750-1805
〈소석산방에 부침寄贈小石山房〉 3

마을 넓어 사는 집 막힘없으니
시골 달빛 서울보다 환하겠구려.
그림자 돌아보며 장난칠 적에
대꾸도 안 해주니 어이하리오.

邨平屋不礙　鄕月比京多
촌 평 옥 불 애　향 월 비 경 다
顧影還相謔　其如不應何
고 영 환 상 학　기 여 불 응 하

촌邨 시골 마을. 불애不礙 눈에 걸리는 것이 없다. 고顧 돌아보다. 상학相謔 서로 장난치다. 불응不應 상대해주지 않다.

내 사는 서울 집은 들창을 열어봐도 건넛집 지붕밖엔 보이질 않네. 자네 사는 그곳은 시야가 툭 터져서 달밤에 마루에 나와앉으면 달빛이 천지에 가득하겠군. 달 보며 놀다가 무료해지면 혼자서 마당을 거닐겠지. 자네 뒤로 숨은 그림자와 숨바꼭질도 하겠고. 하지만 혼자 하는 숨바꼭질이 참 심심하겠네그려. 그러고 보니 공평하기도 하네. 서울 집은 답답해도 마음 나눌 벗이 있고 시골집은 시원해도 벗이 멀리 있으니 말일세. 마음은 금세라도 자네에게 달려가고 싶다네.

생각

박제가 朴齊家, 1750–1805
〈소석산방에 부침寄贈小石山房〉 5

자넬 위해 한 가지 생각을 했지
미쳐 놀라 자빠지게 좋아할 생각.
자네가 생각지도 못할 틈 타서
자네 집 문 앞으로 돌진하는 일.

爲君設一想　令君狂欲顚
위 군 설 일 상　영 군 광 욕 전
乘君不意際　直入君門前
승 군 불 의 제　직 입 군 문 전

설設 펼치다. 베풀다. 영군令君 그대로 하여금 ~하게 하다. 광욕전狂欲顚 너무 좋아 미쳐서 자빠질 듯이. 승乘 틈타다. 불의제不意際 생각지도 못한 즈음에. 직입直入 곧장 들어가다.

자네가 무료하게 그림자와 혼자 노는 모습 생각하다가 갑자기 엉뚱한 생각을 했다네. 내 생각을 들으면 자넨 미칠 듯 좋아 데굴데굴 구를 게야. 그게 뭐냐구? 자네가 전혀 짐작도 못할 시간에 예고도 없이 자네 집 대문 앞에 가서 '이리 오너라' 소리도 생략한 채 곧장 문 열고 들이닥치는 걸세. 그때 자네 반갑고 놀란 표정을 내가 꼭 보고 싶으이.

투정

이안중 李安中, 1752-1791
〈자야가子夜歌〉 6

손에 북을 쥐고서 웃음 그치고
님 불러 끊어진 실 이어달라네.
이 비단옷 당신이 입으실 건데
어째서 저 혼자만 고생하나요.

笑停手中梭 呼郎續斷縷
소 정 수 중 사 호 랑 속 단 루
綺是郎所着 那得儂獨苦
기 시 랑 소 착 나 득 농 독 고

정停 멎다. 멈추다. 사梭 옷감을 짤 때 실꾸리를 감은 베틀의 장치. 속단루續斷縷 끊어진 실올을 잇다. 기綺 비단 또는 비단으로 만든 옷. 나那 어찌하여. 농儂 나. 저.

✤

새로 님이 입을 비단옷을 짓고 있다. 정성 들여 한 땀 한 땀 바느질하고 있는데 그만 실이 끊어진다. 실을 이으려다가 아랫목에 편히 누워 있는 남편을 보니 슬며시 심술궂은 마음이 든다. 짐짓 흘겨보며 화난 듯 뾰로통해서 투정을 부린다. "그렇게 누워만 있지 말고 이리 와서 끊어진 실이나 이어줘요. 당신 입을 옷인데 왜 나만 이렇게 고생해요? 당신도 옷 짓는 데 참여하세요."

빗질

이안중 李安中, 1752-1791
〈자야가子夜歌〉 20

고운 님 떠나신 뒤로부터는
곱던 머리 어지럽기 쑥대와 같네.
이 모두 우리 님 안 온 탓이니
님 오시면 님더러 빗겨달래리.

自從別歡來　雲髮亂蓬似
자 종 별 환 래　운 발 란 봉 사
摠由郎不來　郎來敎郎理
총 유 랑 불 래　낭 래 교 랑 리

자종自從 ~으로부터. 환歡 그대. 운발雲髮 미인의 머리털. 봉蓬 쑥대. 머리가 마구 헝클어진 모양. 총유摠由 모두 ~ 때문이다. 교敎 하여금 ~하게 하다. 이理 정리하다. 머리를 빗다.

님과 이별한 뒤 거울 보며 단장할 일이 없다. 밥맛도 없고 잠도 안 온다. 머리는 헝클어져 쑥대가 되었다. 가눌 길 없는 내 마음 같다. 나를 이 지경으로 만든 것이 님이다. 온다고 해놓고 안 오시기 때문이다. 님이 오실 때까지 나는 세수도 안 하고 머리도 안 빗고 마냥 이렇게 기다리기만 할 터이다. 님이 오셔서 내 참혹한 몰골을 보시면 어쩔 줄 몰라 미안해 하시겠지. 민망해서 님이 내 머리 빗겨주실 때까지 나는 머리를 빗지 않겠다.

슬픈 이별

서영수각 徐令壽閣, 1753–1823
〈슬픈 이별哀別〉

손 붙들고 못 헤어져
아득한 뜻 못 가누네.
멀리 길 위 먼지 보니
가을바람 우수수.

握手不忍別　悠悠意不窮
악 수 불 인 별　유 유 의 불 궁
擧頭望行塵　蕭蕭起秋風
거 두 망 행 진　소 소 기 추 풍

악수握手 서로의 손을 마주 잡다. 불인별不忍別 차마 헤어지지 못하다.
소소蕭蕭 바람이 우수수 불어오는 소리.

큰아들 홍석주(洪奭周)는 대제학을 지낸 큰 학자요, 둘째 아들 홍길주(洪吉周)는 큰 문장가, 셋째 아들 홍현주(洪顯周)는 정조의 사위였다. 수학에도 조예가 깊어, 2원 2차 연립방정식 해법을 독학으로 찾아냈다던 지혜로운 여성, 어진 어머니였다. 멀리 자식을 떠나보내는 길이었을까? 맞잡은 손 차마 놓지 못하고 몸조심만 당부한다. 생각은 아득히 달아나 가눌 길이 없다. 말이 먼지를 일으키며 떠난다. 조금씩 멀어지는 뒷모습에 가슴이 아리다. 이윽고 사람은 안 뵈고 길 끝에 자옥한 먼지만 남았다. 우수수 가을바람이 저 끝에서 일어난다. 곧 추운 계절이 오겠구나. 부디 몸 성하거라.

청개구리

정약용 丁若鏞, 1762–1836
〈다산십이경茶山十二景〉 중 〈연엽소와蓮葉小蛙〉

연잎은 이제 막 수면에 솟아
연한 잎 주먹조차 펴지 못했네.
온몸이 초록빛인 청개구리가
온종일 단정히 앉자 있구나.

蓮葉初穿水　紅酥未解拳
연 엽 초 천 수　홍 수 미 해 권
小蛙通體綠　終日坐端然
소 와 통 체 록　종 일 좌 단 연

초初 처음으로. 이제 막. 홍수紅酥 붉은 꽃. 미해권未解拳 아직 주먹을 펴지 못했다. 꽃 몽우리가 아직 펴지지 않은 모양. 소와小蛙 청개구리. 통체通體 온몸. 단연端然 단정한 모양.

세상이 궁금했던지 연잎이 빼꼼 수면 위로 고개를 내민다. 꽃 몽우리는 조막손을 꼭 움켜쥐고 잔뜩 긴장을 풀지 않는다. 제가 무슨 선승인 줄 아나 보다. 여린 연잎 빛깔과 제 몸의 색을 맞춘 청개구리 한 마리가 종일 연잎 위에 올라앉아 꼼짝 않고 수행 삼매 중이다. 마침내 연꽃이 주먹을 펴는 한 소식을 놓치지 않으려는 속셈인가? 다산이 다산초당의 12경 중 하나로 꼽은 풍경이다.

냇물

정약용 丁若鏞, 1762-1836
〈물속의 바위를 읊다詠水石〉

냇물 마음 언제나 밖에 있는데
돌 이빨은 괴로이 앞을 막는다.
천 겹의 험난함을 헤쳐야지만
평탄하게 골짜기를 벗어난다네.

泉心常在外　石齒苦遮前
천 심 상 재 외　석 치 고 차 전
掉脫千重險　夷然出洞天
도 탈 천 중 험　이 연 출 동 천

석치石齒 돌이 꽉 다문 이처럼 물의 앞길을 막아선다는 뜻. 차전遮前 앞을 막다. 도탈掉脫 뒤흔들며 벗어나다. 이연夷然 평탄한 모양. 동천洞天 골짜기.

냇물은 언제나 바깥세상이 궁금하다. 잠시도 가만있지 못하고 바깥으로만 귀를 세우고 그리로 달려간다. 바윗돌은 못 가게 자꾸 앞을 막고 나선다. 한 고비 지나 또 한 고비 건너 바위에 부딪히고 폭포로 떨어지고 온갖 역경을 다 겪으면서도 바깥세상을 향한 열망만은 꺾을 수가 없다. 그 힘든 고비를 다 겪고 나야 비로소 골짜기를 벗어나 큰 강물이 되어 소리 없이 흐를 수가 있다. 인생도 이와 같으리.

꽃 꺾어

김삼의당 金三宜堂, 1769-1823
〈꽃을 꺾어折花〉

가만가만 창밖으로 걸어갔더니
창밖에 햇살은 더디기만 해.
꽃 꺾어 머리에 꽂았더니만
벌 나비 지나다가 슬쩍 엿보네.

從容步窓外　窓外日遲遲
종 용 보 창 외　창 외 일 지 지
折花插玉鬢　蜂蝶過相窺
절 화 삽 옥 빈　봉 접 과 상 규

종용從容 조용한 모양. 지지遲遲 느리고 더딘 모양. 삽插 꽂다. 옥빈玉鬢 살쩍. 귀밑머리. 과상규過相窺 지나다가 들러서 엿보다.

✤

봄날 오후 방 안이 답답해서 조용히 뒤뜰로 나갔다. 햇살도 좀체 움직일 줄 모르는 나른한 봄날. 화단에 핀 꽃 하나 꺾어 머리에 살짝 꽂아본다. 아무도 오지 않는 뒤뜰에서 이런저런 행복한 생각에 겨워 이리 갸웃 저리 갸웃 하며 꽃밭을 서성이는데 꽃밭 사이에 노닐던 벌 나비들이 머리에 꽂힌 꽃이 못내 탐난다는 듯 내 주변을 맴돈다.

발자욱

이양연 李亮淵, 1771-1853
〈들판의 눈野雪〉

눈 길 뚫고 들길 가도
어지러이 가지 않네.
오늘 아침 내 발자욱
뒷사람의 길 될 테니.

穿雪野中去　不須胡亂行
천 설 야 중 거　불 수 호 란 행
今朝我行跡　遂爲後人程
금 조 아 행 적　수 위 후 인 정

천설穿雪 눈을 뚫고서. 불수不須 모름지기 ~하지 않는다. 호란胡亂 거칠고 어지럽게. 수위遂爲 마침내 ~이 되다. 후인정後人程 뒷사람의 길.

✤

흰 눈이 소복이 내린 아침. 순결한 대지 위에 첫 발자욱을 찍으며 간다. 하늘은 푸르고 바람은 맵다. 덮인 눈이 길을 지웠다. 가야 할 길은 멀고도 험하다. 뒤돌아보면 내 발자욱만 오롯이 남았다. 걸음을 흩트리지 말아야지. 삐뚤게 걸어서는 안 되겠다. 내 뒤로 오는 사람은 눈길에 남은 내 발자욱을 나침반 삼아 뒤따라올 테니. 내가 길 잃고 헤매면 그들도 덩달아 길을 놓칠 것이다. 뚜벅뚜벅 똑바로 걸어가야겠다. 정신을 차려야겠다. 어느 눈 온 날 아침, 신발 끈을 고쳐 매고 하루 길을 떠나는 나그네의 그 마음이 참 고맙다. 이런 정신이 모여 역사를 만든다. 이 시는 그동안 작가가 엉뚱하게 알려져왔다. 글자도 몇 자씩 차이가 있다. 김구 선생도 이 시를 즐겨 썼다.

자장가

이양연 李亮淵, 1771-1853
〈아가야 울지 마라兒莫啼〉

둥둥 아가야 울지 말아라
울타리 곁에 살구꽃 폈다.
꽃 지고 나면 열매 맺겠지
너랑 나하고 함께 따 먹자.

抱兒兒莫啼　杏花開籬側
포 아 아 막 제　행 화 개 리 측
花落應結子　吾與爾共食
화 락 응 결 자　오 여 이 공 식

포아抱兒 아기를 안고서. 행화杏花 살구꽃. 이측籬側 울타리 곁. 응결자應結子 마땅히 열매를 맺는다. 오여이吾與爾 나와 너.

손주를 안고 어르는 할아버지의 자장가다. 둥둥 아가 예쁜 아가 울지 말아라. 저 울타리 곁에 곱게 핀 살구꽃 좀 보려무나. 저 꽃 지면 맛있는 살구가 달리겠지? 그러면 그때 똑똑 따서 너 하나 먹고 나 하나 먹고, 너 둘 먹고 나 둘 먹고, 다른 식구들 주지 말고 우리 둘이서 다 먹어치우자. 자장가 불러주마, 울지 마라 아가야. 토닥이는 손길 따라 칭얼대던 울음이 잦아든다. 손주는 어느새 잠이 폭 들었다.

슬픔

이양연 李亮淵, 1771–1853
〈슬픔을 감추려고躲悲〉

문을 들어서려다 되려 나와서
고개 들어 바쁘게 두리번대네.
남쪽 언덕배기엔 산 살구꽃이
서편 물가엔 대여섯 마리 해오라기가.

入門還出門 擧頭忙轉矚
입 문 환 출 문 거 두 망 전 촉
南岸山杏花 西洲鷺五六
남 안 산 행 화 서 주 로 오 륙

타비躲悲 슬픔을 감추다. 환還 되려. 다시. 전촉轉矚 두리번거리다.

✤

제목의 뜻은 '슬픔을 억누르려'이다. 늙마에 아내를 잃고 같은 해에 둘째 아들마저 먼저 보낸 뒤 지었다. 바깥일 보고 여느 때처럼 문을 들어서는데 맞아주는 이 없는 빈 마당에 기가 턱 막힌다. 눈물이 쏟아질 것만 같아 그냥 되돌아 나왔다. 공연히 무슨 일이라도 있는 듯이 두리번거린다. 아! 살구꽃은 지난해 봄처럼 피었고 물가에는 해오라기 가족이 오순도순 한가로운데 곁에 있던 소중한 사람들이 내 곁엔 없구나.

깊은 밤

강정일당 姜靜一堂, 1772-1832
〈밤중에 앉아夜坐〉

밤 깊어 움직임 없고
빈 뜰엔 흰 달만 밝다.
씻은 듯 마음도 맑아
성정을 활연히 보네.

夜久群動息　庭空皓月明
야 구 군 동 식　정 공 호 월 명
方寸淸如洗　豁然見性情
방 촌 청 여 세　활 연 견 성 정

군동群動 여러 움직임. 여러 동물. 식息 쉬다. 잠잠하다. 호월皓月 흰 달. 방촌方寸 사방 한 치. 마음을 비유하는 말. 여세如洗 씻은 듯하다. 활연豁然 툭 터져 시원한 모양.

깊은 밤 혼자 앉아 있다. 살아 움직이던 목숨들 기척도 없이 모두 잠이 들었다. 소리도 없고 움직임도 사라진 밤. 빈자리에 흰 달빛만 호수처럼 고였다. 샘물에 헹궈낸 듯 정신이 또랑또랑하다. 가만히 홀로 깨어 달빛 잠긴 뜨락을 내다본다. 마음은 얼음처럼 투명해서 찌꺼기 하나 없다. 달빛에 만상이 드러나듯 내가 내 마음을 꺼내 한 켜 한 켜 들여다보는 것 같다.

기다림

능운 凌雲, 생몰 미상
〈낭군을 기다리며 待郞君〉

달 뜨면 오마던 님
달 떠도 안 오시네.
님 계신 곳 산이 높아
달이 늦게 뜨나 봐.

郎云月出來 月出郎不來
낭 운 월 출 래 월 출 랑 불 래
想應君在處 山高月上遲
상 응 군 재 처 산 고 월 상 지

상응想應 생각해보니 응당 ~하겠다. 월상지月上遲 달이 떠오르는 것이 더디다.

능운은 기녀다. 그녀에 대해서는 이것밖에 알려진 것이 없다. 시 한 수로 이름이 남았다. 시의 힘이 참 크다. 기다려도 님은 안 오신다. 달 뜨면 오겠노라 약속 두고서 동산에 달이 떠도 님은 안 오신다. 아니다. 님이 약속을 잊으셨을 리 없다. 날 사랑하는 맘 그새 변했을 리가 없다. 다만 지금 계신 곳에 산이 너무 높아서 달이 얼굴 내밀기 어려워 지체되는 것일 뿐일 게다. 지금이라도 중천에 달 걸리면 화들짝 놀라 달려오시겠지. 한걸음에 달아오시겠지. 그렇지. 날 마냥 기다리게 두실 분이 아니지. 늦어 미안하다며 꼭 안아주시겠지.

저녁

실명씨
〈사랑하는 사람을 기다리며待情人〉

봄바람 문득 불고
밝은 달 황혼 무렵.
안 오실 걸 알면서도
문 걸기 안타까워.

春風忽駘蕩　明月又黃昏
춘풍홀태탕　명월우황혼
亦知終不至　猶自惜關門
역지종불지　유자석관문

태탕駘蕩 화창한 모양. 종終 끝내. 마침내. 불지不至 이르지 않다. 유猶 그래도. 아직도. 관문關門 문을 닫아걸다.

문득 봄바람 분다. 황혼 무렵 동산에 달이 뜬다. 따뜻한 바람, 포근한 황혼, 어여쁜 달빛. 그런데 왜 이리 허전한가. 혼자 맞는 봄바람은 따뜻하지가 않다. 혼자 보는 달빛은 어여쁜 줄도 모르겠다. 곁에 있어야 할 그 사람이 없는 황혼은 가슴에 큰 구멍 하나 뚫어놓는다. 모든 것이 휑하다. 찬바람만 분다. 기다려야 안 오실 걸 뻔히 알지만 혹시 하는 마음에 차마 문을 닫아걸지 못한다. 무참한 시간만 속절없다.

가을 생각

이씨 李氏, 생몰 미상
〈제목 잃음失題〉

구름 걷자 하늘은 강물과 같고
다락 높아 바라보매 흡사 나는 듯.
뜬금없이 긴 밤 내내 비 내리더니
꽃다운 풀 십 년간 그리운 생각.

雲歛天如水　樓高望似飛
운 렴 천 여 수　누 고 망 사 비
無端長夜雨　芳草十年思
무 단 장 야 우　방 초 십 년 사

운렴雲歛 구름이 걷히다. 무단無端 까닭 없이. 뜬금없이.

✤

저녁때까지만 해도 멀쩡하더니 밤새 가을비가 주룩주룩 내렸다. 꽃답던 풀들도 시들어가겠지. 풀잎에 맺힌 그리움은 또 어이하나. 휑한 마음을 주체 못해 누각에 오른다. 구름 걷힌 하늘은 시퍼런 강물 같다. 높은 누각에서 하염없이 파란 하늘 올려다보자니, 팔 한번 뻗치면 훨훨 날아 그 강물에 풍덩 빠질 것만 같다. 긴 세월 님은 돌아오지 않고 나는 가을 풀로 시들어간다.

은행잎

이정주 李廷柱, 순조조
〈새벽에 일어나早起〉

앞마을의 은행잎
우리 집에 어이 졌나.
간밤 술에 너무 취해
비바람도 몰랐다오.

前村銀杏葉　何因落吾家
천 촌 은 행 엽　하 인 락 오 가
夜來醉眠重　不知風雨多
야 래 취 면 중　불 지 풍 우 다

하인何因 무엇으로 인하여. 취면중醉眠重 술 취해 든 잠이 무거워.

간밤 마신 술에 속이 쓰려 이른 새벽 자리끼를 찾느라 부스스 일어났다. 퀴퀴한 방 안 공기를 부시려 들창을 벌컥 여니 마당에 은행잎이 노오란 자리를 깔아놓았다. 은행나무는 저 앞마을에 서 있는데, 어째서 그 잎이 내 뜨락에 깔렸을까? 간만에 취한 술을 못 이겨 코 골며 자는 동안 밤새 비바람이 몰아쳤던 게로구나. 건넛마을 은행잎이 비바람을 못 이겨 허공을 날고 땅을 굴러 내 마당까지 오도록 세상모르고 잠만 쿨쿨 잤던 게로구나. 그는 냉수를 벌컥벌컥 들이켜며 밤새 마당을 점령해버린 가을 잎을 바라본다.

풋보리

한장석 韓章錫, 1832-1894
〈농촌의 이런저런 흥취田家雜興〉

서쪽 집 보리꼴 향기로운데
삽살이 낮참을 따라 오누나.
유채꽃 아스라이 피어오르고
노랑나비 수도 없이 날아다니네.

西舍麥蒭香　靑尨隨午饁
서 사 맥 추 향　청 방 수 오 엽
悠揚野菜花　無數飛黃蝶
유 양 야 채 화　무 수 비 황 접

맥추麥蒭 보리를 탈곡하고 남은 짚. 청방靑尨 청삽사리. 오엽午饁 낮참으로 들에서 먹는 밥. 유양悠揚 아득히 흔들리는 모양.

봄날 풋보리에 이삭이 달리면서 들판은 구수한 향내가 진동을 한다. 고운 봄 햇살 속에 알곡이 자라겠지. 보릿고개 넘어가기 힘들지만, 푸른 물결 보면 절로 힘이 솟는다. 아낙은 들녘으로 점심밥을 내가는데 집 지키기 무료한 청삽사리가 공연히 신이 나서 멍멍 짖으며 졸졸 따라간다. 노오란 유채꽃에 봄바람이 살랑이자 그 속에 숨었던 노랑나비 떼가 간지럽다며 깔깔깔 이리저리 달아난다. 봄 들녘은 온통 웃음판이다.

꽃잎

황오 黃五, 1816-?
〈그윽한 흥취幽興〉

우리 집의 흰둥이 개
손님 봐도 짖지 않네.
복사꽃 밑 잠을 자니
개수염에 꽃 걸렸네.

吾家一白犬 見客不知吠
오 가 일 백 견 견 객 불 지 폐
紅桃花下宿 花落犬鬚在
홍 도 화 하 숙 화 락 견 수 재

폐吠 개가 짖다. 수鬚 수염.

집에 기르는 흰둥이 개 한 마리, 낯선 손님을 보고도 짖을 줄 모른다. 꽃그늘 아래 배 깔고 자다가 눈 한 번 뜨더니 다시 감는다. 오든지 말든지 가든가 말든가 저완 아예 상관이 없다는 투다. 요런 맹랑한 녀석이 있나. 하기사 복사꽃 붉은 잎이 꽃비로 내리는데 사람이 눈에 들어오겠나. 진 꽃잎이 제 수염에 떨어지니 꽃향기에 취해 나른한 봄잠이 혼곤하다. 애꿎은 손님만 문밖에서 뻘쭘하니 서 있다가 뒤늦게 주인의 호들갑스런 영접을 받는다.

연잎

배전 裵婰, 1843–1899
〈연밥 따는 것을 보다가觀採荷〉

저물녘 연못서

아이들 연밥 따네.

꽃은 두고 잎만 따렴

빗소리 시끄럽다.

落日池塘裡　兒童剪芰荷
낙 일 지 당 리　아 동 전 기 하
留花莫留葉　不耐雨聲多
유 화 막 류 엽　불 내 우 성 다

지당리池塘裡 연못 안. 전剪 자르다. 기하芰荷 마름과 연꽃. 여기서는 연밥. 유留 남겨두다. 불내不耐 견딜 수가 없다.

해 지는 방죽에서 아이들이 연밥을 딴다. 열매가 송송 박힌 연밥이 작은 배에 소복하다. 얘들아! 때늦게 핀 꽃일랑은 따지를 말고 잎 넓은 연잎이나 따 가거라. 후두둑 소낙비 지나가면 넓은 잎 때리는 소리가 너무 시끄럽다. 정작 내가 견디기 힘든 건 마룻바닥에 콩알 구르듯 귀 따가운 빗소리가 아니다. 그 빗소리 타고서 까맣게 잊고 지내던 옛 님 생각에 발자국 소리까지 함께 들리는 까닭이다.

아내를 잃고

이건창 李建昌, 1852-1898
〈죽은 아내를 애도함悼亡〉

아이 어려 곡조차 할 줄 몰라서
곡소리가 책 읽는 소리 같구나.
갑자기 울음을 못 멈추더니
뚤룽뚤룽 구슬 꿴 듯 눈물 흘리네.

兒小不知哭 哭聲似讀書
아 소 불 지 곡 곡 성 사 독 서
忽然啼不住 簌簌淚連珠
홀 연 제 불 주 속 속 루 련 주

사似 흡사하다. 비슷하다. 홀연忽然 갑자기. 느닷없이. 제불주啼不住 울음을 멈추지 않다. 속속簌簌 눈물이 방울져 떨어지는 모양. 연주連珠 구슬을 꿰다.

사랑하는 아내가 세상을 떠난 뒤 지은 여섯 수의 연작 가운데 다섯째 수다. 제 어미의 빈소 앞에서 어린 아들이 곡을 한다. 해본 적 없는 곡소리라 "아이고 아이고" 하는 곡소리가 중얼중얼 무슨 책 읽는 소리 같다. 그러다 문득 제 어미 생각이 복받치는지 울음을 멈추지 못하고 닭똥 같은 눈물이 뚝뚝 떨어진다. 여보! 저 어린것 두고 어찌 눈을 감는단 말이오. 뭐라 말을 좀 해보오.

초록 동산

이건창 李建昌, 1852-1898
〈초록 동산綠園〉

서쪽 동산에 수많은 나무
새 잎이 한창 이들이들해.
제 마음대로 앉는 꾀꼬리
가려볼 만한 가지 없으리.

西園千萬樹　新葉正華滋
서 원 천 만 수　신 엽 정 화 자
隨意流鶯坐　應無可選枝
수 의 류 앵 좌　응 무 가 선 지

화자華滋 화려하고 무성함. 수의隨意 마음대로. 제멋대로. 유앵流鶯 꾀꼬리. 응應 응당. 마땅히. 선지選枝 가지를 가리다. 선택하다.

✤

천 그루 만 그루 우거진 동산 숲에 연초록 새잎에 윤기가 자르르하다. 신이 난 꾀꼬리는 마음 내키는 대로 이 가지에 앉았다 저 가지에 앉았다 잠시도 가만있지 못하고 호들갑을 떤다. 여기 앉으면 저기가 더 좋아 보이고 저리로 가면 또 다른 곳이 더 낫게 보인다. 이리저리 더 좋은 가지 찾아 쫓아다니다 봄날 하루해가 다 가게 생겼다.

국화

이건창 李建昌, 1852-1898
〈국화黃花〉

국화꽃 담박하다 누가 말했나
국화꽃 담박한 듯 더욱 짙다네.
근심 잠겨 적막할까 염려가 되어
일부러 가을 겨울 골라 피었지.

誰道黃花澹 黃花澹更濃
수 도 황 화 담　황 화 담 갱 농
怕人愁寂寞 故故發秋冬
파 인 수 적 막　고 고 발 추 동

수도誰道 누가 말했는가? 담갱농澹更濃 담백한 듯 더욱 짙다. 파怕 염려하다. 고고故故 일부러. 고의로. 발發 꽃이 피어나다.

✤

국화꽃이 담박하다고 말하지만, 그 담박함 속에 짙은 향기가 있다. 빛깔도 흰빛에서 노란색, 보라색에 이르기까지 없는 빛깔이 없다. 모든 꽃들이 다 지고, 잎새들 물들어 땅에 질 적에, 여름내 매운 기운을 속으로만 간직해두었다가, 푸른 하늘 열리고 공기가 알싸해진 뒤에야 꽃망울을 부푼다. 텅 빈 가을 들판 보며 적막한 근심에 빠져들 사람들 마음 따뜻해지라고 일부러 가을 지나 겨울 되도록 참고 참아 꽃을 피우는 것이다.

강극성 姜克誠 1526-1576

조선 중기의 문신. 본관은 진주晋州. 자는 백실伯實, 호는 취죽醉竹. 1555년 이량李樑 등과 함께 사가독서賜暇讀書하였다. 1564년 그의 정치적 배경 인물로 꼽혀온 권신權臣 이량이 축출되자, 대간의 탄핵으로 파직되어 고향으로 돌아갔다. 1574년 과거 급제자인 점이 고려되어 제용감정濟用監正에 재기용되고 이어 장단도호부사長湍都護府使를 지냈다. 사가독서 때 지어 바친 시로 명종으로부터 찬탄과 함께 말한 필을 하사받았다.

강백년 姜栢年 1603-1681

조선 중기의 문신. 본관은 진주. 자는 숙구叔久, 호는 설봉雪峰·한계閑溪·청월헌聽月軒. 1660년(현종 1) 예조참판으로서 동지부사冬至副使가 되어 청나라에 다녀왔다. 문명文名이 높았으며 기로소耆老所에 들어갔다. 1690년(숙종 16) 영의정에 추증되었고, 후에 청백리로 녹선錄選되었다. 문집에 《설봉집》, 《한계만록閑溪謾錄》 등이 있다.

강정일당 姜靜一堂 1772-1832

도학자. 본관은 진주. 윤광연尹光演의 아내이다. 시아버지 타계 후 집안이 더욱 어려워져 남편이 생계 마련에 분주하자 이를 만류, 다시 학문의 길로 들게 하였으며 독학하던 남편을 타일러 당대의 학자 송치규宋穉圭의 사문師門에 들어가게 하였다. 특히 실덕實德과 의義를 중시하여 수기치인修己治人의 정신이 완성된 때 성성성현成聖成賢에 가까워짐을 주장하였다. 그녀의 학문과 덕을 기리어 남편 윤광연은 《정일당유고》를 출간하였다.

강희안 姜希顔 1417-1464

조선 초의 문신. 본관 진주. 자는 경우景遇, 호는 인재仁齋. 1456년 단종 복위 운동에 연루되었다는 혐의로 신문을 받는 등 고초를 겪기도 하였으나, 성삼문의 변호로 화를 면하였다. 시 · 그림 · 글씨에 뛰어나 세종 때의 안견安堅 · 최경崔涇 등과 더불어 3절三絶이라 불렀다. 저서로 《양화소록養花小錄》이 있으며, 그림으로 〈고사관수도高士觀水圖〉, 〈산수인물도山水人物圖〉, 〈강호한거도江湖閑居圖〉 등이 전하는데, 산수화 · 인물화 등 모든 부문에 뛰어났다.

고경명 高敬命 1533-1592

조선 중기의 문인. 의병장. 자는 이순而順, 호는 제봉霽峯 · 태헌苔軒. 시호는 충열忠烈. 임진왜란 때 의병 6, 7천 명을 거느리고 북상하다가 금산 싸움에서 전사하였다. 시문과 글씨에 모두 뛰어났다. 문집 《제봉집》이 전한다.

고순 高淳 성종조

본관은 제주濟州. 자는 희지熙之, 시호諡號는 효의孝義이다. 제학提學을 지냈다.

고시언 高時彦, 1671-1734

자는 국미國美, 호는 성재省齋. 본관은 개성開城. 역관으로서 여러 차례 청나라에 다녀와 위계가 2품에 이르렀다. 경사經史에 통달했으며, 한시에 뛰어났다. 만년에는 서민 시집 《소대풍요昭代風謠》를 편찬했다. 저서에 《성재집》이 있다.

고조기 高兆基 ?-1157

본명은 당유唐愈. 고려 예종 때 과거에 급제, 벼슬이 정당문학政堂文學에 이르렀다. 청백리로 이름이 높았고 이자겸 일파를 반대하는 데 앞장섰다. 농촌 생활을 노래한 작품을 많이 남겼고 특히 5언시에 능하다는 이름이 있었다.

구음 具崟 1614-1683

조선 중기의 문신. 본관은 능성綾城. 자는 차산次山, 호는 명곡明谷. 증조부는 사민思閔, 아버지는 인지仁至이다. 이식李植의 문인이다. 1648년(인조 26) 사마시에 합격하여 진사가 되고 1652년(효종 3)에 참봉으로 증광문과에 병과로 급제하여 여러 벼슬을 거쳐 1669년(현종 10)에 장령掌令, 이듬해 정언正言이 되었다. 1678년에 다시 장령을 거쳐 헌납獻納이 되고, 이듬해 사간司諫, 승지에 이어 1681년에 간성군수를 지냈다. 저서로는 《명곡문집》이 있다.

권만 權萬 1688-1749

조선 후기의 문신. 본관은 안동安東. 자는 일보一甫, 호는 강좌江左. 1721년 사마시에 합격하였고, 1725년 증광문과에 급제하였다. 1728년 정자正字로 재직 시 이인좌李麟左의 난이 일어나자 의병장 유승현柳升鉉을 도와서 반역을 꾀한 무리들을 진압하는 데 공을 세웠다. 1746년 병조좌랑으로 문과중시에 급제하였고, 병조정랑이 되었다. 정조 때 창의倡義의 공으로 이조참의에 추증되었다. 저서에 《강좌집》이 있다.

권이진 權以鎭 1668-1734

조선 후기의 문신. 본관은 안동. 자는 자정子定, 호는 유회당有懷堂 또는 만수당漫收堂. 윤증尹拯의 문인이다. 1721년 승지에 올랐으며 사은부사謝恩副使가 되어 청나라에 다녀왔다. 1728년 호조판서가 되어 궁중에서 민간의 전답을 매입하지 말 것과 공물을 정액 이상으로 거두지 못하게 할 것을 건의하였으며 1732년 평안도 관찰사로 부임하였다. 글씨에 능하였고 시호는 공민恭敏이며 저서로 《유회당집》이 있다.

권필 權韠 1569-1612

조선 중기의 문신. 자는 여장汝章, 호는 석주石洲. 권벽權擘의 아들로 어려서부터 시명이 높았다. 이정구李廷龜의 천거로 백의로 종사관에 임명되었다. 시정時政을 풍자하는 시를 많이 지어 권귀權貴의 미움을 받았다. 광해군의 어지러운 정치를 풍자하는 궁류시宮柳詩를 지었다가 그때 일어난 무옥誣獄에 연좌되어 광해군의 친국을 받고 귀양 가는 도중에 죽었다. 허균은 그의 시의 아름다움과 여운을 높이 평가한 바 있다.

기준 奇遵 1492-1521

자는 자경子敬, 호가 복재服齋 또는 덕양德陽. 행주幸州 사람으로 중종 때 급제하여 호당에 들었다가 전한典翰, 응교應敎를 역임하였다. 촉망받는 학자였으나 중종조 기묘사화에 연루되어 귀양 갔다가 뒤에 사형당하였다. 뒤에 이조판서에 추증되었고, 기묘명현己卯名賢으로 불렸다. 시호는 문민文愍. 문집으로 《덕양집》이 전한다.

길재 吉再 1353-1419

고려 말 조선 초의 학자. 자는 재보再父, 호는 야은冶隱 · 금오산인金烏山人. 시호는 충절忠節. 이색 · 정몽주 · 권근權近의 제자로 성리학에 조예가 있었다. 고려가 망하자 두 왕조를 섬길 수 없다 하여 끝내 출사하지 않았다.

김극검 金克儉 1439-1499

본관은 김해金海. 자는 사렴士廉, 호는 괴애乖崖. 세조 때 장원 급제하여 호조참판과 대사헌을 지냈다. 청렴하여 매우 가난하였다. 시풍은 화려하되 평이한 것이 특징이다. 작품이 《대동시선大東詩選》에 실려 있다.

김니 金柅 1540-1621

조선 중기의 학자. 본관은 전주全州. 자는 지중止中, 호는 유당柳塘. 임진왜란 때는 김응서金應瑞와 함께 진두에서 많은 군공을 세웠으며, 선무원종공신宣武原從功臣에 기록되고 청백리에도 뽑혔다. 그는 양재역 벽서 사건으로 안변에 유배된 백인걸白仁傑을 찾아가 스승으로 섬겼고, 학문이 크게 진전되어 명성이 나자 함경도관찰사 김광진金光軫이 문하에 두어 교육을 시켰다. 저서로는 《유당집》이 있다.

김득신 金得臣 1604-1684

본관은 안동. 자는 자공子公, 호는 백곡柏谷. 당시 한문 4대가인 이식으로부터 "그대의 시문이 당금當今의 제일"이라는 평을 들음으로써 문명文名이 세상에 알려졌다. 공부할 때 옛 선현과 문인들이 남겨놓은 글들을 많이 읽는 데 주력했고 특히 〈백이전伯夷傳〉은 1억 번이나 읽었다고 하여 자기의 서재 이름을 억만재億萬齋라 지었다. 저서에 《백곡집》, 《종남총지終南叢志》 등이 있다.

김류 金瑬 1571-1648

조선 중기의 문신. 본관은 순천順川. 자는 관옥冠玉, 호는 북저北渚. 송익필宋翼弼의 문인으로 문장의 기력氣力을 숭상하고 법도가 엄격하였다 한다. 시율詩律도 정련청건精鍊淸健하고 서체 또한 기묘하여 비문을 많이 남겼다. 저서로는 《북저집》이 있으며 시호는 문충文忠이다.

김보 金普 숙종조

고려 말기의 문신. 본관은 김해. 호는 죽강竹岡. 대역죄로 주살된 기철奇轍 일당으로 몰려 가라산에 유배되었다가 신돈辛旽이 집권하면서 도첨의찬성사都僉議贊成事를 거쳐 수시중守侍中에까지 이르렀다. 그러나 뒤에 신돈에게 국정을 맡기는 것이 옳지 않다고 여러 차례 왕에게 건의하여 신돈의 미움을 받아 파직되었다. 시호는 충간忠簡이다.

김부식 金富軾 1075-1151

고려 때 문신. 자는 입지立之, 호는 뇌천雷川. 시호는 문열文烈. 우리나라 고문古文의 대가로, 송나라 사신 서긍徐兢은 "박학강지博學强識하여 글을 잘 짓고 고금을 잘 알아 학사의 신복信服을 입으니 능히 그보다 위에 설 사람이 없다"고 평하였다. 박승중 · 정극영 등과 《예종실록》을 수찬하였고, 1134년 묘청妙淸의 난 때에는 원수가 되어 이를 토벌하였다. 1145년 《삼국사기三國史記》 50권을 편찬하였고, 《인종실록》 편찬에도 참여하였다. 《김문열공집》 20권이 있었다 하나 전하지 않는다.

김삼의당 金三宜堂 1769-1823

정조 때의 여류시인. 전북 남원 태생으로, 한 마을에 사는 하욱河煜과 생년월일시가 같다 하여 결혼하였다. 어려서부터 시문에 능하여 많은 시작을 남겼다. 주로 남편과 주고받은 시문을 모아 엮은 문집 《삼의당고》가 전한다.

김상헌 金尙憲 1570-1652

조선 인조 · 효종 때의 상신相臣. 본관은 안동. 자는 숙도叔度, 호는 청음淸陰 · 석실산인石室山人 · 서간노인西磵老人. 예조판서로 병자호란이 일어나자 주화론主和論을 배척하고 끝까지 주전론主戰論을 펴다가 인조가 항복하자 안동으로 은퇴하였다. 1639년 청나라가 명나라를 공격하기 위해 요구한 출병에 반대하는 상소를 올렸다가 청나라에 압송되어 6년 후 풀려 귀국하였다. 윤근수尹根壽의 문하에서 경사經史를 수업하고, 성혼의 도학에 연원을 두었다. 문집으로 《청음집》이 전한다. 시호는 문정文正이다.

김수온 金守溫 1410-1481

자는 문량文良, 호는 괴애乖崖 · 식우拭疣. 학문과 문장이 뛰어났으며 불교에도 조예가 깊었다. 특히 그의 문장은 호방한 것으로 정평이 나 있었거니와 시작詩作 역시 자유분방하고 형식에 구애받지 않아 거칠기까지 하였다. 저서로《식우집》이 있다.

김수항 金壽恒 1629-1689

조선 중기의 문신. 본관 안동. 자는 구지久之, 호는 문곡文谷. 시호는 문충文忠. 1680년 영의정이 되고 1681년《현종실록》편찬 총재관摠裁官을 지냈으며 1689년 기사환국으로 남인이 재집권하게 되자 진도에 유배된 후 사사賜死되었다. 전서篆書를 잘 썼으며, 현종 묘정廟庭에 배향되었다. 문집에《문곡집》이 있다.

김시보 金時保 1658-1734

조선 후기의 문신 · 시인. 본관은 안동. 자는 사경士敬, 호는 모주茅洲이다. 이조참판 김광현金光炫의 증손이며 김성우金盛遇의 아들이다. 진사를 거쳐 음서로 관직에 나가 공조좌랑, 간성군수, 무주부사 등을 거쳐 도정에 이르렀다. 대사성을 지내다가 1689년 기사환국 이후 은거한 김창협金昌協의 문인으로《삼연집三淵集》을 쓴 김창흡金昌翕 등과 교류하면서 시를 많이 썼다. 저서로는 시집《모주집》10권이 있다.

김신윤 金莘尹 고려 후기

고려 후기의 문신. 의종 때 의주 등 동서양계東西兩界의 지방관을 역임하였다. 1171년(명종 1) 우간의대부右諫議大夫로 동지공거同知貢擧가 되고, 이어 좌간의대부左諫議大夫가 되었다. 또한 승선承宣 이준의李俊儀 · 문극겸文克謙이 겸하고 있는 대성臺省의 관직을 해임할 것을 청하기도 하였다. 그러나 이 일로 인해 도리어 판대부사判大府事로 좌천되었다.

김양경 金良鏡 ?-1235

고려 중기의 학자이며 정치가. 재주가 뛰어나고 총명하며 예서隸書를 잘 썼는데, 벼슬이 뒤에 중서시랑평장사中書侍郎平章事에 이르렀다.

김이만 金履萬 1683-1758

조선 후기의 문신. 본관은 예천醴泉. 자는 중수仲綏, 호는 학고鶴皐. 1713년 사마증광시에 급제, 전적典籍, 병조좌랑 등을 거쳐 양산군수가 되었다. 양산군수 재직 때 수재를 막기 위하여 자기의 녹봉으로 제방을 쌓았다. 이에 백성들이 그 은혜를 칭송하여 비를 세우고, 이름을 청전제靑田堤라고 불렀다. 1745년 장령掌令으로서 민생 안정의 저해 요인으로 풍속의 사치스러움과 수령·감사의 탐오함을 들어, 현명한 지방관을 선임하도록 주장하여 영조의 치하를 받았다. 1756년 국가에서 노인을 우대하는 정책에 따라, 통정대부通政大夫에 올랐고 이어 첨지중추부사僉知中樞府事에 이르렀다.

김인후 金麟厚 1510-1560

조선 중기의 문신. 자는 후지厚之, 호는 하서河西·담재湛齋. 시호는 문정文正. 김안국金安國의 제자로 1540년 과거에 급제하여 홍문관 부수찬을 지냈고, 윤원형尹元衡과 윤임尹任 사이의 당쟁을 염려하다가 을사사화 이후 고향 장성으로 내려가 성리학 연구에 몰두하였다. 저서에 《하서집》이 있다.

김자수 金自粹 고려 말

고려 말의 문신. 본관은 경주慶州. 자는 순중純仲, 호는 상촌桑村. 고려 말 정세가 어지러워지자 일체의 관직을 버리고 고향인 안동에 은거하였다. 조선이 개국된 뒤 태종이 형조판서로 불렀으나 나가지 않고, 자손에게 결코 무덤을 만들지 말라는 유언을 남기고 자결하였다. 이숭인李崇仁·정몽주 등과 친분이 두터웠으며, 문장이 뛰어나 그의 시문이 《동문선東文選》에 실려 있다.

김장생 金長生 1548-1631

조선 인조 때의 문신. 자는 희원希元. 호는 사계沙溪. 시호는 문원文元이다. 율곡栗谷뿐 아니라 송익필에게도 사사하여 두 분 스승의 학통을 함께 이었는데, 학문과 실천에 모두 돈독하여 율곡이 크게 기대하였다. 그는 예학에 관한 한 1인자로 자임하였고, 그의 아들 김집金集 역시 예학에 일가를 이루었다. 문집으로는 《경서변의經書辨疑》, 《가예집람家禮集覽》, 《의예문해疑禮問解》 등이 있고 벼슬은 형조참판에까지 이르렀다.

김정 金淨 1486-1521

조선 전기의 문신. 자는 원충元沖, 호는 충암沖菴이다. 중종이 왕후 신씨愼氏를 폐하고 장경왕후章敬王后를 옹립한 일을 명분에 어긋난다 하여 격렬히 반대하였다. 이후 장경왕후가 죽자 신씨 복위를 극간하다가 유배되었으며, 기묘사화 때 조광조 일파로 몰려 제주도에 귀양 갔다가 그곳에서 이듬해에 사사되었다.

김창흡 金昌翕 1653-1722

조선 후기의 학자 · 문인. 본관은 안동. 자는 자익子益, 호는 삼연三淵. 벼슬에 나아가지 않고 학문에 전념하여 일가를 이루었다. 문장에도 매우 능하여 후세 문인들에게 큰 영향을 끼쳤다. 저서로는 《삼연집》, 《심양일기瀋陽日記》, 《문취文趣》 등이 있다.

김충신 金忠信 인조조

미상.

나식 羅湜 1498-1546

조선 중기의 학자. 본관은 안정安定. 자는 정원正源, 호는 장음정長吟亭. 김굉필金宏弼 · 조광조의 문인. 1534년(중종 29) 사마시에 합격하여 선릉참봉宣陵參奉이 되었다. 1545년(명종) 즉위년 을사사화 때 윤임 일파와 관련되어 파직, 홍양에 유배되고, 이듬해 강계에 위리안치圍籬安置된 뒤 사사되었다. 1568년(선조 1) 영의정 이준경李浚慶의 상소로 신원되었다. 문집에 《장음정집》이 있다.

남극관 南克寬 1689-1714

조선 숙종 때의 문인으로, 문장이 뛰어났다. 영의정 구만九萬의 손자이고, 명학鳴鶴의 아들이다. 26세에 요절하였다. 특히 시문에 조예가 깊어 당대 문인의 시문평詩文評을 실어놓았다. 고사를 많이 인용하였으며, 특히 묘사나 서정에는 재치가 뛰어났다. 저서에는 그의 시와 잡저 및 수필 등이 수록된 《몽예집夢藝集》이 있다.

남씨 南氏 생몰 미상

미상. 이필운李弼運의 처.

남유상 南有常 1696-1728

조선 후기의 문신. 본관은 의령宜寧. 자는 길재吉哉, 호는 태화자泰華子. 춘추관 기사관記事官으로《숙종실록》의 편찬에 참여하고, 실록랑實錄郎을 이어 수찬修撰, 이조정랑을 지냈다. 1728년 소론의 영수인 이광좌李光佐를 배척하다가 당론을 일으켰다 하여 동료 신만申晩 등과 함께 영암에 유배되었다. 그 뒤 곧 풀려나왔으나 그 해 병으로 일찍 죽었다. 재주가 높아 시문과 글씨에도 능하였다. 뒤에 홍문관 부수찬副修撰에 추증되었다. 저서로는《태화자고》가 있다.

남효온 南孝溫 1454-1492

조선 전기의 문인. 본관은 의령. 자는 백공伯恭. 호는 추강秋江·행우杏雨·최락당最樂堂이다. 생육신의 한 사람이다. 산수를 좋아하여 경치 좋은 곳을 찾아 유랑 생활을 하며 일생을 보냈다. 1492년(성종 23) 39세로 세상을 떠났으나 1504년 갑자사화 때 김종직金宗直의 문인이었다는 것과 또한 그가 소릉昭陵 복위를 상소한 것을 난신亂臣의 예로 규정하여 부관참시剖棺斬屍되었다. 저서로는《육신전六臣傳》,《추강집》등이 있다.

노긍 盧兢 1738-1790

조선 후기의 문인. 본관은 교하交河. 자는 신중愼仲·여림如臨, 호는 한원漢源. 그는 당대에 심익운沈翼雲·이가환李家煥과 함께 조선 후기 3대 시인으로 언급될 정도로 문명이 높았다. 당대 세도가인 홍봉한洪鳳漢의 집안에서 과거 선생을 하기도 하였다. 1771년 1월 과거에서 과문을 팔았다는 죄목으로 평안도 오지인 위원군에 유배돼 6년 귀양살이를 했다. 문집에《한원유고》가 있다.

능운 凌雲 생몰 미상

조선 후기의 기녀. 그 밖에 알려진 것이 없다.

목대흠 睦大欽 1575-1638

조선 중기의 문신. 본관은 사천泗川. 자는 탕경湯卿, 호는 다산茶山 또는 죽오竹塢. 1624년(인조 2) 이괄의 난이 일어나자 영의정 이원익李元翼의 종사관으로 종군하여 난을 평정하는 데 공을 세웠다. 1632년 예조참의가 되고 이듬해 강릉부사가 되었는데, 민심을 얻어 나중에 유애비遺愛碑가 세워졌다. 천성이 고결하고 시문에 뛰어났다. 통훈대부通訓大夫, 홍문관 교리校里, 지제교 겸 경연시독관知製教兼經筵侍讀官에 추증되었다. 저서로는 《다산집》이 있다.

박계강 朴繼姜 조선 전기

조선 전기의 문장가. 본관은 밀양密陽. 호는 시은市隱. 《이향견문록里鄕見聞錄》에 의하면 40세까지 글을 깨우치지 못하다가 길거리에서 천예賤隸에게 수모를 당하고 분발하여 수년 만에 문명을 날리게 되었다고 한다. 기묘명현의 한 사람이었던 김정과 교유하였으며 풍월향도시인風月香徒詩人의 한 사람이었다. 작품으로 〈증인贈人〉 등 3수가 남아 있다. 홍세태洪世泰의 《해동유주海東遺珠》에는 박계강의 시가 제일 첫머리에 실려 있다.

박세당 朴世堂 1629-1703

조선 중기의 문신. 본관은 반남潘南. 자는 계긍季肯, 호는 서계西溪. 시호는 문정文貞. 1660년(현종 1) 문과에 장원하여 관계에 들어간 뒤 부수찬, 수찬, 동지사서장관冬至使書狀官, 예조·형조참의, 공조판서 등을 역임하고 판중추부사判中樞府事로 기로소에 들었다가 《사변록思辨錄》을 저술하여 반주자反朱子라하여 사문난적의 낙인이 찍혀 관작을 삭탈당하였고, 유배 도중 옥과에서 사망하였다.

박수량 朴遂良 1475-1546

본관은 강릉江陵. 자는 군거君擧, 호는 삼가정三可亭. 1504년(연산군 10) 진사가 되었다. 단상법短喪法이 엄한 연산군 때 모친상을 당하여, 3년간 여막에서 살았다. 중종반정 뒤 고향에 효자정문孝子旌門이 세워졌다. 유일遺逸로 천거되어 7년간 용궁현감, 이어 사섬시주부司贍寺主簿 등을 지냈다. 1519년(중종 14) 기묘사화로 파직, 강릉으로 돌아가 시와 술로 여생을 보냈다. 문집으로 《삼가집》이 있다.

박윤원 朴胤源 1734-1799

조선 후기의 성리학자. 본관은 반남. 자는 영숙永叔, 호는 근재近齋. 어려서부터 총명하여 책을 읽으면 한 번에 수십 줄씩 읽었다. 김원행金元行과 김지행金砥行의 문하에 들어가 학문을 깊이 연구해 학자들로부터 크게 추앙받았다. 집이 가난해 비

와 바람을 피할 수 없는 형편이었지만, 끝내 벼슬하지 않고 학문 연구에 전념하였다. 조선 후기의 성리학의 중요한 학파를 형성한 인물이다. 예학에 관해서도 깊은 연구와 해박한 지식이 있었다. 저서로《근재집》과《근재예설近齋禮說》이 있다.

박제가 朴齊家 1750-1805

자는 차수次修, 호는 초정楚亭. 19세 때 연암 박지원의 문하에서 실학을 연구, 이덕무李德懋·유득공柳得恭·이서구李書九 등 실학자들과 교류하였다. 1776년《한객건연집韓客巾衍集》이 청나라에 소개되어 우리나라 시문 4대가의 한 사람으로 알려졌다.《북학의北學議》내외편을 저술, 실사구시의 사상을 토대로 내편에서는 기구와 시설의 개선을 다루었고, 외편에서는 정치·사회제도의 모순점을 지적하여 개혁 방안을 개진하였다. 저서로는《정유시고貞蕤詩稿》등이 있다.

박준원 朴準源 1739-1807

조선 후기의 문신. 본관은 반남. 자는 평숙平叔, 호는 금석錦石. 그의 셋째 딸이 정조의 수빈綏嬪이 되면서 원릉참봉元陵參奉이 되었다. 1790년 수빈이 원자를 낳자 호산護產한 공으로 통정대부에 올랐다. 이어서 호조참의가 되어 궁중에 상주하며 원자를 보도하였다. 1800년 원자가 순조로 즉위한 뒤에 금위대장禁衛大將이 되어 이후 8년간 병권을 장악하였다. 영의정에 추증되었으며 덕행이 내외에 드높았다. 문집으로《금석집》이 있다.

박지원 朴趾源 1737-1805

조선 후기의 문인. 본관은 반남. 자는 중미仲美, 호는 연암燕巖. 1780년 친족 형 박명원朴明源이 청나라에 갈 때 동행했다. 이때 지은《열하일기熱河日記》는 기행문의 명저로 잘 알려져 있다. 북학파의 영수로 이용후생의 실학을 강조했으며, 특히 기발한 문체를 구사하여 당대와 후세에 큰 영향을 끼쳤다. 저서에《연암집》이 있다.

박태욱 朴泰郁 18세기 초

본관은 문의文義. 자는 여빈汝賓.

배전 裵婰 1843-1899

본관은 김해金海. 호는 차산此山. 향리 김해에서 은거하였다. 그림은 산수나 기명절지器皿折枝 · 사군자를 잘하였으며, 글씨는 자유분방한 필치를 구사하여 회화성을 느낄 수 있다. 동기창체董其昌體를 잘 썼다고 하며, 남은 유작을 보면 당시 유행한 추사체의 영향도 보인다.

백광훈 白光勳 1537-1582

조선 중기의 문인. 본관은 해미海美. 자는 창경彰卿, 호는 옥봉玉峯. 최경창崔慶昌 · 이달李達과 함께 삼당시인三唐詩人으로 불렸다. 풍류성색風流聲色을 중시하였으며 낭만적 시풍을 지녔다. 이정구李廷龜는 그의 시가 천기天機로 이루어진 것이라 평하며, 당나라 천재 시인 이하李賀에 견주었다.

변계량 卞季良 1369-1430

고려 말 조선 초의 문신. 자는 거경巨卿, 호는 춘정春亭. 20여 년간 대제학을 지내는 동안 대부분의 외교문서를 도맡아 지어 명문장으로 이름을 떨쳤다. 《태조실록》의 편찬과 《고려사》 개수에도 참여하였다. 시에도 뛰어났다. 저서로 《춘정문집》이 있다.

서거정 徐居正 1420-1488

조선 전기의 문인 · 학자. 본관은 달성達城. 자는 강중剛中, 호는 사가四佳. 문학과 경서뿐 아니라 천문 · 지리 · 의학 등 여러 분야에 정통하였다. 문장과 도덕으로 당대에 으뜸이었다. 23년 동안 대제학의 벼슬을 지냈으며 수많은 금석문金石文을 저술하였다. 저서에 《동인시화東人詩話》 등이 있고 문집으로 《사가집》이 있다.

서경덕 徐敬德 1489-1546

조선 중종 때의 학자. 자는 가구可久, 호는 화담花潭. 어머니의 명령으로 사마시에 합격했을 뿐 벼슬은 단념하고 오직 도학道學에만 힘을 쓰며 제자를 양성했다. 평생 가난했어도 흔들리지 않고 학문을 연구하였으나, 정치의 잘못을 들을 때에는 개탄함을 금하지 못하였다. 유고로 《원리기原理氣》, 《이기설理氣說》, 《태허설太虛說》 등이 남아 있다.

서영수각 徐令壽閣 1753-1823

결혼 직후에는 아이를 기르고 남편의 뒷바라지에 전념하다 집안이 안정되자 자신의 문학적, 수학적 재능을 쏟아냈다. 복잡하고 어려운 수학공식을 간편히 푸는 방식을 스스로 고안해내기도 하였다. 그의 시와 글 192편은 남편 홍인모洪仁謨의 시집《족수당집足睡堂集》6권에 '부영수각고附令壽閣考'라는 이름으로 남아 있다.

설손 偰遜 ?-1360

자는 공원公遠, 호는 근사재近思齋. 회골回鶻 사람이다. 대대로 원나라에서 벼슬하다가 홍건적의 난리를 피해 공민왕 때 고려에 이주하여 귀화하였다. 공민왕은 그를 부원군富原君에 봉하여 경주로 본관을 내렸다. 시에 능하고, 특히 민요를 수집하여 시를 지었다.

설장수 偰長壽 1341-1399

고려 말 조선 초의 문신. 본관은 경주. 자는 천민天民, 호는 운재芸齋. 시호는 문량文良. 이성계를 도와 조선 개국에 참가하여 9공신의 한 사람이 되었는데, 정몽주가 죽은 뒤 그 일당으로 몰려 해도로 귀양 갔다. 조선 초 태조에 의해 등용되어 1396년 검교문하시중檢校門下侍中에 복직되고, 계림鷄林(경주)을 본관으로 하사받아 연산부원군燕山府院君에 봉해졌다. 시와 글씨에도 능하였고 여덟 차례에 걸쳐 명나라에 사신으로 다녀왔다.

성삼문 成三問 1418-1456

조선 단종 때의 충신, 학자. 사육신의 한 사람. 자는 근보謹甫·눌옹訥翁, 호는 매죽헌梅竹軒. 1438년 생원으로 문과에 급제하고 1447년 중시에 장원으로 급제하였다. 1455년 세조가 단종을 내쫓고 왕위에 오르니 예방승지禮房承旨로 있다가 국새를 안고 통곡하였다. 그 이듬해 아버지 승勝·박팽년朴彭年 등과 같이 상왕의 복위를 꾀하다가 발각되어 가혹한 고문 끝에 박팽년·이개李塏·하위지河緯地·유성원柳誠源·유응부兪應孚 등와 함께 한강가에서 처형되었다.

성석린 成石璘 1338-1423

고려 말 조선 초의 문신. 본관은 창녕昌寧. 자는 자수自修, 호는 독곡獨谷. 1384년

밀직제학密直提學으로 있을 때 왜구가 쳐들어오자 조전원수助戰元帥로서 양백연楊伯淵과 함께 출전하여 격퇴시켰다. 뒤에 옥사에 연좌되어 함안에 귀양 갔다가, 조선 건국 후 다시 발탁되어 영의정을 지냈다. 저서로《독곡집》이 있다.

성윤해 成允諧 명종조

조선 중기의 학자. 본관은 창녕. 자는 화중和仲, 호는 판곡板谷. 상주尙州 출신. 참봉 근近의 아들이며 운運의 조카이다. 원통산 밑에 집을 짓고 서책과 자연에 묻혀 일생을 보냈는데, 만년이 된 1583년(선조 16) 이이·정지연鄭芝衍·이후백李後白 등의 추천으로 왕자사부王子師傅, 태인현감 등의 관직이 내려졌으나 모두 취임하지 않았다. 조헌趙憲의 상소에 숨은 선비 중에 언론과 풍지風旨가 바르고 굳센 최고의 인물이라고 평가되었다. 상주의 봉산서원鳳山書院과 물계의 세덕사世德祠에 제향되었다.

송시열 宋時烈 1607-1689

본관은 은진恩津. 자는 영보英甫, 호는 우암尤庵·화양동주華陽洞主. 시호는 문정文正. 주자학의 대가로서 이이의 학통을 계승하여 기호학파의 주류를 이루었다. 성격이 과격하여 정적을 많이 가졌으나 그의 문하에서 많은 인재가 배출되었으며 글씨에도 일가를 이루었다. 저서에《송자대전宋子大全》,《우암집》등이 있다.

송익필 宋翼弼 1534-1599

본관 여산礪山. 자는 운장雲長, 호는 구봉龜峰·현승玄繩. 시호는 문경文敬. 서출이라 벼슬은 못하였으나 이이·성혼 등과 학문을 논하여 성리학과 예학禮學에 통하였다. 문장에도 뛰어나 '8문장가'의 한 사람으로 꼽혔으며 시와 글씨에도 일가를 이루었다. 고양에서 후진 양성에 힘써 문하에서 많은 학자가 배출되었는데, 그중 김장생은 예학의 대가가 되었다. 지평持平이 추증되었으며 문집에《구봉집》이 있다.

송한필 宋翰弼 선조조

조선 중기의 학자·문장가. 본관은 여산. 자는 계응季鷹, 호는 운곡雲谷. 송익필의 동생이다. 이이에 대한 함원含怨을 동인들이 익필에게 전가하여 1589년에 일족을 노예로 환천還賤시켰다. 그리하여 일족이 유리遊離, 분산되는 비극을 당하였다. 그의 생애에 대해서 알 길이 없지만 그는 형 익필과 함께 선조 때의 성리학자 · 문장가로 이름이 있었다. 이이는 "성리性理의 학문을 토론할 만한 사람은 익필 형제뿐"이라고 하였다. 시 32수와 잡저가 송익필의 《구봉집》에 부록으로 실려 있다.

신숙 申淑 ?-1160

고려 전기의 문신. 본관은 고령高靈. 인종 때 명경과에 급제하여 청렴, 충직하기로 이름이 나고 여러 차례 관직을 옮겨 어사잡단御史雜端에 이르렀다. 의종 초 시어사侍御史 송청宋淸과 함께 합문에 엎드려 3일 동안 시사時事를 논하였으나 회보回報가 없으므로 병을 구실로 사직하였다. 그 뒤에 여러 차례 관직에 임명되어 간하였다 파직당하였다.

신숙주 申叔舟 1417-1475

조선 초 학자 · 정치가. 자는 범옹泛翁, 호는 보한재保閒齋 또는 희현당希賢堂. 그가 죽자 세조가 "당태종에게는 위징魏徵이 있었고, 내게는 숙주가 있었다"고 할 만큼 임금의 신뢰를 받았다. 저서로 《보한재집》, 《북정록北征錄》, 《해동제국기海東諸國記》, 《사성통고四聲通攷》 등이 있다.

신유한 申維翰 1681-?

조선 후기의 문신 · 문장가. 본관은 영해寧海. 자는 주백周伯, 호는 청천青泉. 1713년 증광문과에 급제하고 1719년 제술관製述官이 되어 통신사 홍치중洪致中을 따라 일본에 다녀왔으며, 봉상시첨정奉常寺僉正에 이르렀다. 문장에 탁월하였고, 특히 시에 걸작이 많았으며, 사詞에도 능하였다. 최두기崔杜機와 친하였다. 저서로는 《청천집》, 《해유록海游錄》이 있다.

신항 申沆 1477-1507

조선 중기의 문신. 본관은 고령高靈, 자는 용이容耳. 어려서부터 총명하여 글을 읽은 지 몇 해 만인 7, 8세에 《시경》을 배우고, 《황산곡집黃山谷集》을 외우는 데 한 자도 틀림이 없었다고 한다. 14세에 성종의 첫째 딸 혜숙옹주惠淑翁主를 아내로 맞아 고원위高原尉에 봉해졌다. 1504년 풍원위豊原尉 임숭재任崇載의 참소로 위계를 박

탈당하고 궁궐 출입이 금지되었다. 중종반정 후 반정에는 직접 가담하지 않았으나 원종공신原從功臣 1등에 책봉되고 봉헌대부奉憲大夫에 올랐다.

신흠 申欽 1566-1628

본관은 평산. 자는 경숙敬叔, 호는 상촌象村 또는 현옹玄翁. 어려서부터 문장으로 이름이 높아 한문 4대가의 한 사람으로 꼽힌다. 1586년 별시문과에 급제, 1592년 임진왜란 당시에는 삼도순변사三道巡邊使 신립申砬을 따라 종군하였다. 인조 때 벼슬이 대제학, 영의정에 이르렀고, 만년에는 자연에 묻혀 지냈다. 시호는 문정文貞. 도연명을 사모하여 그의 시를 차운한 수백 수의 시를 남겼다. 문집에 《상촌집》이 있다.

신희명 申熙溟 1664-?

조선 중기의 학자. 본관은 고령. 자는 행보涬甫. 통정대부, 절충장군折衝將軍을 지냈고, 내의內醫로 있었다.

안민학 安敏學 1542-1601

조선 중기의 학자·문신. 본관은 광주廣州. 자는 습지習之라고 하였다가 이습而習으로 고쳤다. 호는 풍애楓崖. 그는 과거에 뜻을 두지 않고 경經·사史·백가百家를 널리 섭렵하였으며, 25세에 박순朴淳에게 나아가 사제 관계를 맺은 뒤 이이·정철·이지함李之菡·성혼·고경명 등과 교유하였다. 그의 학문은 대체로 이이 계열에 속하며, 필법도 뛰어났다. 저서로 《풍애집》이 있다.

오경 吳慶 1490-1558

본관은 해주海州. 호는 계산溪山이다. 김안국의 문인으로 1531년 진사시에 급제하였으나 벼슬에 뜻이 없어 이천에 은거하여 지냈다.

오상렴 吳尙濂 1680-1707

본관은 동복同福. 자는 유청幼清, 호는 연초재燕超齋·택남澤南·제월霽月. 1700년 스무 살 되던 해에 향시에 1등으로 합격하고 성시에 실패한 이후로 칩거하였다. 1704년 스물다섯 살 때 김이만과 함께 송곡松谷 이서우李瑞雨에게 시를 배웠다.

문집으로는 《연초재유고》가 남아 있다.

유방선 柳方善 1388-1443

조선 초의 학자. 자는 자계子繼, 호는 태재泰齋. 권근과 변계량 등에게서 배워 문명을 떨쳤다. 만년에는 《주역周易》에 몰두하였고, 문하에서 서거정 · 이보흠李甫欽 등의 학자를 배출했다. 산수화를 잘하였다. 저서에 《태재집》이 있다.

유석 柳碩 1595-1655

조선 후기의 문신. 본관은 진주. 자는 덕보德甫, 호는 개산皆山. 사람됨이 강방剛方하고 문장을 잘하여 박동열朴東說이 그의 변려체騈儷體 문장을 가히 소장공당蘇長公堂, 즉 소동파蘇東坡의 경지에 들어갈 만하다고 칭찬할 정도였다. 인성군 홍珙이 화를 당하자 전력으로 진언하였다.

유숙 柳淑 1324-1368

고려 말의 문신. 자는 순부純夫, 호는 사암思菴. 홍왕사의 변란 때 공을 세워 1등공신에 책록되었다. 그의 충직함을 꺼렸던 신돈의 모함으로 시골에 숨어 지내다가 신돈이 보낸 자객에게 영광에서 교살당하였다.

윤결 尹潔 1517-1548

1544년 사가독서를 하고 1546년에는 유구에 표류하였던 박손朴孫의 경험담을 토대로 《유구풍속기琉球風俗記》를 저술하였다. 1548년 홍문관 수찬이 되었다. 시정기時政記 필화 사건으로 참형된 안명세安明世의 정당함을 술자리에서 발설한 것이 빌미가 되어, 진복창陳復昌 등의 밀고로 문정왕후의 수렴청정과 윤원형의 세력 확장을 비판하였다고 하여 국문을 받던 중 옥사하였다. 시문에 능하였으며 1567년(선조 즉위년)에 복관되었다.

윤순 尹淳 1680-1741

본관은 해평海平. 자는 중화仲和. 호는 백하白下이며 학음鶴陰 · 나계蘿溪 · 만옹漫翁 · 양수讓叟라고도 한다. 조선 후기를 대표하는 문신 · 서예가이다. 왕희지체王羲之體와 우리나라 역대 명필을 배우고 나아가 중국 명필들의 글씨를 소화하여 특유의 백하체白下體를 이루었으며, 특히 송나라 미비米連 글씨의 대가로 유명했다. 이 밖에 그림에도 재주가 돋보여 산수 · 인물 · 화조를 잘하였다.

윤정 尹渟 1539-?

조선 중기의 문신. 본관은 파평坡平. 자는 지숙止叔. 1573년 사마시에 수석 합격하고 문과에 장원 급제하여 청요淸要의 관직을 두루 거쳤다. 이조정랑을 지냈다.

을지문덕 乙支文德 고구려 영양왕 때

고구려 26대 영양왕 때의 장수. 계루부 출신의 귀족으로 지략과 무용에 뛰어났고 시문에도 능하였다. 612년(영양왕 23)에 수양제隋煬帝가 거느린 수나라 군사 200만을 살수에서 전멸시켰다.

이가환 李家煥 1742-1801

조선 후기의 학자 · 가톨릭교도. 자는 정조廷藻, 호는 금대錦帶 · 정헌貞軒. 안정복安鼎福 · 정약용 등과 교유하며 학문 연구에 힘썼으며 가톨릭교에 흥미를 갖고 그 교리를 연구하였으나, 신해사옥 때는 광주부윤으로서 가톨릭교를 탄압하였다. 그 후 벼슬에서 물러난 후 가톨릭교 신자가 되어 신유사옥 때 순교하였다. 문장과 글씨에 뛰어났으며, 저서로《기전고箕田考》가 있다.

이건창 李建昌 1852-1898

본관은 전주. 자는 봉조鳳藻, 호는 영재寧齋 또는 명미당明美堂. 고종조에 15세로 문과에 급제하고 23세에 서장관書狀官으로 청나라에 가서 문장으로 이름을 떨쳤다. 조선 말의 뛰어난 문장가로 김택영金澤榮과 강위姜瑋 등 구한말의 문장가들이 그의 영향을 받았다. 문집으로《명미당집》과《당의통략黨議通略》이 전한다.

이경동 李瓊仝 세조조

조선 초기의 문신. 본관은 전주. 자는 옥여玉汝. 양성지梁誠之와 함께《북정록北征錄》의 편찬에 참여하였고, 예종 때는《세조실록》편찬에 참여하였다. 1475년 사은사謝恩使 서장관으로 명나라에 다녀왔다. 1483년《강목신증綱目新增》을 왕명으로 찬술하였고 1486년에는 대사헌으로서 유자광柳子光을 탄핵하였다. 그 뒤 임사홍

任士洪 일파와 어울려 대간의 탄핵을 받기도 하였다.

이곡 李穀 1298-1351

자는 중보中父, 호는 가정稼亭. 고려 말의 대학자이며 시인. 고려와 원나라에서 과거에 급제하였고 벼슬이 정당문학에 이르렀다. 원나라의 침입을 물리치기 위해 힘을 쏟았다. 이제현李齊賢과 민지閔漬가 편찬한 《편년강목編年綱目》을 보충하였고, 충렬왕 · 충선왕 · 충숙왕 3대의 실록을 편찬하였다. 문장이 유창하고 뜻이 심오하여 중국 사람들의 찬탄을 받았다. 시호는 문효文孝. 문집 《가정집》이 전한다.

이광사 李匡師 1705-1777

조선 후기의 서화가. 본관은 전주. 자는 도보道甫, 호는 원교圓嶠 · 수북壽北. 윤순尹淳에게 글씨를 배워 진眞 · 초草 · 예隸 · 전서篆書에 모두 능하였고, 그의 독특한 서체인 원교체成嶠體를 이룩하였다. 그림도 산수 · 인물 · 초충草蟲 등 여러 분야에 뛰어났다. 인물화는 남송원체화풍南宋院體畫風을 보이며, 산수화는 간결하고 담백한 남종화南宗畫의 특징을 나타낸다. 저서로 《원교서결圓嶠書訣》, 《원교집선圓嶠集選》 등이 있다.

이광우 李光友 1529-1619

조선 중기의 학자. 본관은 경주. 자는 화보和甫, 호는 죽각竹閣. 22세 때 조식趙植의 문하에서 수학하였다. 백부와 스승인 조식의 서원을 신안과 덕천에 각각 건립하였고 1610년(광해군 2) 5현이 제향된 것을 계기로 이언적李彦迪 · 이황을 무함, 배척한 정인홍鄭仁弘에게 글을 보내어 동문同門 입장에 꾸짖었다. 1791년(정조 15) 백부와 함께 배산사培山祠에 배향되었다. 저서로는 《죽각문집》이 있다.

이규보 李奎報 1168-1241

본관은 황려黃驪. 초명은 인저仁氐. 자는 춘경春卿, 호는 백운거사白雲居士. 명종 때 급제하였으나 불우하게 지냈다. 강직한 성품으로 당시 조정에서 인중룡人中龍이란 평이 있었다. 이인로李仁老 등 이른바 죽고칠현竹高七賢과 더불어 망년의 사귐을 나누었다. 최충헌崔忠獻 정권 아래에서 집현전학사集賢殿學士, 태보평장사太保平章事 등의 관직을 역임하였다. 시호는 문순文順. 문집에 《동국이상국집東國李相

國集》이 전한다.

이기설 李基卨 1558-1622

본관은 연안延安. 자는 공조公造, 호는 연봉蓮峰. 인조 때 사람으로 조정에서 여러 번 불렀으나 끝내 벼슬길에 나가지 않고 마포 서강에 은거하며 지냈다. 당시에 그와 권필과 성로成輅 세 사람이 서강에 살고 있었으므로, 이들을 서호西湖 삼고사三高士라 일컫기도 하였다. 저서로 《연봉집》이 있다.

이달 李達 1539-1612

자는 익지益之, 호는 손곡蓀谷. 선조조의 시인으로, 당시풍을 배워 백광훈 · 최경창과 더불어 삼당시인三唐詩人으로 일컬어졌다. 풍류를 즐겨 행동에 검속함이 없었다. 임경任璟은 《현호쇄담玄湖瑣談》에서 그의 시를 "가을 물의 부용꽃이 바람을 맞아 방긋 웃는 것만 같다"고 하여 그 시의 아름다움을 높인 바 있다. 문집으로 《손곡집》이 전한다.

이덕무 李德懋 1741-1793

본관은 전주. 자는 무관懋官. 호는 형암炯菴 · 청장관青莊館 · 아정雅亭 · 선귤당蟬橘堂 · 영처창處 등. 박제가 · 유득공 · 이서구 등과 함께 이른바 사가시인四家詩人의 한 사람으로 이름을 날렸다. 문자학文字學인 소학小學, 박물학博物學인 명물名物에 정통하고, 전장典章 · 풍토風土 · 금석 · 서화에 두루 통달하여, 박학적 학풍으로 유명하였다. 저술로 《청장관전서》가 있다.

이만부 李萬敷 1664-1732

조선 후기의 학자. 본관은 연안. 자는 중서仲舒, 호는 식산息山. 효성과 학행으로 천거되어 장릉참봉長陵參奉과 빙고별제氷庫別提 등에 임명되었으나 사퇴하고, 만년에는 역학易學에 전념하였다. 문장에 능하고, 글씨도 고전팔분체古篆八分體를 특히 잘 썼다. 저서로 《식산문집》이 있다.

이만원 李萬元 1651-1708

조선 후기의 문신. 본관은 연안. 자는 백춘伯春, 호는 이우당二憂堂. 승지에 발탁되었다가 광주부윤을 거쳐 1690년에 이조참의가 되어 진휼을 위한 공명첩의 남발에 따른 폐단을 상소하였다. 1700년 충청도관찰사가 되었고, 이어서 공조 · 이조참판을 역임하였으며 연릉군延陵君에 봉해졌다. 1796년(정조 20) 청백리에 뽑혔다. 공주의 부용당芙蓉堂 영당影堂에 제향되었다.

이매창 李梅窓 1573-1610

조선 명종 때 전북 부안의 명기로 본명은 이향금李香今이고 매창은 그의 호이다. 또 호를 계생桂生이라고도 하였다. 노래와 거문고에 뛰어났고 한시를 잘 지었다. 문집《매창집》에 58수의 시가 실려 전한다.

이명한 李明漢 1595-1645

조선 중기의 문신. 본관은 연안. 자는 천장天章, 호는 백주白洲. 이경여李敬輿 · 신익성申翊聖 등과 척화파라 하여 심양에 잡혀갔다가 풀려났다. 성리학에 밝았고 시와 글씨에 뛰어났다. 아버지 정구廷龜, 아들 일상一相과 더불어 3대 대제학으로 유명하다. 병자호란 때의 치욕에 대한 울분을 노래한 시조 6수가 전한다. 저서로《백주집》이 있다.

이민구 李敏求 1589-1670

조선 중기의 문신. 본관은 전주. 자는 자시子時, 호는 동주東洲 · 관해觀海. 1612년 문과에 급제하였다. 24년 이괄李适의 난 때 도원수 장만張晩의 종사관으로 난을 평정하는 데 공을 세웠다. 26년 대사간을 거쳐 정묘호란 때 병조참판으로 세자를 호종하였다. 병자호란 때 강도검찰부사江都檢察副使로서 왕을 강화에 모시지 못하여 아산에 유배되기도 하였다. 저서로는《동주집》,《독사수필讀史隨筆》,《간언귀감諫言龜鑑》등이 있다.

이병연 李秉淵 1671-1751

조선 후기의 시인. 본관은 한산韓山. 자는 일원一源, 호는 사천槎川 또는 백악하白嶽下. 김창흡의 문인이며, 벼슬은 음보蔭補로 부사府使에 이르렀다. 시에 뛰어나 영조 시대 최고의 시인으로 일컬어졌다. 문인 김익겸金益謙이 그의 시초詩抄 한 권을 가지고 중국에 갔을 때 강남의 문사들이 "명나라 이후의 시는 이 시에 비교가 안 된다"라고 그의 시를 극찬하였다고 한다. 일생 동안 무려 1만 300여 수에 달하는 많은 시를 썼다고 하나, 현재 시집에 전하는 것은 500여 수뿐이다. 저서로는《사천시초槎川詩抄》2책이 전한다.

이보 李補 1396-1486

조선 초기의 종실. 본관은 전주. 초명은 호祜. 자는 선숙善叔, 호는 연강蓮江. 태종의 둘째 아들이며, 어머니는 원경왕후元敬王后 민씨閔氏이다. 1412년에 효령대군으로 진봉되었다. 효성과 우애가 지극하였고, 세종·문종·단종·세조·예종·성종의 연고존친年高尊親으로서 극진한 존경과 대우를 받았으며, 불교를 숭상하고 선가禪家에 적을 두면서 많은 불사를 주관하였기 때문에 유학자들로부터 비판이 많았지만, 불교의 보호와 진흥에 공헌한 바 크다.

이색 李穡 1328-1396

고려 말의 성리학자. 여말삼은三隱의 한 사람. 본관은 한산韓山. 호는 목은牧隱. 시호는 문정文靖. 어려서부터 총명하여 14세에 성균시에 합격, 중서사전부中瑞司典簿로 원나라에서 일을 보던 아버지 이곡李穀으로 인해 원나라의 국자감國子監 생원이 되어 3년간 유학하였다. 1367년 성균대사성成均大司成이 되었고 정몽주·김구용金九容 등과 명륜당에서 학문을 강론, 정주程朱의 성리학을 처음으로 일으켰다. 문하에 권근·김종직·변계량 등을 배출하여 조선 성리학의 주류를 이루게 하였고, 불교에도 조예가 깊었다.

이성중 李誠中 1539-1593

조선 중기의 문신. 본관은 전주. 자는 공저公著, 호는 파곡坡谷. 이중호李仲虎·이황의 문인이다. 1592년 4월 임진왜란이 일어나자 수어사守禦使가 되어 임금을 호종扈從하여 평양에 이르러 호조판서가 되고 선조의 요동 피난을 반대하였다. 7월에는 중국 구련성九連城에 파견되어 명나라의 원병을 청하였고, 그 원병이 오자 이여송李如松 군軍의 군량 조달을 위하여 진력하다가 1593년 7월 함창에서 과로로 병사하였다. 뒤에 호성공신扈聖功臣에 녹훈되고 완창부원군完昌府院君에 봉해졌다. 저서로는《파곡유고》가 있다.

이수광 李睟光 1563-1628

조선 중기의 문인. 자는 윤경潤卿, 호는 지봉芝峯. 시호는 문간文簡. 1592년에 문과에 급제하였고, 주청사奏請使로 중국을 다녀왔다. 광해군 때 폐모廢母 사건으로 두문불출하다가 인조반정 이후 다시 등용되어 도승지와 대사간을 역임하였다. 벼슬은 이조판서를 지냈고, 사후에 영의정에 추증되었다. 저서에 《지봉집》과 《지봉유설》이 있다.

이순신 李舜臣 1545-1598

조선 중기의 명장. 본관은 덕수德水. 자는 여해汝諧. 조선시대의 임진왜란 때 일본군을 물리치는 데 큰 공을 세운 명장. 옥포대, 사천포해전, 당포해전, 1차 당항포해전, 안골포해전, 부산포해전, 명량대첩, 노량해전 등에서 승리하였다. 노량해전에서 전사하였다. 《난중일기亂中日記》와 시조, 한시 등 여러 편의 작품들을 남겼다.

이순인 李純仁 1533-1592

조선 중기의 문신 · 학자. 본관은 전의全義. 자는 백생伯生 · 백옥伯玉, 호는 고담孤潭. 이황 · 조식의 문인이다. 1564년 사마시에 합격하였고, 1572년 문과별시에 급제, 승문원 정자, 예문관 검열檢閱 등을 지냈다. 그는 처음에 이중호李仲虎의 문하에서 공부하다가 뒤에는 이황 · 조식의 문하에서 수업하여 성리학을 연구하였으며, 특히 문장에 뛰어나 당시 이산해李山海 · 최경창 · 백광훈 등과 함께 '8문장'이라고 불렸다.

이숭인 李崇仁 1347-1392

고려 말의 문신. 자는 자안子安, 호는 도은陶隱. 성균사성成均司成이 되어 정몽주와 함께 《고려실록》을 편수하였다. 우왕 때 이인임李仁任의 숙청에 연루되어 유배되었고, 공양왕 때 옥사를 만나 이색, 권근과 함께 청주에 유배되었다. 친원파와 친명파 사이에 끼어 계속 유배 생활을 하다가 정적인 정도전이 보낸 자객에 의해 죽었다. 저서로 《도은집陶隱集》이 있다.

이식 李湜 1458-1488

왕실의 종친. 자는 낭옹浪翁, 호는 사우정四雨亭. 세종의 손자로 부림군富林君에 봉해졌다. 시문에 능하였고 명창으로 이름 높았다. 문집《사우정집》이 남아 있다.

이식 李植 1584-1647

조선 중기의 문신. 본관은 덕수德水. 자는 여고汝固, 호는 택당澤堂. 시호는 문정文靖. 1610년 문과에 급제. 대사간으로 있을 때 실정을 논박하다가 좌천되었고 1642년(인조 20) 김상헌金尙憲과 함께 척화를 주장하여 청국에 잡혀갔다가 탈주하여 돌아왔다. 문장이 뛰어나 신흠申欽·이정구李廷龜·장유張維와 함께 한문 4대가의 한 사람으로, 문장은 한국의 정통적인 고문으로 높이 평가되었다. 저서로《택당집》,《두시비해杜詩批解》등이 있다.

이씨 李氏 생몰 미상

미상. 부사 김순일의 부인.

이안눌 李安訥 1571-1637

자는 자민子敏, 호는 동악東岳. 목릉성세기穆陵盛世期에 권필과 함께 이재二才로 칭송받는 시인으로 강서시파江西詩派로 알려진 이행李荇의 증손이며 박은朴誾의 외증손으로 가학家學을 이어받은 시인이다. 그는 권필과 함께 전대 문학의 폐해를 시정하고 새로운 문풍을 개척하는 데 주력하였으나 권필과는 달리 시작詩作에 있어 정련精鍊을 중시하였다. 두보의 시 정신을 수용했기 때문에 그의 시풍은 혼융混融하면서도 침울한 분위기를 갖게 되었다.

이안중 李安中 1752-1791

조선 후기의 문인. 호는 현동자玄同子. 생애에 대해서는 자세히 알려지지 않았다. 민간의 설화를 수용하여 전傳을 지었는데,《해총海叢》에〈향랑전香娘傳〉,〈이장군전〉두 작품이 실려 있다. 특히〈향랑전〉은 전래되던 향랑의 원사寃死 사건을 소재로 하여 거기에 생각을 보태 지은 것이다. 이 밖에도 구전민요에 관심을 갖고 그것들을 소재로 하여 민요풍의 한시를 많이 남겼다.

이양연 李亮淵 1771-1853

조선 후기의 문인. 본관은 전주. 자는 진숙晋叔, 호는 산운山雲 또는 임연臨淵. 유일

遺逸로 동중추同中樞에 올랐다. 어려서부터 뛰어난 재능으로 고금서적을 섭렵하여 모르는 것이 없다는 평이 있었다. 성리학에 밝았으며 《심경心經》, 《근사록近思錄》을 스승으로 삼았다. 또한 제자백가를 비롯하여 역대의 전장典章 · 문물文物 · 성력星曆 · 술수術數 · 전제田制 · 군정軍政에 박통하였다. 문장은 전아典雅하고 간고簡古하였다. 저서에는 《산운집》이 있다.

이옥봉 李玉峰 조선 중기

조선 중기의 여류시인. 이름은 숙원淑媛. 군수 이봉李逢의 딸로 아버지의 후임인 조원趙瑗의 소실이 되었다. 가정생활은 불행하였다. 여성의 섬세한 감정을 노래한 많은 한시를 남겼다. 그녀의 시는 《명시종明詩宗》과 《열조시집列朝詩集》 등에 실려 중국에까지 알려졌다. 따로 문집은 전하지 않고, 《가림세고嘉林世稿》 가운데 부록으로 32편의 시가 실려 전한다.

이용 李瑢 1418-1453

세종의 셋째 아들인 안평대군 이용. 자는 청지淸之. 호는 비해당匪懈堂 · 낭각거사琅玕居士 · 매죽헌梅竹軒. 시호는 장소章昭. 1453년 수양대군이 김종서金宗瑞 등을 죽일 때 함께 강화에서 죽었다. 시문과 서화에 뛰어나 당대에 명망이 높았다.

이원익 李元翼 1547-1634

사람과 번잡하게 어울리기를 좋아하지 않았고, 공적인 일이 아니면 외출도 잘 하지 않는 성품이었다 한다. 유성룡柳成龍이 일찍부터 그의 비범함을 알고 있었다고 한다. 서민적인 인품으로 문장에 뛰어났으며 오리정승梧里政丞이라 하여 많은 일화가 전한다. 남인에 속하였으나 성품이 원만하였다. 청백리에 녹선되었으며 인조의 묘정廟庭에 배향되었다. 저서로는 《오리집梧里集》 등이 있다.

이이 李珥 1536-1584

조선 중기의 학자. 자는 숙헌叔獻, 호는 율곡栗谷 · 석담石潭. 시호는 문성文成. 아버지는 증좌찬성 원수元秀이며, 어머니는 사임당師任堂 신씨申氏이다. 퇴계 이황과 함께 조선 성리학의 큰 흐름을 이끌었고, 그의 사상은 '기발이승氣發理乘'의 일원론을 주장하여 퇴계의 학설과 대립하였다. 저서에 《율곡전서》 외에 《동호문답

東湖問答》, 《성학집요聖學輯要》 등이 있다.

이인로 李仁老 1152-1220

고려 후기의 학자 · 문인. 본관은 인주仁州. 자는 미수眉叟, 호는 쌍명재雙明齋. 고아가 되어 중 요일寥一에게서 성장했고 정중부의 난에 중이 되었다가 후에 환속했다. 문과에 급제, 비서감秘書監 · 우간의대부右諫議大夫 등을 역임하였다. 시에 능했고, 글씨도 잘 썼다. 저서에 《은대집銀臺集》, 《쌍명재집》 등이 있었으나, 현전하는 것은 《파한집破閑集》뿐이다.

이자현 李資玄 1061-1125

호는 식암息庵 · 청평거사淸平居士 등. 본관은 인주仁州. 1089년(선종 6) 과거에 급제하였지만 관직을 버리고 춘천 청평산에 들어가서 나물밥과 베옷으로 평생을 살았다. 청평산에 '청평식암淸平息庵'이라는 4자의 대해서大楷書를 썼다. 저서로 《선기어록禪機語錄》, 《가송歌頌》 등이 있다.

이정 李婷 1454-1488

월산대군으로 더 잘 알려져 있다. 자는 자미子美, 호는 풍월정風月亭. 덕종의 아들이고 성종의 형이다. 조부 세조의 총애를 받으면서 자랐다. 서사書史를 좋아하였고 문장이 뛰어나 그의 시는 중국에까지 널리 애송되었다. 성종이 자주 그의 집에 드나들며 그의 정자에 풍월정風月亭이란 이름을 지어주고, 5언율시를 친히 지어주기까지 하였다. 고양 근처에 별장을 짓고 그곳 자연에 묻혀 일생을 마쳤다.

이정 李霆 1554-1626

조선 중기의 왕족 화가. 본관은 전주. 자는 중섭仲燮, 호는 탄은灘隱. 석양정石陽正에 봉해졌다가 뒤에 석양군으로 봉해졌다. 시 · 서 · 화에 뛰어난 삼절三絶로 명성이 높았으며 특히 묵죽화에서는 유덕장柳德章 · 신위申緯와 함께 조선시대 3대가로 손꼽힌다. 임진왜란 때 일본군의 칼에 맞아 오른팔을 크게 다쳤으나, 회복 후 더욱 격조가 높아졌다고 한다.

이정주 李廷住 순조조

미상. 《대동시선》에 시가 수록되어 있다.

이제 李禔 1394-1462

태종 이방원李芳遠의 장자. 양녕대군. 어머니는 원경왕후 민씨이다. 자는 후백厚伯, 시호는 강정剛靖. 1404년(태종 4) 10세 때 세자로 책봉되었으나 후에 폐위되었다. 풍류로 이름이 높았다.

이제현 李齊賢 1287-1367

초명은 지공之公, 자는 중사仲思, 호는 익재益齋 또는 역옹櫟翁. 본관은 경주. 충선왕을 모시고 연경에서 조맹부趙孟頫 등 중국의 문인들과 교유하였다. 서촉西蜀에 사신 갔다가 돌아와 김해군金海君에 봉해졌다. 벼슬은 섭정승攝政丞에 이르렀다. 시호는 문충文忠. 남용익南龍翼은 《호곡시화壺谷詩話》에서 그의 시가 "색운色韻의 정아精雅함으로는 마땅히 고려조의 으뜸"이라고 하였고, 임경은 《현호쇄담》에서 "안개비를 뱉고 삼키는 듯, 무지개가 어지럽게 변화하는 듯하다"고 그 시상의 아름다움을 높이 평가한 바 있다. 저서에 《익재난고益齋亂藁》와 《익재집》, 《역옹패설》 등이 전한다.

이지완 李志完 1575-1617

조선 중기의 문신. 본관은 여주驪州. 자는 양오養吾, 호는 두봉斗峯. 찬성 상의尙毅의 아들이다. 1608년 문과중시에 급제하여 사가독서를 하였고, 광해군 초기에 승지, 대사간을 지냈다. 시문에 능하여 1606년 중국 사신 주지번朱之蕃이 왔을 때 이호민李好閔·허균 등과 접반하였고, 광해군 때에는 인정전정시 등에 대독관對讀官으로 자주 배석하였다. 여성군驪城君에 봉해졌으며, 시호는 정간貞簡이다.

이첨 李詹 1345-1405

고려 말의 문장가. 자는 중숙中叔, 호는 쌍매당雙梅堂. 시호는 문안文安. 고려 공민왕 때 과거에 급제하고, 고려 마지막 왕인 공양왕 때에 대언代言 벼슬로 있었다. 박식하기로 유명하였고, 시명이 높았다. 작품에 종이를 의인화한 〈저생전楮生傳〉이 있다. 시상이 화려하고 아름다워, 남용익은 《호곡시화》에서 영무榮茂하다는 평을 남겼다. 문집으로 《쌍매당집》이 전한다.

이총 李揔 ?-1504

조선 전기의 왕족. 자는 백원百源. 호는 서호주인西湖主人 · 구로주인鷗鷺主人 · 월창月牕. 김종직의 문인으로 김일손金馹孫 · 강경서姜景敍 등과 교유하였다. 남효온南孝溫 · 손유손孫裕孫 등과 함께 청담파의 중심인물로서 시문 · 음률 · 서예에 뛰어났으며 양화진에 집을 짓고 고기잡이로 유유자적하였다. 시조 약간이 전한다. 1506년(중종 1) 무풍도정茂豊都正에 추증되었으며 1705년(숙종 31) 정려를 받았고 1738년(영조 14) 무풍군茂豊君에 가증, 이조판서에 증직되었다. 시호는 충민忠愍이다.

이태서 李台瑞 1614-1680

조선 중기의 문신. 자는 공현公鉉, 본관은 성주星州. 1635년 증광시에서 생원에 합격하고 1645년 별시에서 병과에 급제하였다. 1678년 실록의 기록을 조작하려 한 일로 탄핵을 받아 여러 차례 국문 끝에 세상을 떴다.

이행 李荇 1478-1534

본관은 덕수. 자는 택지擇之, 호는 용재容齋. 연산군 때 18세에 과거에 급제하였다. 강직한 성격으로 직언을 서슴지 않아, 연산군과 중종조에 걸쳐 10여 차례나 귀양살이를 하는 등 벼슬길에 부침이 많았다. 문형文衡을 맡았고, 벼슬은 좌의정에 이르렀다. 남용익은 《호곡시화》에서 그의 시를 원혼圓渾하다고 평하였다. 시호는 문정文定, 뒤에 고쳐 문헌文獻의 시호가 내렸다. 문집으로 《용재집》이 있다.

이후백 李後白 1520-1578

선조 때의 문신. 본관은 연안延安. 자는 계진季眞, 호는 청연青蓮. 시호는 문청文淸. 숙함淑瑊의 증손. 문과에 급제, 1555년(명종 10)에 주서注書를 거쳐 사가독서하고, 정언正言 · 정랑正郎 등을 거쳐 1567년(선조 즉위년)에 동부승지同副承旨에 올랐다. 그 뒤 도승지 · 양관대제학兩館大提學 등을 거쳐 호조판서에 이르렀다. 1574년(선조 7)에 종계변무사宗系辨誣使로 명나라에 다녀온 뒤에 그 공로로 광국공신光國功臣 2등에 연양군延陽君으로 추봉되었다. 함안의 문회서원文會書院에 봉향되었다.

저서로 《청연집》이 있다.

임규 任奎 고려 인종조

고려 인종 때의 문인으로 인종의 처남이기도 하다. 벼슬이 정2품인 평장사平章事에 이르렀다.

임방 任埅 1640-1724

조선 후기의 문신. 본관은 풍천豊川. 자는 대중大仲, 호는 수촌水村 · 우졸옹愚拙翁. 1702년(숙종 28) 문과에 급제하여 장령掌令 · 승지 · 공조판서 등을 역임하였으며, 연잉군의 세자 책봉에 앞장섰다. 그 뒤 신임사화로 함종에 유배되었다가 금천으로 옮겨져 그곳에서 죽었다. 영조 즉위 후 신원되었다. 만년에는 《주역》, 《논어》를 직접 손으로 베껴 써가면서 그 뜻을 깊이 연구하였고, 시에 있어서는 특히 당시를 좋아하였다. 여러 권의 저서를 남겼다.

임억령 林億齡 1496-1568

본관은 선산善山. 자는 대수大樹. 호는 석천石川. 문장에 뛰어나고 성격이 강직하였다. 3천여 수에 달하는 많은 시문을 남긴 그는 호남의 사종詞宗으로 칭송되었다. 애민시 · 서사 한시 · 서사시 등 장편시를 지어서 시대적 모순과 불합리를 개혁 시정하고자 하였고, 성산시단星山詩壇을 무대로 여러 인물들과 교유하였다.

임제 林悌 1549-1587

자가 자순子順, 호는 백호白湖. 소치笑癡로 자호하기도 하였다. 1577년 알성문과에 급제하여 예조정랑을 지내다가 동서 분당에 즈음하여 시국을 개탄하며 사직하였다. 이후 명산을 찾아 유람하면서 속리산에 들어가 대곡大谷 성운成運에게 사사하였다. 이이 · 허봉許葑 · 양사언楊士彦 등과 사귀면서 당대에 문명이 높았다. 성품이 호방하여 얽매임이 없었다. 시는 두목杜牧을 배웠다. 염정풍艶情風의 염려艶麗하고 아름다운 시를 많이 남겼고, 〈수성지愁城誌〉와 〈화사花史〉 등의 소설도 남긴 바 있다.

임창택 林昌澤 1682-1723

조선 후기의 학자. 본관은 나주羅州. 자는 대윤大潤, 호는 숭악崧岳. 1711년(숙종 37) 진사시에 합격하였다. 뒤에 백운동에 은거하며 후진 양성과 저술에 힘썼다. 각체의 문장에 능하였으며, 사마천司馬遷과 반고班固의 문장을 좋아하여 모방하였고 이백李白의 시를 즐겨 읊었다. 재야에 머물면서 우리 역사를 한시로 다루는 데 깊은 관심을 갖고 〈해동악부海東樂府〉를 지었다. 단군 시절부터 조선시대에 이르기까지 흥미로운 일화를 서사시적 수법으로 압축하였는데, 이를 통해 조선 후기의 악부시의 발전 양상을 볼 수 있다. 저서로《숭악집》이 있다.

장연우 張延祐 ?-1015

고려 초기 관인. 본관은 흥덕興德. 1011년(현종 2) 거란의 침입 때 남쪽으로 피난한 왕을 호종한 공으로 중추원사中樞院使가 되고, 이어 판어사대사判御史臺事에 올랐다. 1014년 일직원日直員 황보유의皇甫兪義와 왕에게 건의하여 경군京軍의 영업전을 빼앗아 관리의 부족한 녹봉으로 충당하게 하였다가 무신들의 항의로 한때 유배되었다. 이듬해 호부상서戶部尙書가 되어 죽은 뒤 상서우복야尙書右僕射에 추증되었다.

장현광 張顯光 1554-1637

조선 중기의 문신·학자. 본관은 인동仁同, 자는 덕회德晦, 호는 여헌旅軒이다. 1576년(선조 9) 재능과 행실이 뛰어나 조정에 천거되었다. 그는 일생을 학문과 교육에 종사하였고, 정치에 뜻을 두지 않았으나, 당대의 산림山林으로서 조야의 존경을 받았다. 그의 성리학은 정구鄭逑에게 배운 것이기는 하나 퇴계학파 중에서는 매우 이색적인 경향을 띠었다. 저서로는《여헌집》이 있다.

전원발 全元發 ?-1421

고려 말기에 원나라에 가서 문과에 장원급제하여 병부상서兵部尙書 집현전태학사集賢殿太學士에 오르고 영록대부榮祿大夫에 가자加資되었다. 뒤에 귀국하여 조선 태조 때 축산부원군竺山府院君에 봉해졌다. 서예에 뛰어났으며, 용궁의 소천서원蘇川書院에 제향되었다.

정내교 鄭來僑 1681-1757

자는 윤경潤卿, 호는 현와玄窩 · 완암浣巖. 조선 후기의 여항시인이다. 본래 한미한 집안의 출신이었으나 문명이 높았으며 특히 시에 능하였다. 1705년(숙종 31) 통신사의 역관으로 일본에 다녀온 것이 계기가 되어 그곳에 가 청신하고 낭만적인 시로 문명을 날렸다. 그의 시문은 홍세태洪世泰의 계통을 이은 것으로서 시와 문장이 하나같이 천기天機에서 나온 것과 같은 품격을 지녔다는 평을 들었다. 저서로 《완암집》이 전한다.

정도전 鄭道傳 1342-1398

고려 말 조선 초의 문신. 자는 종지宗之, 호는 삼봉三峯. 문인이면서 무략武略을 겸비하였고, 성격이 호방하여 혁명가적 소질을 지녔다. 조선조 개국 과정에서 자신의 위치를 한나라 장량張良에 견주면서 한고조漢高祖가 장량을 이용한 것이 아니라 장량이 한고조를 이용하였다고 하며 스스로 조선 개국의 주역이라 믿었다. 저서에 《삼봉집》과 《경국육전經國六典》이 있다.

정렴 鄭磏 1506-1549

조선 중기의 유의儒醫 · 도교인道教人. 본관은 온양溫陽. 자는 사결士潔, 호는 북창北窓. 어려서부터 천문 · 의약 · 복서卜筮 · 율려律呂 등에 두루 능통하였으며, 특히 약제藥劑에 밝았다. 수련修鍊에 힘써 해동단학파海東丹學派의 한 사람으로 꼽히며, 수단修丹의 방법을 적은 《용호비결龍虎秘訣》을 남겼다.

정몽주 鄭夢周 1337-1392

본관은 연일延日. 자는 달가達可, 호는 포은圃隱. 여말삼은의 한 사람. 고려 말 이성계를 추대하려는 음모가 있음을 알고 그를 제거하려 하였으나, 이를 눈치챈 이방원에 의해 선죽교에서 격살당하였다. 고려 말 여진과 왜구를 물리치는 전투에 참여하였고, 외교적 사명을 띠고 명나라와 일본을 왕래하였다. 일본에 가서는 왜구에게 붙잡혀간 고려 백성 1백 명을 귀국시키기도 하였다. 성리학에 있어서만 아니라 시문과 서화에도 능하여 많은 시문이 전한다. 문집으로 《포은집》이 전한다.

정석경 鄭錫慶 1689-1729

조선 후기의 문인. 본관은 동래. 영의정 정태화鄭太和의 후손으로 성균관생원을 지냈다. 아들이 공조판서를 지낸 정경순鄭景淳(1721-1795)이다.

정약용 丁若鏞 1762-1836

자는 미용美鏞·송보頌甫, 호는 다산茶山·여유당與猶堂. 경학經學, 의학, 지리, 역사, 경세학, 문학 등에 무불통지無不通知하였다. 특히 어릴 때부터 시재詩才가 뛰어나 사실적이며 애국적인 많은 작품을 남겼고, 한국의 역사, 지리 등에도 특별한 관심을 보였다. 저서로 《목민심서牧民心書》, 《경세유표經世遺表》, 《흠흠신서欽欽新書》 등이 있다.

정용 鄭鎔 선조조

생몰 미상. 본관은 해주. 자는 백련百鍊, 호는 오정梧亭. 벼슬이 이조참판에 이르렀고 가선대부嘉善大夫를 증직받았다. 시명詩名이 높았다.

정우량 鄭羽良 1692-1754

조선 후기의 문신. 본관은 연일. 자는 자휘子暉, 호는 학남鶴南. 1727년(영조 3)에는 백성들을 효유曉諭하는 왕의 교서를 국문으로 번역하여 각도에 반포하였고, 퇴계와 율곡의 문집을 조정에 주청하여 간행하기도 하였다. 또 공종수孔宗洙를 공자의 후손이라 하여 성균관에 근무시키고 녹을 줄 것을 주청하여 시행하였다. 우참찬으로 있을 때는 서울에 사는 함경도·평안도인들을 등용하여 인심을 수습토록 건의하기도 하였다. 글씨에 능하여 개성의 〈계성사비문啓聖祠碑文〉을 썼다. 시호는 문충文忠이다.

정작 鄭碏 1533-1603

조선 중기의 문신. 본관은 온양溫陽. 자는 군경君敬, 호는 고옥古玉. 아버지는 좌의정 순붕順朋이다. 벼슬이 이조좌랑에 이르렀으나 부친이 이기李芑·윤원형에게 아부하여 을사사화를 일으킨 원흉으로 지탄받자 벼슬에서 물러나 시와 술로 세월을 보냈다.

정철 鄭澈 1536-1593

조선 중기의 문신·학자·시인. 본관은 연일. 자는 계함季涵, 호는 송강松江. 정치인이면서도 당대 가사 문학의 대가로서, 시조의 고산孤山 윤선도尹善道와 더불어 한국 시가사상 쌍벽으로 일컬어진다. 후학인 숙종 때의 김만중金萬重은 《서포만필西浦漫筆》에서, 정철의 〈사미인곡思美人曲〉, 〈속미인곡續美人曲〉, 〈관동별곡關東別曲〉을 중국 초나라 굴원屈原이 지은 〈이소離騷〉에 비겨 '동방의 이소'라고 절찬한 바 있다. 저서로는 시문집인 《송강집》과 시가 작품집인 《송강가사松江歌辭》가 있다.

정포 鄭誧 1309-1345

고려 후기의 문신. 본관은 청주淸州. 자는 중부仲孚, 호는 설곡雪谷. 문과, 좌사의대부左司議大夫 역임. 시문과 글씨에 뛰어났다.

정희교 鄭希僑 17세기 초

본관은 경주. 문인. 자는 혜이惠而, 호는 학주鶴洲. 생애에 대해서는 특별히 알려진 것이 없다.

조식 曺植 1501-1572

본관은 창녕. 자는 건중楗仲, 호는 남명南冥. 37세에 어머니의 권유로 과거에 응시했다가 낙방하자 평생 벼슬에 뜻을 두지 않기로 작심했다. 칼 같은 사직소를 올려 윤원형 일파의 척신 정치 폐단을 요구하는 등 평생 재야의 비판적 지식인으로 일관했다. 저서에 《남명집》 등이 있다.

조신준 曺臣俊 1573-?

어려서 학업을 장인 차운로車雲輅에게 배워 1604년(선조 37) 개성부의 초시에 수석 합격하여 직부전시直赴殿試되고 1606년(선조 39)에 생원으로 증광문과에 급제, 관직이 장연부사에 이르렀다. 또 일찍이 개성에 왜구가 침입하여 문헌이 회신灰燼당함을 보고는 개연慨然하여 산천·인물·풍토·사적을 기록한 《송도잡기松都雜記》를 찬하였고, 그 밖의 저술로는 《영내유고寧耐遺稿》가 있다.

조위 曺偉 1454-1503

조선의 학자. 자는 태허太虛, 호는 매계梅溪. 성리학의 대가로서 당시 사림간에 대학자로 추앙되었고 김종직과 더불어 신진 사류의 지도자였다. 성종의 명을 받들어 김종직의 문집을 편찬할 때 의제義帝를 추모하는 서문을 실어 무오사화의 원인이 되었다. 하정사賀正使로 명나라에 다녀오다 잡혀 의주와 순천에 유배된 후 병사하였다. 저서로 《매계집》이 전한다.

조인규 趙仁規 1237-1308

고려 후기의 문신. 본관은 평양平壤. 자는 거진去塵. 특히 탁월한 몽고어 구사력으로 원나라 세조에게 인정과 신임을 받게 되면서 원나라의 관직인 선무장군宣撫將軍, 왕경단사관겸탈탈화손王京斷事官兼脫脫禾孫에 임명되어 정치적 지위가 더욱 높아졌다. 그는 정치적으로도 지위가 높았지만 1292년에 그의 딸이 세자비로 간택되면서 국구國舅가 되어 명실공히 가장 유력한 존재가 되었다. 그의 아들들이 모두 재상의 지위에 올라 가문을 번성하게 하였다. 시호는 정숙貞肅이다.

조인벽 趙仁璧 ?-1393

고려 말 조선 초기의 무신. 본관은 한양漢陽. 1388년 위화도회군에 가담하고 삼사좌사三司左使를 거쳐 공양왕 1년(1389)에 판의덕부사判懿德府事가 되었으며, 이듬해 회군의 공으로 2등공신에 책록되었다. 그는 환조桓祖의 딸인 정화공주貞和公主와 혼인하여 1393년 용원부원군龍源府院君에 봉해졌다. 시호는 양렬襄烈이다.

조헌 趙憲 1544-1592

조선 중기의 문신 · 유학자 · 의병장. 본관은 배천白川. 자는 여식汝式. 호는 중봉重峯 · 도원陶原 · 후율後栗. 이이 · 성혼의 문인이다. 충청도순찰사 윤국형尹國馨의 방해로 의병이 강제 해산당하고 불과 7백 명의 남은 병력을 이끌고 금산으로 행진, 영규靈圭의 승군과 합진해서, 전라도로 진격하려던 고바야카와小早川의 왜군과 8월 18일 전투를 벌인 끝에 중과부적으로 모두 전사하였다. 후세에 이를 숭모하여 금산 전투라 일컬었다. 1604년 선무원종공신宣武原從功臣 1등으로 책록되고 1734년(영조 10) 영의정에 추증되었다.

차운로 車雲輅 1559-?

조선 선조 때의 문장가. 자는 만리萬理. 호는 창주滄洲. 전의현감을 거쳐 교리校理를 지냈다. 문장, 시, 글씨에 뛰어났으며 문집에 《창주집》이 있다.

차천로 車天輅 1556-1615

조선 선조 때의 문장가. 자는 복원復元, 호는 오산五山. 문장이 수려秀麗하여, 임진왜란 때 명나라에 원군을 청하는 서한을 비롯하여 중국으로 보내는 서한을 전담하였다. 명의 장수 이여송에게 써준 6백 운에 달하는 송별시는 명나라에 널리 알려져 그곳에서는 동방문사東方文士라 일컬을 정도였다. 저서로 《오산집五山集》이 있다.

처능 處能 1617-1680

조선 후기의 고승. 성은 김씨金氏. 자는 신수愼守. 호는 백곡白谷. 12세에 의현義賢에게 글을 배우다가 불경을 읽고 그 깊은 이치에 감동하여 출가를 결심하였고 15세에 승려가 된 뒤 다시 신익성申翊聖으로부터 경사經史 및 제자諸子와 시문을 배웠다. 역대의 승가에서 보기 드문 대문장가로 평가받고 있다. 저술로는 《백곡집》이 있다.

최경창 崔慶昌 1539-1583

조선 중기의 시인. 본관은 해주. 자는 가운嘉雲, 호는 고죽孤竹. 이달 · 백광훈과 더불어 삼당시인으로 일컬어졌다. 또 이이 · 송익필 등과 함께 '8문장'으로 일컬어졌다. 글씨를 잘 쓰고 퉁소도 잘 불어 왜적에게 포위되었을 때 퉁소를 불어 적을 감복시키고 빠져나온 일도 있었다.

최기남 崔奇男 1586-1619

조선 중기의 시인. 본관은 천녕川寧. 자는 영숙英叔, 호는 구곡龜谷 · 묵헌默軒. 어려서 신익성申翊聖의 문하에 드나들었는데 그의 아버지 신흠의 눈에 띄어 시재를 인정받았다. 1660년에는 교유하던 위항시인 정남수鄭柟壽 · 남응침南應琛 · 김효일金孝一 · 최대립崔大立 · 정예남鄭禮男 등과 함께 동인지 《육가잡영六家雜詠》을 간행하였다. 그의 문하에서 위항시인들이 많이 배출되었다. 조선 후기의 위항문의 발달에 큰 영향을 끼쳤다. 저서로《구곡집》이 있다.

최수성 崔壽峸 1487-1521

조선 전기의 선비 · 화가. 본관은 강릉. 자는 가진可鎭. 호는 원정猿亭 · 북해거사北海居士 · 경포산인鏡浦山人. 김굉필의 문하에서 배출된 신진 사림파 학자로서 조광조 · 김정金淨 등과 교유하였다. 1519년(중종 14) 기묘사화 때 친구들이 당하는 것을 보고 벼슬을 아예 포기하고 술과 여행, 시 · 서 · 화, 음악으로 일생을 보냈다. 1521년 35세 때 신사무옥에 연루되어 처형되었다. 인종 때 신원되어 영의정에 추증되었으며, 강릉의 향사鄕祠에 제향되었다. 시호는 문정文正이다.

최전 崔澱 1567-1588

조선 중기의 문인. 본관은 해주. 자는 언침彦沈, 호는 양포楊浦. 서울 출생. 어머니는 상주尙州 이씨李氏이다. 깊은 정회를 표현한 증별贈別의 시가 많으며, 〈제경포이수題鏡浦二首〉, 〈유풍악산遊楓嶽山〉 등 관동 지방의 경치를 읊은 서경시가 많은 것이 특징이다. 그의 시문은 명나라에서까지 책으로 간행되어 절찬을 받았다고 한다. 그림은 매화와 조류를 잘 그렸으며, 글씨는 예서와 초서에 능하였다. 저서로는《양포유고》1책이 있다.

최창대 崔昌大 1669-1720

본관은 전주. 자는 효백孝伯, 호는 곤륜昆侖 또는 창괴蒼槐. 명곡明谷 최석정崔錫鼎의 아들. 1694년 문과에 급제하여 벼슬이 부제학, 이조참의에 이르렀다. 정직하고 곧은 성품으로 문필로도 이름이 높았다. 문집으로《곤륜집》이 있다.

최치원 崔致遠 857-?

신라 때 학자 · 문인. 자는 고운孤雲 · 해운海雲. 15세에 당나라에 건너가 과거에 급제하였고, 황소黃巢의 난에 고병高騈의 종사관으로 출전하여 토벌 격문으로 천하에 문명을 떨쳤다. 귀국하여서는 육두품 출신의 한계를 절감하고 가야산 해인사에 은거하여 삶을 마쳤다. 저서에《계원필경桂苑筆耕》20권과《사륙집四六集》1권이 있었다.《사산비명四山碑銘》이 특히 유명하다.

최해 崔瀣 1287-1340

자는 언명보彦明父・수옹壽翁, 호는 졸옹拙翁・예산농은猊山農隱. 1320년 원나라 과거에 급제하고 요양로개주판관遼陽路蓋州判官을 지내다가 귀국하여 검교・성균관대사성이 되었다. 만년에는 농사를 지으며 저술에 힘써 역대 명현의 시문을 뽑아 《동인지문東人之文》 25권을 편찬하였다. 강직한 성품으로 세상 사람의 미움을 받아 굴곡이 많은 삶을 살았다. 저서에 《졸고천백拙藁千百》이 있다.

최홍빈 崔鴻賓 생몰 미상

고려 전기의 문인. 진사. 생애와 관련하여 전혀 알려진 내용이 없고, 다만 시 한 편이 최자崔滋의 《보한집補閑集》에 실려 전한다.

충지 冲止 1226-1292

고려 후기의 승려. 17세에는 사원시司院試를 마쳤다. 그는 유사儒士들처럼 천명을 믿고 운명에 안주하는 유선조화儒禪調和의 사상 조류를 보였고, 상제상천上帝上天의 신앙을 통하여 유도이교儒道二教를 불교 속에 수용하기도 하였다. 또한 그의 선풍은 무념무사無念無事를 으뜸으로 삼았고, 지관止觀의 수행문 중 지止를 중시하였으며, 선교일치禪教一致를 주장하여 지눌의 종풍을 계승하였다. 저서로는 《원감국사집圓鑑國師集》이 남아 있다.

하위량 河偉量 1554-?

조선 중기의 문인. 본관은 강화江華. 자는 군수君受. 1585년 식년시에 급제.

하응림 河應臨 1536-1567

조선 중기의 문신. 본관은 진주. 자는 대이大而, 호는 청천菁川. 맹윤孟潤의 증손이다. 문장이 뛰어나서 조선 중기의 학자들 중에 선망의 대상이 되었으며, 송익필 등과 함께 '8문장'으로 일컬어졌다. 그는 항상 면학에 힘쓰는 한편 송나라 소식蘇軾의 문장을 사숙하였으며, 시와 서는 물론 그림 솜씨도 뛰어났다.

한우기 韓友琦 1621-?

본관은 청주. 자는 상우尙于. 1653년 문과별시에 급제하였다. 관직은 군수를 지내는 데 그쳤다.

한장석 韓章錫 1832-1894

조선 후기의 문신. 본관 청주. 자 치수穉綏 · 치유穉由, 호 미산眉山 · 경향經香. 초시初諡 효문孝文, 개시改諡 문간文簡. 1872년(고종 9) 정시문과에 급제한 뒤 여러 벼슬을 거쳐 판서를 지내고 1888년 대제학이 되었다가 1889년 함경도관찰사로 나갔다. 유신환兪莘煥의 문하생 중 김윤식金允植 · 민태호閔台鎬와 함께 당대의 문장가로 명성을 날렸다. 고종의 묘정에 배향되었다. 문집에 《미산집》이 있다.

함부림 咸傅霖 1360-1410

고려 말 조선 초의 문신. 본관은 강릉. 자는 윤물潤物, 호는 난계蘭溪. 시호는 정평定平. 1403년 의정부참지사議政府參知事가 되고 동원군東原君으로 개봉된 뒤, 다음해 대사헌이 되었다. 1405년 앞서 1395년의 1차 왕자의 난 때 정도전과 함께 왕자 방석芳碩을 옹립하였다는 혐의로 탄핵을 받았다. 1408년 형조판서가 되고, 병으로 물러난 뒤 경기·충청·경상·전라·황해 등 각 도의 도관찰출척사都觀察黜陟使 · 동북면도순문찰리사東北面都巡問察理使를 지내고 1410년 파직되었다.

함승경 咸承慶 고려 공민왕 때

고려 말의 문신. 본관은 강릉. 자는 선여善餘. 아버지는 함주咸住이고, 고려 태조공신太祖功臣 함규咸規의 12세손이다. 고려 공민왕 때 문과에 급제하여 벼슬에 올랐다. 고려조에 보문각제학寶文閣提學, 검교檢校, 중추원학사中樞院學士 등을 역임하였고, 조선조에 집현전대제학集賢殿大提學을 역임하였다.

허경윤 許景胤 1573-1646

조선 중기의 문신. 본관은 김해. 자는 사술士述, 호는 죽암竹庵. 20세에 임진왜란을 당하여 모친을 모시고 함양으로 피난하였는데 왜적이 수로왕릉을 도굴한다는 소문을 듣고 장정 1백여 명을 모아 관병과 합세하여 적을 몰아냈다. 체찰사體察使 이원익에게 청해 조정이 망제례望祭禮를 행하게 하였다. 순릉참봉順陵參奉에 제수되었으나 나아가지 않았다.

허시형 許時亨 1636-1707

본관은 김해. 특별히 알려진 사항이 없다.

허적 許嫡 1563-1641

조선 중후기의 문신. 본관은 양천陽川. 자는 자하子賀, 호는 수색水色. 1588년 진사시에 합격하고 1597년 문과별시에 급제하였다. 영천군수와 형조정랑을 거쳐 1628년 유효립柳孝立의 모반 사건에 공을 세워 영사공신寧社功臣에 녹훈, 양릉군陽陵君에 봉해졌다. 벼슬이 판서에까지 올랐다. 당시풍에 능해 문집 《수색집》 8권 4책이 있다.

혜심 慧諶 1178-1234

호는 무의자無衣子. 진사에 급제, 태학太學에 들어갔으나 어머니의 병으로 돌아와 시탕侍湯하다가 관불삼매觀佛三昧에 들어 중이 되고, 후에 보조국사普照國師의 의발을 받았다. 시에 뛰어나 많은 작품을 남겼다. 저서에 《선문강요禪門綱要》, 《선문염송禪門拈誦》 등이 있다. 시호는 진각국사眞覺國師.

홍가신 洪可臣 1541-1615

조선 중기의 문신. 본관은 남양南陽. 자는 홍도興道, 호는 만전당晩全堂 · 간옹艮翁. 민순閔純의 문인이며 제자백가에 통달하고 시문과 필법에 뛰어났다. 1609년에 장례원정掌隷院正, 한성부우윤 겸 지의금부사漢城府右尹兼知義禁府事를 지내고 1610년(광해군 2)에 형조판서에 이르러 치사致仕하고 아산에서 죽었다. 시호는 문장文莊이며 저서는 《만전집晩全集》, 《만전당만록晩全堂漫錄》이 있다.

홍경신 洪慶臣 1557-1623

조선 중기의 문신. 본관은 남양. 자는 덕공德公, 호는 녹문鹿門. 1605년에는 병조참의가 되었으며, 이듬해 천추사千秋使로 명나라에 다녀왔다. 1607년 좌부승지가 되었는데 훈련도감 인근의 민가에 화재를 발견, 이를 즉시 진화하여 훈련도감과 화약고에 인화되는 것을 방지하였다. 1623년 다시 부제학이 되었으나 그 첩에게 독살당하였다.

홍만종 洪萬宗 1643-1725

본관은 풍산豐山. 자는 우해于海, 호는 현묵자玄默子 또는 몽헌夢軒. 한시 비평에 깊은 관심을 가져 최초의 시화 총서인《시화총림詩話叢林》,《시평보유詩評補遺》 등의 시화를 남겼다. 그 밖에《순오지旬五志》,《증보 역대총목增補歷代總目》,《명엽지해蓂葉志諧》 등 많은 저술이 있다.

홍서봉 洪瑞鳳 1572-1645

조선 중기의 문신. 본관은 남양. 자는 휘세輝世, 호는 학곡鶴谷. 시호는 문정文靖. 병자호란이 일어나자 최명길崔鳴吉과 함께 화의和議를 주장하였다. 1639년 부원군이 되고, 이듬해 영의정에 올랐다가 1644년 좌의정에 전직되었고, 이듬해 소현세자가 급사하자 봉림대군의 세자 책봉을 반대하고 세손으로 적통을 잇도록 주장하였으나 용납되지 않았다. 문장과 시에 능하였으며, 저서로《학곡집》이 있고, 시조 1수가《청구영언靑丘永言》에 전한다.

홍세태 洪世泰 1653-1725

조선 후기의 시인. 본관은 남양. 자는 도장道長, 호는 창랑滄浪·유하柳下. 평생 가난하게 살았으며, 8남 2녀의 자녀가 모두 앞서 죽어 불행한 생애를 보냈다. 이러한 궁핍과 불행은 그의 시풍에도 영향을 끼쳐 암울한 분위기의 시를 많이 남기고 있다. 또한 위항문학의 발달에도 중요한 구실을 하였는데, 중인층의 문학을 옹호하는 천기론天機論을 전개하였으며, 위항인의 시를 모아《해동유주海東遺珠》라는 위항시선집을 간행하였다. 저서에《유하집》이 있다.

홍양호 洪良浩 1724-1802

본관은 풍산. 자는 한사漢師, 호는 이계耳溪. 실학파의 영향을 받은 큰 학자이며 시인. 문장에 있어 화려한 수식을 반대하고 내용에 충실할 것을 주장하였다. 변방의 토풍민물土風民物을 노래한 〈삭방풍요朔方風謠〉 등의 작품을 남겼다. 저서로《해동명장전海東名將傳》이 있고 문집《이계집》이 전한다.

황오 黃五 1816-?

자는 사헌四彥이고, 초명은 이노里老였다. 호는 녹일綠一·녹차綠此·녹차거사綠

此居士 등이다. 녹일綠一이라는 호는 '압록강 이남에서 제일'이라는 뜻이며, 녹차綠此는 '압록강 이남에선 이 사람뿐'이라는 대단한 문인적 자부가 담겨 있다. 황오는 열 살에 《시경》과 《서경書經》을 외웠고, 스무 살에 서울을 유람하였다. 서른 살에 절뚝발이 나귀와 시 주머니를 차고 명산대천을 유람하였다. 서른여섯 살인 1852년 겨울에는 상주 중모仲母 집에 화재가 나서 서화들이 모두 불탔다. 저서에는 《녹차집》이 있다.

황진이 黃眞伊 1516-?

중종 때 송도의 명기. 호는 명월明月. 진사의 딸로 태어나 뛰어난 재주와 용모로 시인 묵객들을 매혹시켰다. 서경덕徐敬德·박연폭포와 더불어 송도삼절松都三絶로 불렸다. 시재에 특히 뛰어나 서정성이 풍부한 한시와 6수의 시조를 남겼다.

휴정 休靜 1520-1604

조선 중기의 승려·승군장. 완산完山 최씨崔氏. 자는 현응玄應, 호는 청허淸虛. 별호는 서산대사, 법명은 휴정. 임진왜란 때 문도 1천 500명의 의승을 순안 법흥사法興寺에 집결시키고 스스로 의승군을 통솔하였으며, 명나라 군사와 함께 평양을 탈환하였다. 선조가 서울로 돌아오자 그는 승군장의 직을 물러나 묘향산으로 돌아와 열반을 준비하였다. 1604년 1월 묘향산 원적암圓寂庵에서 설법을 마치고 입적하였다. 저서로 《청허당집》이 있다.